中國新聞史研究輯刊

六 編

主編　方漢奇
副主編　王潤澤、程曼麗

第 3 冊

《大公報》國民生活觀建構研究
——以新生活運動爲中心

趙佳鵬 著

花木蘭文化事業有限公司

國家圖書館出版品預行編目資料

《大公報》國民生活觀建構研究——以新生活運動為中心／趙
佳鵬 著 — 初版 — 新北市：花木蘭文化事業有限公司，2022
〔民 111〕
序 2+ 目 4+202 面；19×26 公分
（中國新聞史研究輯刊 六編；第 3 冊）
ISBN 978-986-518-684-5（精裝）
1.CST：中國報業 2.CST：新生活運動 3.CST：社會生活
890.9208   110022044

ISBN-978-986-518-684-5

9 789865 186845

中國新聞史研究輯刊
六 編 第 三 冊   ISBN：978-986-518-684-5

《大公報》國民生活觀建構研究
——以新生活運動爲中心

作　　者　趙佳鵬
主　　編　方漢奇
副 主 編　王潤澤、程曼麗
總 編 輯　杜潔祥
副總編輯　楊嘉樂
編輯主任　許郁翎
編　　輯　張雅淋、潘玟靜、劉子瑄　美術編輯　陳逸婷
出　　版　花木蘭文化事業有限公司
發 行 人　高小娟
聯絡地址　235 新北市中和區中安街七二號十三樓
　　　　　電話：02-2923-1455 ／傳眞：02-2923-1452
網　　址　http://www.huamulan.tw 信箱 service@huamulans.com
印　　刷　普羅文化出版廣告事業
初　　版　2022 年 3 月
定　　價　六編 7 冊（精裝）台幣 20,000 元

《大公報》國民生活觀建構研究
——以新生活運動爲中心

趙佳鵬 著

作者簡介

趙佳鵬，男，漢族，河南省修武縣人，1992 年 12 月生。現爲河南大學新聞與傳播學院講師，河南大學融媒體研究中心研究員。曾獲南京師範大學傳播學碩士、復旦大學新聞學博士學位。主要研究方向爲中國新聞史、媒介與社會。目前已在《新聞記者》《新聞春秋》《青年記者》等核心期刊發表論文數篇，合著《香港〈文匯報〉簡史》，參編《中國名記者》叢書、《中國新聞傳播學研究最新報告》等，參與國家社科基金重大項目一項。

提　　要

　　新記《大公報》承接清末民初以來中國思想界的國民改造思潮，在其抱持的「七分經濟、三分文化」之救國大計中，始終把國民生活層面的改良視爲社會改革的重要基礎。國民黨政府自 1934 年開始在全國範圍內推行新生活運動，正與國民黨處於良性互動期的《大公報》對這一運動基本持贊成態度，其對國民改造問題的關心也主要通過對新生活運動的報導表現出來。本書從國民物質消費觀、國民衛生健康觀、國民社會交往觀等方面展開討論，並以工具理性、個人權利和民族主義爲現代性的三個維度，考察此一國民生活觀的現代性價值。

　　通過相關考察，本書認爲《大公報》同人對一種「質樸清新」的國民生活觀的期待可以用三個形容詞概括：經濟的，衛生的，紀律的。對於通達「新生活」的路徑，不同於官方強調的「克制自身修爲」，《大公報》更注重外在的經濟和社會層面的環境支撐。這是張季鸞等《大公報》主持者的新生活運動觀與新運發起者本意互動的產物。從現代性的三個維度來衡量《大公報》建構的國民生活觀，可以發見其塑造的「現代國民」呈現一種「複雜」面孔，它以西方的「現代生活」爲目標，又兼顧了「現代性」規範與實現條件的敏感性與社會文化環境的具體性。

　　與同時代其他媒體相比，《大公報》在國民現代化問題的討論中更具系統性與成熟度。這得益於《大公報》在辦報體制上的「闡釋社群」色彩，以及通過「言論開放」與民國經濟、教育、司法等各界形成有組織互動，深深嵌入中國的社會文化網絡。

序

黃　瑚

　　趙佳鵬博士是我近年來指導的博士生之一，勤學好思，三年準時完成學業，已於 2020 年 6 月在復旦大學畢業並獲博士學位。剛殺青問世的《〈大公報〉國民生活觀建構研究──以新生活運動為中心》這部專著是作者在其博士學位論文的基礎上改寫而成的，凝結著作者多年寒窗的心血與智慧。趙佳鵬邀我作序，作為這一學術成果的第一位讀者與見證人，自當欣然應之。

　　《〈大公報〉國民生活觀建構研究──以新生活運動為中心》以 20 世紀三四十年代曾在全國開展的「新生活運動」為研究話題，從新聞學與社會生活史的雙重視角觀察與研究《大公報》在當時的語境下對現代國民生活觀念的建構，不僅作為一個基礎研究課題具有理論意義與學術價值，同時對當下新聞媒體塑造現代國民生活價值理念也有一定的現實借鑒與參考價值。

　　這部專著在學術上的貢獻，一是以建構主義為理論脈絡對《大公報》國民生活觀的建構特徵、《大公報》國民生活觀的現代性價值等問題作了認真、嚴謹的論證，所設計的物質─交往─觀念的闡釋框架符合邏輯，並提出了一些有創新價值的論點。研究發現，《大公報》在建構國民生活觀過程中對新生活運動的價值、意涵與官方所倡導的有所不同：在基本原則層面《大公報》秉持「經濟的」「衛生的」「紀律的」三項國民生活原則，而不是機械地宣傳官方提出的「整齊」「清潔」「簡單」「樸素」「迅速」「確實」六項施行標準；在具體操作層面，《大公報》注重物質和社會環境層面的補足，以「公共」「團體」等帶動「個人」生活習慣的改良，而不同於官方提出的「克制自身修為」「由外形訓練促起內心變化」的規訓邏輯以及忽視國民實際需求和困境、力圖在全社會「不分階級男女老幼」齊頭推進的意圖。

　　二是延續近代以來中國知識界塑造現代國民的思潮，首次從國民生活觀念方面探討《大公報》與中國現代化的互動關係，將新生活運動放置於國家民族現代化發展的大歷史背景下進行闡述。《大公報》與中國現代化的研究並不鮮見，但以往的研究者均偏重經濟層面而忽視了國民生活觀念方面。這部專著從工具理性、個人權利和民族主義三個維度探討《大公報》國民生活觀建構的現代性價值，發現《大公報》以新生活運動為中心建構的「現代國民」呈現一種「複雜」面孔，中國現代化不能簡單地以西方文化價值「普遍性」為依歸，而必須在肯定「現代化」的普遍性、共性和相對確定性的前提下慮及規範的協調性、結構的自洽性、實現過程的階段性和不確定性等諸多因素。由此可見，《大公報》對中國現代化問題的思考，比同時期的其他報刊更為系統、更為成熟，其原因可能與《大公報》在辦報體制上具有「闡釋社群」色彩以及在內容生產方面的同人性、通過「言論開放」與各界人士的互動、多種社會思想與觀念的交融等有密切的關係。

　　此外，這部專著在研究方法上以知識社會學為視角分析文本及其勾連的社會場景，把《大公報》關於新生活運動的直接文本和各種間接文本都納入研究視野，著重闡釋其意義並與官方公報、文件、檔案作比較，盡可能全面地探究《大公報》對國民生活觀的建構，研究思路清楚，論證過程嚴謹，特別是所用史料大多為作者自己發掘的第一手史料，使論點均有充分、可靠的論據作支撐。

　　當然，這部專著也有一些不盡人意之處，如缺乏重大的結構性創新、缺少必要的社會政治經濟生活客觀數據等，留待作者在進一步研究時予以補充與深化。

　　總之，這是一部具有研究特色與學術創新的專著，值得新聞史、近現代史研究學者與學子一讀，本人願作強力推薦。

黃瑚
2021 年 9 月

目

次

緒　論

第一節　研究緣起

　　在中國近代處落後求先進、從傳統到現代的歷史語境下，以「國民現代化」為代表的社會改造思潮承繼晚清思想家們從器物變革、政治制度變革到民族文化精神變革的思考軌跡，〔註1〕與政治、經濟、軍事等時代大變局交相鉤織，並主要以戊戌─辛亥與新文化運動時期最為顯著。在這一貫穿中國近代史的思潮中，知識分子扮演著重要角色。早自馮桂芬、嚴復、梁啟超等，便已關注到塑造「新民」這一話題，直到孫中山、李大釗、陳獨秀等，其中新式報刊作為一種「新知」可謂與這一過程同生共時。在現代化框架中，報刊始終承擔著啟蒙國民思想的作用，在「人的現代化」過程中傳播新信息、新知識、新觀念，促進現代化思想、文化及生活方式的推廣，特別是對知識分子階層產生了重要的影響。尤其是清末民初報人報刊對國民性改造問題的討論，既延續著士大夫「清議」的歷史傳統，也受到現代報刊思想和傳播特性的影響，使國民現代化這一議題從士人「諫議」成為了社會公共話題。

　　《大公報》與近代其他報紙一樣有知識分子屬性，新記時期《大公報》標榜的「文人論政」則使其處特出地位，以致一般論者在中國新聞史上政黨報刊與商業報刊之類型外為其特設分野，「文人報」成為《大公報》的重要特徵（李金銓謂新記《大公報》和張季鸞的辦報思想是「有自由傾向的儒家社群主義」）。如此，《大公報》在國民現代化這一社會改造思潮中有何表現？從

〔註1〕何立明，中國士人〔M〕，上海：上海交通大學出版社，2017：310。

中可以看出《大公報》與中國現代化處於一種怎樣的勾連之中？以及，如何推進對歷史上的新記《大公報》的認識？以往關於新記《大公報》與近代社會變遷的研究，較多著眼於經濟層面的現代化進程。因為「救國的擔子很重」，所以大公報人自覺為提倡科學、發展工業的「社會先導」，抱定「七分經濟、三分文化」之救國大計。也因此《大公報》在思想觀念尤其是「國民生活觀念」層面建構的是怎樣的「現代」圖景易於被研究者忽略。

二十世紀三十年代後，新記《大公報》以文人報定位蜚聲海內，尊享「中國最好的報紙」之殊榮，在中國知識階級中享有很高的地位。恰在此時，蔣介石在全國範圍內發起了一場名為「新生活運動」的國民生活改良運動。在美國歷史學家史景遷看來，這實際上是蔣介石為找到一種比壓抑學術自由、打擊共產黨、姑息日本侵華等更有效的轉移社會矛盾的方法，而構建的一體化意識形態。〔註2〕運動以中國傳統道德倫理、「儒家化」的三民主義、日本德國等國家復興對蔣介石的啟發為主要思想來源，內容瑣碎細緻，運動初期新生活運動促進總會發起了清潔規矩運動、生活「軍事化、生產化、藝術化」運動、改革社會陋俗、鄉村服務等多種改造社會生活的運動，以使「禮、義、廉、恥」體現於一般大眾的「衣、食、住、行」為直接目標，1934～1937年間在全國產生一定聲勢。抗戰爆發後，新生活運動轉入低潮，以服務抗戰為宗旨，開展了「節約獻金」、「傷兵之友」等活動，與前期相比其性質、內容都有一定變化，開展範圍也極大萎縮。抗戰勝利後，新生活運動曾在一些地區重新開展，但很快隨著政局的變動而歸於沈寂。

近代中國面對列強環伺的外部環境，在一種國家間比較的視角下，知識分子探討求國家「富強」的過程中極易走上功利主義和重物質成就的道路。從嚴復開始，國民生活和國家被緊密聯繫在了一起，國民性的討論也和國家富強掛鉤，這種傾向在整個中國近代史都有很明顯的痕跡，最著名的便是影響巨深的李澤厚所言「救亡」壓倒「啟蒙」的論斷。但其實無論是在物質基礎匱乏的年代，還是物質生活極大豐富的如今，關於物質文明與精神文明孰輕孰重的辯論都在持續上演著，沒有人會否定人的精氣神對於文明存續的極端重要性。古語云：禮義廉恥，國之四維，四維不張，國乃滅亡。但古語亦云：倉廩實而知禮節，衣食足而知榮辱。中國悠久歷史文化傳統的自反性也在昭

〔註2〕史景遷，追尋現代中國1600～1949〔M〕，溫洽溢譯，成都：四川人民出版社，2019：478～479。

示著關於這一話題的常談常新。在 1934 年新生活運動剛剛發軔之時，胡適便發牢騷道，提倡新生活運動的人是本末倒置，因為「許多壞習慣都是貧窮的陋巷裏的產物」，人民的一般經濟生活太低了，絕不會有良好的生活習慣——「《儒林外史》說雪齋家的鹽船擱了淺，就有幾百人劃了小船來搶鹽，卻沒有人來救人，貧窮的鄉下人自然不足怪……今日的大學學生，甚至於大學教授，假期回家，往往到處託人弄火車免票，他們毫不覺得這樣因私事而用公家的免票就是貪污的行為」，凡此種種，都是因為「生活太窮，眼光只看見小錢，看不見道德」。〔註3〕但胡適的牢騷中提到的物質匱乏社會裏「窮人的習慣」，似乎在溫飽問題基本解決並逐漸走向全面小康的當代社會亦似曾相識。如今我們一邊經歷著各種關於樹立社會主義核心價值觀，「八榮八恥」或文明、健康生活觀念的教育，一邊又不斷看到關於「中國式過馬路」，貨車翻車貨物遭沿途村民哄搶，公共交通上吐痰便溺、隨意丟棄瓜皮果屑，或蠻橫插隊占座等不文明現象的曝光，似乎現代的文明價值與生活觀念並不是隨著物質文明的建立而水到渠成的。

　　因此，本研究便以新生活運動為中心，探討在以救亡圖存為時代主題的「國難」背景下《大公報》建構的國民生活觀是怎樣的，如何進一步推進對新聞史上的新記《大公報》的認識，特別是其在特定歷史語境中的實踐特徵，以期得出一些米爾斯所言的關於社會結構及其內部所發生的事件的「真正的相關性」，〔註4〕為理解民國社會提供一個新聞媒介的側面。本研究的理論意義與現實意義在於：

　　一、通過對《大公報》在新生活運動的相關報導中所建構的國民生活觀的研究，分析其與新生活運動這一政策本身所蘊含的價值意義所秉承或偏差之處，以及其與媒體屬性、新生活運動特性和社會環境因素存在的相關性，不僅有助於為理解民國時期如新生活運動這般的社會改良運動提供一個新聞傳播學的視角，也有助於從中析出《大公報》在這場運動中、甚至在中國近代社會變遷過程中某一方面的報導實踐模式。

　　二、通過這一對新生活運動的新聞史的考察，有助於我們從縱向上理解其他時期尤其是當下社會，在樹立現代文明價值與生活觀念的努力中所具有

〔註3〕胡適，為新生活運動進一解〔N〕，大公報天津版，1934-3-25。
〔註4〕C. 賴特·米爾斯，社會學的想像力〔M〕，陳強，張永強譯，北京：生活·讀書·新知三聯書店，2016：80。

的面相,尤其是在媒體宣傳報導過程中的問題。雖然與民國時期相比,無論是在媒體屬性、社會環境還是推動樹立現代文明生活觀念的主客體方面都有本質的不同,但從大眾媒介與社會發展角度、從民族文化傳統的代際傳承來看,歷史與當下是存在一定共通性的,對《大公報》以新生活運動為中心建構的國民生活觀的考察,有助於為我們在當代認識並推進塑造現代國民、樹立文明價值觀念提供一種歷史的參照。

第二節 文獻綜述

一、新記《大公報》研究

《大公報》在中國新聞史及整個近代史上的地位,學界有目共睹,不再贅述。大多數研究確實著眼於《大公報》與社會發展包括與政府的關係,尤其是到了「新記」時期,這是中國近代史上國內國際鬥爭最為激烈複雜,也是《大公報》影響最大、地位最盛的時期,本研究的範圍恰屬於這一時期,故對於《大公報》研究現狀的概述也以這一時期為主。由於關於《大公報》尤其新記《大公報》的學術成果浩如繁星,在此只對《大公報》的綜合性論著進行簡要勾勒,在此基礎上主要結合本研究的取向和視角,著重對媒介社會學視域中的相關專題研究進行梳理。

(一)綜論性成果舉要

學界早期對《大公報》的研究主要是綜論性研究,對《大公報》的總體發展歷程進行論述,並由此奠定《大公報》研究的基礎。從 20 世紀 80 年代學界開始對《大公報》開展專門研究迄今,舉其要者,共有四本里程碑式的專著:周雨的《大公報史》第一次改變了以往對《大公報》泛政治化的論斷,分三個階段介紹了報社的人員變化和發展特點;〔註 5〕吳廷俊《新記〈大公報〉史稿》對新記《大公報》的研究重社論也重新聞、副刊、廣告,秉承「論從史出」的方法,對「小罵大幫忙」、「國家中心論」、「四不主義」等重要問題進行了分析,認為其「並非政治階梯,亦非營利企業,是為文人論政的場所」;〔註 6〕方漢奇主編的《〈大公報〉百年史》第一次將《大公報》創刊百年以來

〔註 5〕周雨,大公報史 1902～1949〔M〕,南京:江蘇古籍出版社,1993。
〔註 6〕吳廷俊,新記《大公報》史稿〔M〕,武漢:武漢出版社,1994。

的歷史進行了系統完整的梳理，並對《大公報》與安福系及蔣政府的關係、
「小罵大幫忙」、《大公報》的階級性質等長期以來爭論不休的問題重新進行
分析和評價，奠定了此後學界對《大公報》的評價基本以正面為主的基調；
〔註7〕俞凡的專著《新記〈大公報〉再研究》對以往大陸及臺灣地區有關新記
《大公報》的研究做了精彩的學術史總結，並利用新史料，將蔣介石與新記
《大公報》時期報人之間的關係作為分析對象，充分展現出新記《大公報》
與蔣政府之間的互動關係。〔註8〕

　　與此同時，相關論文更是數量繁多，特別是 2002 年《大公報》百年報慶
之際，《新聞與傳播研究》、《新聞大學》等刊物都刊登了大量關於《大公報》
的學術文章，加上最近十數年來，周葆華、王詠梅、劉憲閣等中青年學者均
發表了大量功力頗深的研究文章，〔註9〕從《大公報》及其主持人的新聞思想
等各個方面對該報進行深入細緻的研究，使對於《大公報》的研究漸趨系統
化、科學化。

（二）專題研究：媒介與社會變遷視角

　　《大公報》的專題研究一般涉及評論、副刊專刊、廣告、社評、人物等，
《大公報》與近代社會變遷關係的考察是其中極為重要的一個方面。其中副
刊專刊與廣告研究又是探討《大公報》與近代中國社會變遷方面比較集中的
領域。這些研究或以某一內容類型探討《大公報》在特定領域的影響，或從
整體上關注《大公報》對中國近代社會觀念變遷的作用。

　　任桐對 1927 至 1937 年間《大公報》的政治改良思想、和平裁兵思潮、人
權法治思潮、集權主義思潮以及抗日救亡思潮進行考察，將新記《大公報》在
傳統與現代之間進行折衷式的分析，認為新記《大公報》及其同人踐行的是「中
國化的自由主義」，具有強烈的工具理性和改良傾向相結合的特點；〔註10〕唐

〔註7〕方漢奇，《大公報》百年史（1902.6.17～2002.6.17）〔M〕，北京：中國人民大
　　　　學出版社，2002。
〔註8〕俞凡，新記《大公報》再研究〔M〕，北京：中國社會科學出版社，2016。
〔註9〕如吳廷俊，范龍，大公報「敢言」傳統的思想基礎與文化底蘊〔J〕，新聞與傳
　　　　播研究，2002（3）；周葆華，質疑新記《大公報》的「小罵大幫忙」〔J〕，新
　　　　聞與傳播研究，2002（3）；王詠梅，劉憲閣，從「四不」到「二不」——探析
　　　　新記《大公報》辦報方針表述改變的背後〔J〕，新聞與傳播研究，2017（2）；
　　　　李金銓，回顧《大公報》和張季鸞的文人論政〔J〕，新聞記者，2015（11）。
〔註10〕任桐，徘徊於民本與民主之間：《大公報》政治改良言論述評（1927～1937）
　　　　〔M〕，北京：生活・讀書・新知三聯書店，2004。

小兵通過對比《大公報》星期論文和《申報》自由談兩個「輿論空間」的形成脈絡、輿論話語中的同質性與差異性特點以及在思想資源、思維特質以及論述風格上的共性與個性來研究兩種截然不同之輿論話語的形成原因，由此分析兩種公共輿論之間的得失和利弊。〔註11〕彤新春的《時代變遷與媒體轉型：大公報 1902～1966 年》則是從社會變遷對媒體轉型的影響角度，分析了強制性社會變遷背景下《大公報》在經營管理體制、國際報導等方面的轉型，且主要集中在《大公報》1949 年「新生」之後。〔註12〕

李秀雲《〈大公報〉專刊研究》是目前最為詳實的《大公報》專刊研究，該書從社會轉型角度出發，對《大公報》專刊進行梳理和研究，重點討論了《婦女與家庭》《摩登》《電影》《體育》《科學週刊》《醫學週刊》《現代思潮》《社會研究月刊》《政治副刊》《經濟週刊》《明日之教育》等十六種專刊對現代天津及中國的社會轉型、思維方式轉型與學術轉型過程中所起到的推動作用。〔註13〕其他相關的論文還包括陳彤旭的《〈大公報〉兒童專刊的傳播觀念探析》，馮帆、姚欣然的《〈大公報〉副刊與近代中國女性解放》等。

廣告作為一種社會現象、一種經濟手段，更是一種信息傳播方式，在歷史發展中不斷變化，折射出一定的社會現實情況。孫會的《大公報廣告與近代社會（1902～1936）》重點對《大公報》廣告視野中的近代社會變遷以及所造成的雙面影響進行分析，闢有專門章節討論了廣告視野中近代社會的消費觀、精神生活和社會交往變遷等，並且從廣告的經濟、政治、文化功能入手，以窺探我國近代社會發展演變。〔註14〕雷承鋒、衛俊、岳謙厚的《〈大公報〉廣告（1926～1937）與天津社會生活變遷》等論文重點討論了《大公報》廣告與近代天津社會生活觀念變遷的關係，認為《大公報》廣告一方面在傳播西方物質文明與文化知識、培養人們良好價值觀念與社會風尚、激發人們愛國主義和民族認同感等方面發揮了積極作用，另一方面，廣告中所宣揚的追求享樂主義等思想亦破壞了人們傳統的價值觀念，助長了社會不良風氣。總體

〔註11〕唐小兵，現代中國的公共輿論——以《大公報》「星期論文」和《申報》「自由談」為例〔M〕，北京：社會科學文獻出版社，2002。

〔註12〕彤新春，時代變遷與媒體轉型：大公報 1902～1966 年〔M〕，北京：社會科學文獻出版社，2013。

〔註13〕李秀雲，大公報專刊研究〔M〕，北京：新華出版社，2007。

〔註14〕孫會，大公報廣告與近代社會（1902～1936）〔M〕，北京：中國傳媒大學出版社，2011。

上，在天津人的社會觀念由傳統向近代過渡，形成追求民主、平等、求新、時尚、科學的社會觀念特色的過程中，《大公報》廣告無疑起了積極的、推波助瀾的作用。〔註15〕

　　也有一些專題研究關注《大公報》對中國近代社會整體或某一方面變遷的影響。賈曉慧《「大公報」新論——20世紀30年代「大公報」與中國現代化》關注經濟層面的近代化，把這段歷史放在國人為了現代化奮鬥的百年歷史主題中，用整個《大公報》代表的觀點、所起到的作用，來談《大公報》對中國現代化的影響。研究認為《大公報》敦促政府推進經濟建設，重視經濟生活中發生的事件，為經濟發展出謀劃策，在推動中國現代化進程中起了輿論導向作用，堪稱「中國現代化進程的謀劃者。」〔註16〕此外還有一些涉及《大公報》與中國近代文學史、教育史的論題，如洪芳《〈大公報〉與中國近代高等教育》、劉淑玲《大公報與中國現代文學》等。

　　可以看出，目前關於《大公報》的綜論性成果與專題性研究中，具有如下特點：一、圍繞「小罵大幫忙」、「四不主義」等標籤，重點探討《大公報》與蔣政府的關係及其辦報理念，以及對《大公報》的歷史評價問題。二、探討《大公報》在社會變遷中的輿論立場，以中國近代史上公認的「重大」歷史事件為主要考察對象，如「九一八」事變、華北事變、西安事變、抗日戰爭等，而如「新生活運動」這等長期運動的關注目前還較少見。目前僅有復旦大學陳建云教授在2018年12月發表的一篇以「《大公報》與國民黨的新生活運動」為主題的論文，以《大公報》關於新生活運動的重要評論和典型報導為主要材料，以探討《大公報》對蔣政府的態度為落腳點，認為《大公報》在新生活運動長達15年的施行期間基本持支持、贊成態度，與蔣政府保持一種「諍友」關係。三、在媒介與社會變遷的討論中，多數研究成果的基本傾向都是把《大公報》置於中國社會從傳統到現代轉型的框架之中，並認可其對中國社會轉型的推動、促進作用。

二、有關新生活運動的研究

　　新生活運動不僅包含了民國時期的政治，還涉及社會、文化、軍事、對

〔註15〕雷承鋒，衛俊，岳謙厚，大公報廣告（1926～1937）與天津社會生活變遷〔J〕，現代傳播，2013（5）。
〔註16〕賈曉慧，大公報新論——20世紀30年代《大公報》與中國現代化〔M〕，天津：天津人民出版社，2002。

外關係等側面，甚至還凝聚了中國近代史的整體趨向，是考察民國時期政治與社會的一個重要截面。但是，新生活運動自其發起之初就處於爭議之中，關於其發起動機、內容、性質、效果的討論不絕於耳。這種爭議在運動過程中並未得到廓清，甚至遺留至今，影響到中國大陸、臺灣以及海外學者對新生活運動的研究。

（一）意識形態影響下的總體性評價

早期歷史學者和政治學者對新生活運動的討論集中於運動的緣起、性質、目標等，關注的是其意識形態與政治意義。大致可分為兩派：一方面，一些大陸學者和外國學者強調該運動強化了蔣介石的專制統治，收緊了國家對社會的控制。中國大陸早期的一些近代史著作對其基本持負面評價，如張憲文的《中華民國史綱》（河南人民出版社 1985 年 1 月）、劉鍵清等《中國國民黨史》（江蘇古籍出版社 1992 年）、張同新的《蔣汪合作的國民政府》（黑龍江人民出版社 1988 年 4 月）、鄭德榮的《國共政權十年對峙史》（高等教育出版社 1990 年 4 月）等，這些著作基本認為新生活運動在精神方面是為「配合當時的軍事剿共」，「禁錮人民的言論自由，使之擺脫共產主義的影響」，是用來對付共產黨人和革命人民的，是為鞏固「一個主義、一個政黨、一個領袖」的封建法西斯統治的。20 世紀 90 年代，一些專題研究認為新生活運動的思想，來源於中國傳統的儒家思想和德日法西斯思想的影響，其實質是在「新」的名義下，打著「民族復興」旗號，披著「三民主義」外衣，用封建主義倫理綱常規範人民言行，抵制和肅清共產主義，推行法西斯主義的所謂「社會教育運動」。具有理論上的完備性、組織上的廣泛性、內容上的復古守舊性以及宣傳上的欺騙性。〔註 17〕

部分海外學者也對新生活運動的意識形態有所研究，如德里克認為，新生活運動代表了一種「現代的反向革命（modern counter-revolution）」而非「反革命的（anti-revolutionary）保守主義」，因為它把傳統道德當成工具以實現極權主義（totalitarianism）的目的。〔註 18〕易勞逸（Lioyd Eastman）、柯偉林（William Kirby）等認為新生活運動表面上看起來是場儒家道德復興運動，但

〔註 17〕左玉河，論蔣介石發動的新生活運動〔J〕，史學月刊，1990（4）；顧曉英，評蔣介石的新生活運動（1934～1949）〔J〕，上海大學學報（社科版），1994（3）。
〔註 18〕Arif Dirlik, "The Ideological Foundation of the New Life Movement: A Study in Counterrevolution," The Journal of Asian Studies, Vol.34, No.4, 1975, p.975.

實質是一次法西斯運動，旨在把蔣介石的地位提升到擁有絕對最高權力的國家領袖。〔註19〕魏斐德進一步認為蔣介石將「法西斯軍隊式規訓」與「宋明理學中尊卑有別和宗族團結的觀念」結合在一起，但這種「儒家法西斯主義」並不能像歐洲的法西斯主義那樣真正動員民眾。〔註20〕這些觀點強調新生活運動將國家權力擴展至民眾日常生活的極權主義政治野心，並以法西斯主義和新生活運動的類比暗示，這場運動是在中國現代國家制度建設過程中的歧路。

　　另一方面，一些臺灣學者對新生活運動的評價很高，如謝早金（1982）、鄧元忠（1984）、秦孝儀（1985）等都認可新生活運動是民族文化和道德復興運動，並對它的影響和意義都充分肯定，〔註21〕但迴避談及新運的缺陷及其最後的衰敗結局，不能說這是客觀公正的。

（二）歷史史實出發，評價漸趨全面

　　隨著對新生活運動認識的不斷深入，以及學術研究中意識形態色彩的弱化，中國大陸學者對新生活運動的評價逐漸擺脫了完全負面的框架。1999年關志鋼出版了國內第一部全面研究新生活運動的著作《新生活運動研究》，破除了以往一些學者用意識形態的方法對新生活運動的評價，深入研究了新生活運動發動的文化背景，認為新生活運動的發動，同中國固有道德、傳統文化有某種內在的聯繫，具有濃鬱的文化保守主義色彩，實際上是繼承了「中體西用」論。〔註22〕隨後他連發數篇文章，對當時史學界有關新生活運動的「復古論」、「反共論」、「失敗論」等進行了重新評定，肯定新生活運動積極的一面。〔註23〕

〔註19〕易勞逸，流產的革命：1927～1937 年國民黨統治下的中國〔M〕，陳謙平等譯，錢乘旦校，北京：中國青年出版社，1992；柯偉林，蔣介石政府與納粹德國〔M〕，陳謙平等譯，錢乘旦校，北京：中國青年出版社，1994。

〔註20〕Frederick Wakeman, Jr., "A Revisionist View of the Nanjing Decade: Confucian Fascism," The China Quarterly, No. 150, 1997.

〔註21〕謝早金，新生活運動的推行〔C〕，張玉法，中國現代史論輯（第8輯）：十年建國，臺北：臺灣聯經出版事業公司，1982；鄧元忠，新生活運動之政治意義闡釋〔C〕，「中央研究院」近代史研究所，抗戰前十年國家建設研討會論文集（1928～1937）上冊，臺灣「中央研究院」近代史研究所，1984；秦孝儀，中華民國社會發展史（第三冊）〔M〕，臺北：近代中國出版社，1985。

〔註22〕關志鋼，新生活運動研究〔M〕，深圳：海天出版社，1999。

〔註23〕關志鋼，新生活運動「復古論」析〔J〕，江漢論壇，1998（11）；關志鋼，新生活運動「反共論」析〔J〕，深圳大學學報（人文社會科學版），1999（1）；關志鋼，新生活運動「失敗論」析〔J〕，深圳大學學報（人文社會科學版），2002（6）。

同時更多文章開始肯定新生活運動對於抗戰的積極貢獻，〔註24〕尤其是集中於新運中的婦女工作。〔註25〕此外，自左玉河〔註26〕後關於新生活運動的區域研究也越來越多，其中大部分是碩士論文，以某一省市新生活運動的開展為限，將各個省市的特殊性納入考量，但研究框架基本遵循上述總體性研究的思路。

　　總體上，對新生活運動的評價並不因矯枉而過正，大多數研究能秉持較中立的立場進行全面的評價。如林頌華就認為新生活運動有極強的實用性，當國民黨政策立足民族利益時，新生活運動就產生積極效用；當國民黨政策立足其階級利益時，新生活運動就產生消極效用。〔註27〕白純、鄧輝等認為蔣介石發起新生活運動，主要是為了配合武力上「剿共」，具有政治上的反動性，同時在一定程度上，也為抗日戰爭作精神準備。〔註28〕夏蓉認為奇裝異服等禁令雖有提倡婦女使用國貨、挽救民族經濟之意，但在推行的過程中，各級政府採取各種強制手段干預個人私生活領域，很難為公眾輿論所接受。〔註29〕何卓恩、李周峰認為新生活運動使民國時期的民族復興運動可落到實處，但其提倡的禮義廉恥、服從命令、國民生活軍事化所包含的特定政治意圖，暴露出嚴重排他性和狹隘性。〔註30〕

〔註24〕歐陽雪梅，新生活運動與明恥教戰〔J〕，湘潭大學學報（哲學社會科學版），1998（3）；喬兆紅，論抗戰時期的新生活運動〔J〕，天府新論，2005（5）；喬兆紅，從國民精神總動員看戰時新生活運動的積極性〔J〕，歷史檔案，2010（2）。

〔註25〕宋青紅，新生活運動促進總會婦女指導委員會研究（1938～1946）〔D〕，上海：復旦大學，2012；郭曉娜，抗戰時期中國共產黨在「新生活運動」總會婦女指導委員會的工作〔D〕，中共中央黨校，2007；夏蓉，抗日戰爭時期中共與新生活運動促進總會婦女指導委員會〔J〕，中共黨史研究，2009（8）；夏蓉，新生活運動與取締婦女奇裝異服〔J〕，社會科學研究，2004（6）；關志鋼，宋美齡與新生活運動〔J〕，深圳大學學報（人文社會科學版），2009（2）。

〔註26〕左玉河，新生活運動在河南〔J〕，黃淮學刊（社會科學版），1993（3）。

〔註27〕林頌華，試論新生活運動的特點與效用〔J〕，江西師範大學學報（哲學社會科學版），1995（2）。

〔註28〕白純，簡論抗戰之前的新生活運動〔J〕，黨史研究與教學，2003（2）；鄧輝，抗戰文化語境下蔣介石新生活運動評析〔J〕，牡丹江大學學報，2011（8）。

〔註29〕夏蓉，新生活運動與取締婦女奇裝異服〔J〕，社會科學研究，2004（6）。

〔註30〕何卓恩，李周峰，實處與窄處：民族復興運動時論中的新生活運動〔J〕，安徽史學，2015（2）。

（三）近代化線索中的新生活運動

　　與此同時，也有研究逐漸將新生活運動視為現代國家漫長構建過程中的必要一環。這些研究表明，新生活運動介入民眾生活的意圖植根於現代國家對合格國民的需求，而非簡單源於蔣介石個人的獨裁野心，因此這一運動儘管並不成功，但仍是具有合理性的。如日本學者段瑞聰認為這一運動體現了蔣介石的建國理念，有助於蔣集中國家權力以抵抗即將到來的日本入侵，而非單純是為了蔣的個人集權。〔註31〕富得利卡・弗蘭提（Federica Ferlanti）對南昌新生活運動的研究則高度評價了這一運動在塑造新國民和創建民族國家認同中所起的作用。〔註32〕深町英夫的最新專著中則從探討新生活運動「為何」發生出發，將其看作中國探索別於西方富強道路的近代化模式的嘗試，認為新生活運動「既是啟蒙、改良，又是監視、控制」，它的發起是時代必然。〔註33〕

　　中國大陸學者對新生活運動的研究也逐漸突破以往的框架。溫波認為新生活運動是為了解決南京政府成立後面臨的一系列些合法性危機，〔註34〕劉文楠從現代國家治理的角度，認為在汪精衛的影響下，蔣介石使用道德教化的方式督促民眾遵守新生活規範，但他仍然把新運與政府工作整合在一起。新生活運動表現了政府在德治與法治框架以外規訓民眾日常生活的嘗試及其遇到的困難，是中國自身近代化過程的有機組成部分。並通過「西山萬壽宮朝香」的個案分析，認為在「剿共」的大背景下，國民黨政府希望通過鄉村建設來重建政府權威和對基層社會的控制，利用萬壽宮朝香的時機舉辦鄉村建設展覽會，將新觀念接榫於傳統習俗和日常生活，從而起到訓育民眾的目的。〔註35〕朱甜甜則從國家與個人關係的角度分析近代中國尋求富強路徑的變

〔註31〕段瑞聰，蔣介石と新生活運動〔M〕，東京：慶應義塾大學出版會，2006。

〔註32〕Federica Ferlanti, "The New Life Movement in Jiangxi Province, 1934～1938," Modern Asian Studies, Vol.44, No.5, 2010, pp.1～40.

〔註33〕深町英夫，教養身體的政治——中國國民黨的新生活運動〔M〕，北京：生活・讀書・新知三聯書店，2017。

〔註34〕溫波，重建合法性：南昌市新生活運動研究（1934～1935）〔M〕，北京：學苑出版社，2006。

〔註35〕劉文楠，蔣介石和汪精衛在新生活運動發軔期的分歧〔J〕，近代史研究，2011（5）；劉文楠，規訓日常生活：新生活運動與現代國家的治理〔J〕，南京大學學報（哲學・人文科學・社會科學），2013（5）；劉文楠，以「外國」為鑒：新生活運動中蔣介石的外國想像〔J〕，清華大學學報（哲學社會科學版），2017（3）；劉文楠，借迷信行教化：西山萬壽宮朝香與新生活運動〔J〕，近代史研究，2016（1）。

遷，認為新生活運動是趕超式富強模式的首次實踐。〔註36〕

（四）研究視角趨於中微觀

關於新生活運動總體性研究成果已蔚為大觀，這也推動更多學者從中觀和微觀角度進行社會史、文化史等方面的考察。如張芳霖以南昌「商人節」為中心，從民間的角度自下而上地揭示商人對新生活運動的態度及參與方式。〔註37〕孫語聖整理並羅列出新生活運動關於衛生防疫的具體量化成果，分析新生活運動一定程度的合理性、必要性。〔註38〕此外還有研究關注諸如國民政府通過集團結婚進行的隱性權力技術實踐、政權與基督教團體的相互作用、禁吸捲煙運動中基層社會的富於靈活性和多樣性的應對、公共意識的覺醒與否以及國民黨政治社會化的特徵等問題。〔註39〕

此外，也有一些研究開始關注新生活運動對國民性或社會生活的影響等問題。如班忠玉的碩士論文認為新生活運動在一定程度是中西政治、經濟和文化交流和碰撞背景下的產物，也是中國對西方先進的生活方式的一種學習和效法，許多措施關係到近代中國如何從封建社會過渡到現代社會。〔註40〕薛鳳的碩士論文以 1934～1935 年的天津市為個案，考察新生活運動對普通民眾生活的改造，認為新生活運動中頒布的很多規章、推行方案，不能完全得到貫徹，但是其推行的「清潔」、「規矩」運動，開展的守時運動、改良婚喪禮俗，舉辦的「集團結婚」還是給當時的社會環境、社會風氣注入了一股新鮮空氣。〔註41〕

〔註36〕朱甜甜，趕超式富強中的國家與個人——基於新生活運動的考察〔J〕，煙臺大學學報（哲社版），2016（3）。

〔註37〕張芳霖，20 世紀 30 年代的南昌商人與新生活運動——以南昌「商人節」為中心〔J〕，歷史檔案，2005（2）。

〔註38〕孫語聖，新生活運動再審視——從衛生防疫角度〔J〕，安徽大學學報（哲學社會科學版），2005（3）。

〔註39〕谷秀青，集團結婚與國家在場——以民國時期上海的「集團結婚」為中心〔J〕，江蘇社會科學，2007（2）；皇甫秋實，新生活運動的「變奏」：浙江省禁吸捲煙運動研究（1934～1935）〔J〕，近代史研究，2010（6）；郭紅娟，「公共意識」視域中的宋美齡與新生活運動〔J〕，史學月刊，2013（2）；汪思涵，1934～1937 年間的新生活運動與基督教——以《教務雜誌》為中心〔J〕，中國社會經濟史研究，2007（4）；胡兵，新生活運動的政治社會化分析〔D〕，北京：中共中央黨校，2011。

〔註40〕班忠玉，新生活運動與民國社會生活〔D〕，蘇州：蘇州大學，2005。

〔註41〕薛鳳，新生活運動及其對國民生活的改造——以 1934～1935 年的天津市為考察對象〔D〕，天津：天津師範大學，2014。

鄧陽陽的碩士論文則比較分析了國共兩黨在移風易俗方面反映的社會生活觀的差異，認為國共兩黨的發動民俗變革的思想基礎以及對中國傳統文化的態度是這種差異的主要原因。〔註42〕柯康的碩士論文從國民性改造的角度，對新生活運動的緣起，內容措施、效果及侷限性進行了一定的分析。〔註43〕夏文華以晉南地區為縮影，考察了 1930 年代新生活運動在山西省的推行的「清潔」運動、改革社會陋俗、推行社會教育等措施對民眾社會生活的影響。〔註44〕

（五）新生活運動相關的媒介研究

隨著研究視角的多元化，從媒介和新聞傳播視角對新生活運動的關注也初露端倪。從目前可得的數篇研究成果來看，具有如下特點：

一是集中於《申報》對新生活運動的呈現，包括新聞報導、言論、廣告等。如王曉輝、王美珍等人通過對《申報》中新生活運動相關的言論和報導的考察，分析其輿論特色。〔註45〕徐威對《申報》上與新生活運動相關的廣告進行研究，從一個側面反映出新生活運動在當時的主流社會所處的地位。〔註46〕吳倫羽通過和《中央日報》對比，認為《申報》的新生活運動宣傳從早期的政治化表達轉向後期社會化的表達，並從「運動普及」、「觀念傳遞」、「民意表達」三個維度來勾勒《申報》在新運中的意義表達。〔註47〕

二是從媒介角度對新生活運動的總體關照或專題討論。如向芬考察了新生活運動的宣傳方式和內容，及各個時期宣傳陣地和宣傳重心的變化；〔註48〕王少輝討論了新生活運動中涉及的印刷媒介、口語媒介、國貨運動等各

〔註42〕鄧陽陽，國共兩黨民俗變革比較研究——以國民黨的新生活運動與建國前後共產黨的移風易俗為例〔D〕，濟南：山東大學，2015。

〔註43〕柯康，新生活運動與國民性改造〔D〕，武漢：華中科技大學，2015。

〔註44〕夏文華，新生活運動與 1930 年代晉南民眾社會生活〔J〕，山西檔案，2016（3）。

〔註45〕王曉輝，沈世培，1934 年社會輿論對新生活運動的回應——以《申報》為中心〔J〕，北華大學學報，2012（4）；王美珍，20 世紀 30 年代申報對新生活運動的輿論宣傳〔D〕，天津：天津師範大學，2017。

〔註46〕徐威，1934 年《申報》廣告中的新生活運動〔J〕，南陽師範學院學報（社會科學版），2011（10）；徐威，廣告視野下的新生活運動——以 1934 年《申報》為例〔D〕，長春：吉林大學，2011。

〔註47〕吳倫羽，從政治化到社會化：《申報》「新生活運動」報導研究（1934～1936）〔D〕，合肥：安徽大學，2017。

〔註48〕向芬，新生活運動宣傳：全民道德運動的幻夢〔J〕，青年記者，2015（12）上。

種視覺、話語，對民族主義、主權觀念、國民觀念和文化觀念的建構作用，認為傳播媒介將國民政府的意識形態和對未來國家的期待融入一套話語體系，從文字到圖像、從口號到實踐都影響著國民認同的實現。〔註49〕也有學者以新生活運動時期的主要紙媒考察家庭衛生觀念的傳播主體、內容和目標。〔註50〕

　　三是有關新生活運動的媒介言說策略或矛盾性的話語分析。如王詠詩考察了《婦女共鳴》雜誌在新運宣傳中的態度變化及其採用的委婉的言說策略。〔註51〕陳英通過考察報刊雜誌關於新生活運動的即時評論和有關新生活運動的文學書寫，將其作為話語進行整體性研究，在時評、重述、文學書寫的對照研究中，呈現新生活運動的多重面目和知識分子的複雜心態。〔註52〕此外還有一些與此話題有關的電影研究，如李九如、劉奎等探討以新生活運動為背景製作的電影的文化意涵。〔註53〕

三、近代社會生活史研究

　　自20世紀80年代中期以來，中國近代生活史研究從興起到發展，並於近年受到更多關注而成為一個熱門領域，但其概念定義及內涵迄今仍眾說紛紜，尚未有一個眾所認可的明確界定，以往論著對「生活史」、「社會生活史」、「日常生活史」等概念區分並不清晰。從生活史研究實踐來看，一些學者採用廣義的定義，將「社會生活」理解為人類全部活動，在具體的研究中則是把社會結構也包容進去。更多的學者採用的是狹義的概念，並基本認可「生活史是研究歷史上人們除了生產及政治、經濟、文化活動之外，為了滿足日常生活物質、精神及社會交往需要的活動及其變遷」這一定義，〔註54〕因此在很大意義上屬於社會史範疇，不僅是社會史研究的主要組成部分，還是其

〔註49〕王少輝，新生活運動與國家觀念建構〔D〕，昆明：雲南大學，2015。

〔註50〕馬燕洋，章梅芳，王瑤華，民國時期家庭衛生觀念與知識的傳播——以新生活運動期間相關紙媒為主要考察對象〔J〕，科普研究，2019（2）。

〔註51〕王詠詩，新生活運動中《婦女共鳴》雜誌思想矛盾之研究〔D〕，廣州：暨南大學，2016。

〔註52〕陳英，新生活運動的話語研究〔D〕，重慶：西南大學，2017。

〔註53〕李九如，「新生活運動先鋒隊」：《體育皇后》與20世紀30年代初期的現代性身體話語〔J〕，當代電影，2014（7）；劉奎，歷史、媒介與文學敘述：新生活運動的兩副面孔〔J〕，江漢學術，2013（6）。

〔註54〕李長莉，中國近代生活史研究30年：熱點與走向〔J〕，河北學刊，2016（1）。

中最具特色、內容最為豐富多彩的領域之一。而且從諸多研究中，大致可以歸納出「體系說」和「關係說」兩種主要意見。「關係說」關注人們的社會生活與社會歷史的互動，反映社會生活動態生成演變過程的一面。「體系說」則從物質生活、精神生活和社會交往諸方面給予建構，具有一定的靜態結構、橫斷面剖析特徵。〔註 55〕

　　具體的研究內容方面，近代生活史的研究主要關注的是生活方式。根據李長莉的總結，30 餘年來中國近代生活史的熱點集中於風俗習尚、社會群體生活、城市生活與「公共空間」、消費生活、文化娛樂生活等專題研究，各種文章繁多，由於篇幅限制在此不再一一贅述。值得指出的是幾部綜合性研究專著的問世，標誌著生活史研究的成熟。對於近代生活史的綜合性研究，最早依託於近代社會史，如喬志強主編的《中國近代社會史》（人民出版社 1992年版）是首部中國近代（1840～1919 年）社會通史著作，「社會生活」與「社會構成」和「社會功能」並列構成為該書的三編內容；劉志琴主編的三卷本《近代中國社會文化變遷錄》（浙江人民出版社 1998 年版），則是首部中國近代社會文化編年史。近年來以近代生活史為主題的分量較重的綜合性研究著作開始出現。如李長莉《中國人的生活方式：從傳統到近代》（四川人民出版社 2008 年版）一書，即以生活方式為主線，對晚清至民國初期民眾的生活空間、生活日用、交通通信、服飾習俗、休閒娛樂、文化生活等民眾生活諸方面的演變作了考察，並注重揭示生活方式變化所產生的社會文化效應。2015 年，李長莉、閔傑、羅檢秋、左玉河、馬勇合著的《中國近代社會生活史》（中國社會科學出版社 2015 年版），以 80 餘萬字的篇幅對 1840～1949 年這一完整近代時期的社會生活作了系統、綜合性考察，標誌著中國近代生活史研究的趨於成熟。

　　生活方式是生活史研究的主要內容，但並不是唯一方面。早在 20 世紀 80年代末 90 年代初，就有學者在關於生活方式的研究中提到生活觀念的重要地位。如鍾晨發認為「新的生活觀念作為社會思潮的出現，是生活方式的變革由自發走向自覺的標誌」，而且新的生活觀念具有「立新」與「破舊」的作用：一方面使新生活方式的優越性為更多的人們所認識，引導人們按新方式生活，另一方面以新的生活觀念為武器，批判舊生活觀念和舊生活方式，促其退出

〔註 55〕楊衛民，新時期社會生活史研究述略──以中國近代社會生活史為中心〔J〕，焦作師範高等專科學校學報，2012（1）。

歷史舞臺。「生活方式的除舊布新必然要伴隨生活觀念的變革」。〔註56〕楊桂華在從哲學角度討論生活方式的「極」、「層」、「體」立體結構的文章中指出，生活活動和生活觀念是生活方式主體的兩個基本要素，「新的觀念會產生新的行為，採取新的手段，從事完全不同內容的活動，經過一段時間，建立新的生活方式」。〔註57〕進入新世紀，不斷有學者繼續強調生活觀念研究的重要性，何一民認為生活觀念作為市民對生活的某種傾向性態度和認同，它的變遷直接影響到市民的日常行為取向。〔註58〕雒有倉提出社會生活史作為研究中國社會不同歷史時期各種生活現象及其價值觀念發展變化的一門學科，其體系主要應包括生活環境與生活方式、社會群體及其行為特徵、家庭生活及衣食住行變遷、社會教育與社會交往、生活的態度與價值觀念等五個方面的內容。〔註59〕吳宏岐則進一步明確社會生活史的研究內容應包括生活觀念研究，將「生活觀念」與「生活環境」、「生活方式」等置於並列的地位，認為「對於生活觀念的研究應當引起學術界的充分重視」，〔註60〕並得到楊衛民等學者的認同。

此外，20世紀70年代以來中國社會科學學術界持續關注的「人學」也在一定程度上對這一問題有所關涉。關於人學的概念學界存在嚴重的分歧，至今無法達成一致，這也致使關於人學的研究內容或研究體系五花八門，有持「兩塊論」、「三塊論」或「四塊論」者。但無論如何，「人的個人生活和社會生活及其各個方面的構成情況」，以及「關於人的現實問題，如人的素質、人的個性、人格塑造」均是當代中國人學研究無法繞開的問題領域。〔註61〕而在人學研究的歷史視角下，傳統人心風俗的批判與改造、國民劣根性批判等「人的近代改造」均為重要的子課題。由此可見，關於「人」的社會面貌與個人生活始終是學術界念茲在茲的一個中國近代社會之切面。

〔註56〕鍾晨發，略論生活方式的構成因素和變革機制〔J〕，華中師範大學學報（哲社版），1986（1）。

〔註57〕楊桂華，生活方式是一個動態的立體結構〔J〕，天津師大學報，1990（4）。

〔註58〕何一民，辛亥革命前後中國城市市民生活觀念的變化〔J〕，西南交通大學學報（社會科學版），2001（3）。

〔註59〕雒有倉，關於中國社會生活史的體系問題〔J〕，淮北煤炭師範學院學報（哲學社會科學版），2003（3）。

〔註60〕吳宏岐，區域社會生活史的若干理論問題〔J〕，陝西師範大學學報（哲學社會科學版），2006（1）。

〔註61〕袁洪亮，中國近代人學思想史〔M〕，北京：人民出版社，2006：7～8。

四、建構主義的理論脈絡

在人類認識自我與外部世界關係的歷史上，建構主義具有深厚的哲學傳統。對「客觀知識」發起挑戰的最早也是哲學家，如德國哲學家叔本華（Arthur Schopenhauer）便指出，「世界就是我的表象」，尼采（Freidrich Nietzsche）也認為真理不是被發現的，而是被創造的，而維特根斯坦（Lugwig Wittgenstein）則聲稱，「我的語言所及的範圍就是我的世界所及的範圍」。在美國實用主義哲學傳統中，杜威（John Dewey）亦不止一次聲言「是我們創造了現實，每一個人都在自我與環境的碰撞中建構起他或她自己的世界」。隨著學科化的進程，這一哲學傳統也逐漸滲透到了社會學與歷史學的研究中。

（一）媒介社會學與建構主義

社會學理論中的建構主義脈絡可以追溯到 19 世紀晚期和 20 世紀早期的兩位德國理論家：齊美爾和韋伯。他們認為人總是積極主動地建構社會現實的行動者，其行動方式則要看他們是以怎樣的方式理解其行為的，以怎樣的方式賦予其行為以意義的。〔註 62〕他們的思想成為建構主義的重要思想源流。

一般認為建構論的思想傳統有三種源流，如江根源在對媒介建構論的考察中區分了社會學、符號學、社會心理學三種範式，〔註 63〕張斌則認為哲學層面上現象學和解釋學對建構論的形成有直接影響，美國社會學的芝加哥學派也為建構論的出現提供了直接的理論資源。〔註 64〕雖然不同的學者對三種源流的命名存在稍微的差異，但這三種思想傳統的本質內容與代表人物上則基本一致：社會學（江）或現象學（張）都把彼得·伯格（Peter Berger）和托馬斯·盧克曼（Thomas Luckmann）作為主要代表，再往前溯其源流則還應包括胡塞爾和舒茨。這一流派深刻受到韋伯的影響。胡塞爾的現象學提出了「回到實事本身」的認識論前提，成為建構主義的方法論基礎，而意向性和主體間性等思想，則直接為建構論反對機械的「反映論」提供了思想武器。他的

〔註 62〕馬爾科姆·沃特斯，現代社會學理論〔M〕，北京：華夏出版社，2000。

〔註 63〕江根源，媒介建構現實：符號學、社會學和社會心理學範式〔J〕，浙江工業大學學報（社會科學版），2014（3）；江根源，媒介建構現實：理論溯源、建構模式及相關機制〔D〕，杭州：浙江大學，2013。

〔註 64〕張斌，新聞生產與社會建構——論美國媒介社會學研究中的建構論取向〔J〕，現代傳播，2011（1）。

學生舒茨通過建立現象學社會學將先驗自我與現實世界打通融合，使胡塞爾的現象學從雲端落到實處。伯格和盧克曼以《現實的社會建構》一書著稱，他們的知識社會學改變了古典哲學社會學的研究對象，從形而上的邏輯世界轉到我們身體力行的日常生活世界。社會生活中任何一個實在的建構，都只能是社會地建構，即通過社會活動和社會生活本身來建構。

社會心理學（江）或芝加哥學派（張）則基本以 G. H. 米德開創的符號互動論為核心。如果說齊美爾影響了 20 世紀早期的美國社會學思想，那麼其中最突出的便是由芝加哥大學的米德發展起來的那種建構主義傳統。符號互動論雖然是一種心理學理論，但是它與傳統心理學理論的不同在於，它的研究重點在於個體的符號互動。而媒介世界是典型的符號世界，受眾接受與處理媒介信息的過程恰是典型的符號互動，而且從心理學的視角來研究媒介建構又很好地填補了個體心理這一重要維度。

符號學（江）和解釋學（張）的共同之處在於，把「意義」作為自己的核心問題。雖然張斌在其文章中沒有明確提到索緒爾的語言學，但其強調理解要有理解的前結構——存在於理解者與文本中間——才可能發生。這與江根源所述符號學範式中以媒介文本為核心對象、一般採用內容分析與符號學方法、以意義與意義生產為關鍵問題的特徵若合符節。

美國媒介社會學研究中的建構論取向自 20 世紀 50 年代開始發展。但追根溯源，帕克和李普曼可稱先驅。李普曼的「擬態環境」即隱隱暗含著媒介建構論的趨向，「探照燈」即是他的提法，他在《公眾輿論》中認為媒介在人與他的環境之間楔入了一個虛擬環境，在社會生活層面上，人對環境的調適是通過「虛構」這一媒介進行。「虛構」不是指製造謊言，而是「對環境的描寫，這個環境在某種程度上是人類本身製造出來的」。〔註65〕帕克（Robert E. Park）亦將新聞視為一種知識形式，新聞的重要角色是扮演了提供聚集人們注意力的視界，對共同關心的問題進行討論。但真正重要的，不在於新聞在經驗上的正當與確實，而在於它維持的通常意義。〔註66〕

懷特和布里德從新聞生產的角度對媒介及從業者加以研究，真正開創了

〔註65〕沃爾特・李普曼：公眾輿論〔M〕，閻克文，江紅譯，上海：上海世紀出版集團，2006。

〔註66〕Robert E. Park: News as a Form of Knowledge: A Chapter in the Sociology of Knowledge. American Journal of Sociology Vol. 45, No. 5 (Mar., 1940), pp. 669～686. Published by: The University of Chicago Press.

美國媒介社會學中建構論取向。1950 年，懷特正式提出了新聞信息傳播過程中的「把關人」理論，表明媒體編輯對新聞報導的選擇顯現出高度的主觀性，其選擇是怎樣依賴於基於把關人自身的經驗、態度和對「新聞傳播」究竟是什麼的期待的基礎之上的價值判斷。布里德則關注到新聞編輯室這個更大的組織環境，考察媒介政策對新聞從業者選擇新聞的影響。他在 1955 年的研究中認為「新聞人並不特別地堅持社會和職業理念，而是將他們的價值重新限定在新聞編輯室內部更為實用的層面」。

　　媒介建構論取向的真正成熟要等到 20 世紀 70 年代後，邁克爾・舒德森、塔奇曼、吉特林等學者發表了一批堪稱經典的研究成果。舒德森的經典之作《挖掘新聞：美國報業的社會史》從現代新聞機制與經濟、政治、社會、文化生活之間的互動關係上，依託於美國新聞業的發展歷史，對作為新聞專業意識形態的客觀性理念的生成進行了深入闡述，在歷史的維度上展現了新聞作為一種社會建構手段的變遷。塔奇曼則將注意力放在新聞作為一種知識形式，它產生於媒介機構組織常規的多元利益之間的互動，在大量參與觀察和訪談的基礎上，從理論上系統闡發了新聞生產中的建構手段。並在《做新聞》一書中認為新聞是建構的現實，是社會現狀的再生產，是一種意識形態。吉特林通過自己的親身經歷、大量的當事人採訪和第一手材料，在傳統的文獻分析和歷史研究方法的基礎上，將焦點集中在報導本身及新聞媒體與社會環境的互動上，將專業的、組織的、經濟的和政治的力量結合成一個框架來解釋新聞。赫伯特・甘斯的《什麼在決定新聞》亦是新聞室觀察研究的經典之作，同樣從新聞生產的角度強調了新聞機構和新聞生產過程的重要性，對新聞價值是「以事件為中心」的這種說法形成挑戰。

　　然而中國在 20 世紀 80 年代引進美國的大眾傳播學，卻是從其強大的功能主義傳統路徑進入的。眾所周知，西方主流傳播學具有強大的功能主義傳統，並成為主導媒介社會學研究的理論範式。相應於媒介社會學研究的不同路徑，關於媒介與社會實在的關係一般包括「反映論」和「建構論」兩種看法。在功能主義傳統中，媒介被看作社會整體的有機組成部分，是發揮著特定功能的「工具」。因此，反映論關注的是媒介的內容是否真實反映了社會實在。而在建構論看來，人類對社會實在的認知和表述，不是一種鏡子式的被動反映，而是一種主動的參與建構，它關注的是媒介如何反映了社會實在以及為何要如此反映。有論者就形象地以「鏡子」和「探照燈」來比喻反映論和

建構論這兩種關於媒介與社會之間關係的認識論。〔註67〕

　　但即使拋開美國大眾傳播學在 20 世紀 80 年代後對中國新聞理論研究的影響，我們也可以在某種程度上說「20 世紀中國的新聞理論就是報刊功能理論」。〔註68〕由於近代中國政治的劇烈變動，無論在業務還是理論研究上新聞都與政治緊密糾纏在一起，甚至說達到了「政治為體，新聞為用」的程度。雖說 20 世紀中國新聞理論傳統中的「報刊功能」，並不完全是社會學中的功能主義，但可以明確的一點是功能主義的思路深刻滲透到我們的新聞學與傳播學研究中。媒介功能尤其是政治功能過分突出，對於我們從實踐和理論層面理解媒介的主動性和創造性造成了一定障礙。因此，媒介社會學研究中的另一範式——建構主義，就成為討論媒介與社會關係的重要補充，從功能主義向建構主義轉化成為新聞傳播研究中一些學者的呼籲和實踐。

（二）新文化史與建構主義

　　語言與外部世界的關係在傳統歷史學家看來根本不成其為問題，即使不談「史學就是史料學」這一極端觀點，史料在傳統歷史學家那裡也近乎一種透明的存在。這與傳統歷史學輕視理論（如果說不是蔑視的話），而專注於史料拷掘的特點密切相關。阿爾伯特・愛因斯坦（Albert Einstein）曾經斷言，我們的理論決定了我們能夠觀察到什麼。

　　歷史學與社會理論隔閡之深，甚至布羅代爾把二者的關係稱作「聾子之間的對話」。〔註69〕但如今，歷史學家再也無法迴避語言與外部世界的關係的討論了。在傳統史學向社會史、文化史的轉向中，「史料」這面曾經被視為外部世界「反映」的鏡子被打破了，歷史學家已經越來越認識到，不同的人會從不同的視角來看待「同一個」事件或結構，史料似乎變得難以理解了。〔註70〕易言之，歷史需要解釋，已是沒有異議。〔註71〕

　　在此背景下，新文化史可以視作歷史學向社會理論吸取養分的典型研究路徑。而建構主義則是新文化史區別於以往政治史、社會史等傳統史學的最

〔註67〕黃順銘，「鏡子」與「探照燈」辨析——對新聞傳播學中反映論與建構論的認識思考〔J〕，現代傳播，2003（1）。
〔註68〕黃旦，二十世紀中國新聞理論的研究模式〔J〕，現代傳播——北京廣播學院學報，1994（4）。
〔註69〕彼得・伯克，歷史學與社會理論〔M〕，上海：上海世紀出版集團，2010。
〔註70〕彼得・伯克，什麼是文化史〔M〕，北京：北京大學出版社，2009。
〔註71〕黃旦，歷史學的想像力〔J〕，史學月刊，2011（2）。

主要特徵。從 19 世紀以降直到 20 世紀中葉，試圖將歷史科學化的「分析」式歷史書寫方式就一直佔據歷史書寫的主流，迨至 20 世紀 60 年代，受到西方學術界「語言學轉向」或「文化轉向」的影響，歷史學家日益認識到語言的模糊性與文本的不確定性。如美國新文化史的旗手林・亨特（Lynn Hunt）所言：「歷史學家工作的本質就是講故事」。〔註72〕在美國歷史學者海登・懷特眼中，過去本身就是一種建構。他的《元史學》一書的目的即在指出歷史文本的「形式主義」。他看到了歷史文本的創造性、歷史解釋的多樣性，也看到了歷史話語的詩性結構；作為一名反本質主義者，在他眼裏歷史的本質已經無法把握，人們擁有的只是對歷史事件的虛構的歷史敘述文本。對同一歷史事件的不同敘事模式或風格比起內容來說更值得我們去關注，因為藉此可以更好地看清一個個獨立發生的事件是如何被賦予一種聯繫，納入到某種敘事結構最後凝聚成歷史話語的；在處理證據的方式中則看到權力運作的不同方式。〔註73〕

　　在歷史學領域，將「表象」視為現實的「建構」或「生產」來加以思考和討論，逐漸成為一個普遍的現象。〔註74〕20 世紀 60 年代以來，建構主義從理論到實踐都獲得大發展：塞爾托提出了「實踐」、「挪用」等概念，福柯提出「規訓」、「實踐」等概念，湯普森將建構主義應用於英國工人階級的形成，懷特運用建構觀來論述 19 世紀歐洲歷史寫作中的文學傾向，安德森應用建構觀來考察民族國家的形成，霍布斯鮑姆則運用其論述「傳統」的發明，等等。〔註75〕尤其在安德森《想像的共同體》與彼得・伯克《製作路易十四》等著作中，傳統的書籍、繪畫、音樂等媒介與報紙、雜誌等現代媒介手段作為「建構」的手法獲得了濃墨重彩的描述。通過建構主義，歷史學家感覺到了一種從「決定論」中解放出來的開闊與自由，一種柔性的、可延展的「歷史學的想像力」。

　　綜上所述，一、學界對新記《大公報》的綜論性研究與專題研究中，媒介與社會變遷是其中一個重要主題，或側重分析重大歷史事件中的報導與社

〔註72〕蔣竹山，新史學──新文化史專號〔C〕，鄭州：大象出版社，2005。
〔註73〕閆立峰，王璿，能動的振擺：從新歷史主義視野看新聞文本的歷史性〔J〕，新聞與傳播研究，2018（1）。
〔註74〕彼得・伯克，什麼是文化史〔M〕，北京：北京大學出版社，2009：88。
〔註75〕蔡玉輝，每下愈況：新文化史與彼得・伯克研究〔M〕，上海：譯林出版社，2012：153。

論所反映的《大公報》的輿論立場，或側重分析專刊副刊廣告等對民國經濟、教育、社會生活等方面的影響；後者的多數研究成果的基本傾向都是把《大公報》置於中國社會從傳統到現代轉型的框架之中，並認可其對中國社會轉型的推動、促進作用。

二、目前有關新生活運動的研究正逐步突破意識形態先入為主的框架，更加注重史實層面的論述和評價，不少學者以近代化或國家治理為線索討論新生活運動的發起與實施。

三、關於新生活運動的研究視角更加多元、更加趨向中微觀，如社會史等層面，在此視角下已有一些研究開始關注新生活運動影響下國民社會生活觀念及方式的變遷，不過多是史家就新生活運動本身的分析，對媒體建構的考察還不多見；新聞傳播學科對新生活運動的關注，或是對新生活運動中所涉及媒介的全面關照，或是對《申報》等媒體的言說特徵與策略的分析，對媒體建構的新生活運動，尤其是生活觀念方面的建構的討論尚付之闕如。

四、新生活運動無論從其史實還是背景、意義來看，都是近代社會生活史研究的一個重要階段。生活史研究的重要預設即是，社會生活變遷是中國近代社會轉型的民間基礎。新生活運動承載的歷史任務和時代意義在日益成熟的社會生活史研究裏具有鮮明的研究價值。

五、20 世紀 70 年代以來媒介建構論的發展，正在不斷承認大眾傳播媒體在塑造公共生活上的權力。它擺脫了刺激／反應模式的固有研究思路，將注意力集中在新聞組織機構、新聞從業者及其專業意識形態之間的相互關係上，並在一定程度上將其與更廣泛的社會文化環境之間的複雜關聯結合起來考察，為我們深入理解媒介與社會的關係問題提供了功能主義傳統外的一條新路和可能更深刻的洞見。這對於生活史研究中生活觀念的討論尤其具有建設意義，也有助於進一步加深對某一媒體的社會角色與辦報旨趣的認識。

第三節　思路與框架

一、基本研究思路

通過對新記《大公報》以及新生活運動相關研究的梳理，本研究把《大公報》放在建構主義的理論路徑中，探討其圍繞新生活運動的文本建構的國民生活觀的內涵及特徵。但本研究在此並非意圖獨闢蹊徑、完全肅清報刊功

能主義的影響，這既無可能，也無必要。有社會學者即稱，在批駁功能主義幾乎成為一種授予社會學上成熟稱號的升級儀式的背景下，我們尤應清醒體認到：一種重要的社會理論取向是不大可能被其他的理論取向完全取代的，不同的理論視角是互相補充的，我們力求的是視界的融合，而不是完全的另起爐灶，這事實上也是不大可能的。〔註 76〕筆者並不拒絕報刊功能理論對研究可能施加的影響，事實上也拒絕不了，尤其是在本研究中研究對象所處的歷史階段特徵──國民黨在「訓政」口號下確立的嚴密的新聞統制試圖將報刊納入「訓民以政」的輿論工具箱中，〔註 77〕同時《大公報》在「國難」日深的現實處境中亦主動和「政治」密切聯繫，尤其在抗戰中「可謂達到了極點」。〔註 78〕本研究採用知識社會學的視角來分析新聞報導內容，根據默頓（Robert K. Merton）的說法，「知識社會學主要致力於探究知識與人類社會或人類文化中存在的其他各種要素之間的關係」。〔註 79〕「知識」（knowledge）是一個寬泛的概念，凡是通過「深思熟慮」的、處理過的或系統化的，即是「知識」。〔註 80〕但所謂知識社會學也並沒有一套現成的操作手法，其更重要的意義在於為我們提供了一種方法論上的指導，一種理解社會及社會中思想的社會學思考方式。

　　這需要回到具體的歷史場景之中，對當時的《大公報》、「新生活運動」、「國民生活」、「現代化」等名詞進行不同層次的揭示，而非將其視為已被定義好的終極詞彙。在研究方法上，本研究將基於《大公報》報導文本及其他文集、檔案等資料，以文本分析為主要研究方法，著重對文本意義的闡釋。此外，本研究的思路還暗含著比較研究的方法，即在與新生活運動促進總會會刊等官方公報、文件、檔案等文獻的對照中展現《大公報》所建構的國民生活觀對新運政策本身價值意涵的遵循與偏差。

　　同時需要交待的是，本研究將借鑒社會生活史的成果，以「國民生活觀」

〔註 76〕於海，西方社會思想史〔M〕，上海：復旦大學出版社，2018：290。

〔註 77〕相關係統性研究可參見向芬，國民黨新聞傳播制度研究〔M〕，北京：中國社會科學出版社，2012；劉繼忠，國民黨新聞事業研究（1927～1937）〔M〕，北京：光明日報出版社，2019。

〔註 78〕王瑾，胡玫編：胡政之文集·下〔G〕，天津：天津人民出版社，2007：1080。

〔註 79〕羅伯特·K. 默頓：社會理論和社會結構〔M〕，唐少傑、齊心譯，上海：譯林出版社，2006：682。

〔註 80〕彼得·伯克：知識社會史〔M〕（上卷），陳志宏、王婉旎譯，杭州：浙江大學出版社，2016：12。

作為統攝研究內容的重要概念。近代以來中國知識分子對國民改造問題的關注集中體現在對「國民性」的探討中,但這一概念本身具有較大的爭議,尤其是「國民性」一詞對「民族性格」、「文化心理結構」等心理學概念的偏重,使其應用於本研究對「新生活運動」的討論時,易引起一定的誤會,並加大了對其進行歷史分析的難度。正如歷史學家對心理學的抗議,「把弗洛伊德的方法應用於死的東西,對文件而不是對人進行心理分析具有明顯的困難」。〔註81〕至 20 世紀 30 年代,《大公報》同人在討論國民改造、塑造現代國民問題時,已經較明確地提出「改造國民生活」的話語。〔註82〕為避免不必要的麻煩,本研究擬從社會生活史研究中吸收有益的養料。從寬泛意義上看,生活史不僅包括人們的衣食住行等日常生活,還可擴展為社會交往、風俗習慣、民眾信仰、家庭宗族、大眾文化、社會觀念等內容。〔註83〕因此,本研究擬借鑒社會生活史中的分類,並結合《大公報》關於新生活運動報導的主要內容,從國民物質消費觀、國民衛生健康觀、國民社會交往觀等方面展開討論,並以「國民生活觀」作為從表層意義上統攝新生活運動所包含的駁雜內容的關鍵詞。

在此,本研究著眼的媒介建構,由於大眾媒體的屬性,無論是新聞報導還是評論、廣告、副刊等,報刊與新生活運動的勾連很大程度上是通過其表層意象進入的,以「生活觀」為關鍵詞,看似浮於表面,實則正合報刊實踐的本質特徵。本研究所描摹的「建構」是基於報刊內容的對國民「生活觀念」的建構,而不是「媒介化」理論著眼的報刊對事實可見的「生活方式」的介入與改變。易言之,此處的「媒介建構」,在真實性意義的層面上正是與「事實上」的生活方式(堅硬的事實狀況)相對照的「人們對它談論的表面性」。〔註84〕

簡言之,本文的研究目的即在近代以來知識分子探尋國民現代化的思潮中,考察新記《大公報》以新生活運動為中心建構的國民生活觀具有哪些內涵,呈現了何種「現代」面孔。本研究主要在建構主義的理論路徑下,考察新

〔註81〕彼得·伯克,歷史學與社會理論〔M〕,上海:上海世紀出版集團,2010:147。

〔註82〕季鸞,我之新生活運動觀〔N〕,國聞週報,1934(15)。

〔註83〕李長莉,閔傑,羅檢秋等,中國近代社會生活史〔M〕,北京:中國社會科學出版社,2015。

〔註84〕沃爾夫岡·韋爾施,「真實」——意義的範圍、類型、真實性和虛擬性〔M〕,載西皮爾·克萊默爾,傳媒、計算機、實在性——真實性表象和新傳媒,孫和平譯,北京:中國社會科學出版社,2008:150~151。

生活運動這一社會改良運動的新聞傳播面相，致力於討論如下問題：新記《大公報》與中國的現代化進程處於怎樣的勾連之中？該如何進一步推進對新聞史上新記《大公報》的媒體特性的認識？

二、章節安排

　　基於以上思路，本研究的主體部分共用五章進行論述。第一章「《大公報》與國民生活觀」主要展現《大公報》國民生活觀建構實踐展開的歷史背景，第一節討論《大公報》的文人報定位與時代影響力對其國民生活觀建構資質的支撐，並在回顧近代以來國民改造思潮的基礎上進一步展現《大公報》對其的承接；第二節介紹《大公報》為建構國民生活觀所樹立的一個「新生活」的靶子，即當時被視為墮落的都市舊生活象徵的「上海化」生活；第三節則綜論新記《大公報》的新生活觀，提出「經濟的」、「衛生的」、「紀律的」三原則，以為全篇之發引。

　　第二章「國民物質消費觀建構」和第三章「國民衛生健康觀建構」是根據張季鸞在《我之新生活運動觀》中提出的「經濟的」與「衛生的」兩大實施原則展開的論述，也是《大公報》關於新生活運動的意義闡釋最為集中的部分。其中第二章是《大公報》從「側重經濟的意義」出發所建構的物質消費觀，以新生活運動「三化」目標之一的「生活生產化」及倡導社會節約為基本目標，建構國民在日常生活中的簡單、樸素消費觀念，諸如對在一般民眾尤其是公務員中倡用國貨、引領政界的節約樸素風氣、簡化婚葬風俗等，對較有爭議的取締婦女奇裝異服、染髮燙髮也從民族經濟原則予以意義闡釋。

　　第三章「國民衛生健康觀建構」著眼於張季鸞提出國民新生活應恪守的「衛生的」原則，「即一種健康的運動」。第一節以新運初期的「清潔」運動為重點討論《大公報》在建構國民衛生清潔觀念時的特點；第二節從消極防禦的層面介紹拒毒防疫工作對個人衛生健康的重要性；第三節從積極建設的層面向國民普及體育鍛鍊的觀念，為民眾樹立健美身體的典範。

　　第四章「國民社會交往觀建構」著眼正當休閒與交際、行為規範與社交禮儀以及國民的團體化與紀律性觀念，對蔣介石發起新生活運動的本意——「全國國民軍事紀律化」進行了具有《大公報》自身特徵的建構；

　　第五章「《大公報》國民生活觀的『複雜』現代性」從現代性的三個維度——工具理性、個人權利和民族主義——對《大公報》建構的國民生活觀進

行評介，揭示《大公報》塑造的「現代國民」呈現的面孔，既有對第二、三、四章內容的總結，也有新材料的加入。第一節從樹立時間管理意識、培養進取和功利精神、科學與迷信交錯等方面討論「現代國民」在理性精神層面的特點；第二節以國民的政治意識、家族制問題、女性地位等話題為切入討論「現代國民」的個人權利；第三節則從新運的宣傳話語與實際推行方面探討《大公報》在建構國民生活觀過程中的民族主義闡發。

　　第六章為結語部分，總結本研究探討的《大公報》在以新生活運動為中心的國民生活觀建構的特徵，以此推進對《大公報》的媒體特性的認識。

第一章 《大公報》與國民生活觀

　　1920 年，張季鸞尚在上海與沈鈞儒一起主持《中華新報》。這一年 4 月份，他曾受人委託為文一篇，擬於《新中國》雜誌週年紀念之時刊出。張季鸞以「在新聞界彷徨了十年，飽看世變，閱盡滄桑」的資歷，大談起他的救國主張。在這篇名為《我的平凡救國論》的文章中，張季鸞以不無激憤的語氣歎道，近年新思想輸入中國不少，文化運動勃然興起，但「一切學說，一切主義，一切理論，俱不足以救中國」，暫且不論這些主義理論本身之高低優劣、是否適於中國，僅僅因中國「人」的不努力，便使得無論何種主義到了中國俱化為「一個空招牌」。中國社會改革的基礎「畢竟在人」，「我看社會上政治上一切罪惡，都發端於生活問題。這個事不能解決，一切都是空的，一切都是假的」，所以應該從個人生活改革起，至於如何改革，「第一在改良個人經濟」。如他認為國人的風俗太奢侈，太不經濟，「中國的交際，比起日本來，耗費大的多」，宴會送禮等「務提倡簡單，務提倡儉約」，「洋煙洋酒，大可屏棄，更不必為逛韓家潭養汽車；賭博一事，縱不能全禁，務須作成暗昧的事，如總會俱樂部，當然應禁。」〔註1〕

　　從張季鸞身上可以一窺 20 世紀之初中國的知識分子對國民改造或國民生活改良問題的注意。1905 年後，考取官費留學資格東渡日本求學後，張季鸞在早期的辦報經歷中便立志要走「言論報國」和「新聞救國」的道路，〔註2〕而且從其《我的平凡救國論》一文亦可略微探知，在張季鸞的救國主張中，國民個人生活的改革早就進入了他的視野，也是這一時期知識分子各種「救

〔註 1〕張季鸞，我的平凡救國論〔J〕，新中國，1920（5）。
〔註 2〕張育仁，自由的歷險——中國自由主義新聞思想史〔M〕，昆明：雲南人民出版社，2002：396。

國論」中很有代表性的思想。在新文化運動中知識階層討論國民性的高潮後不消數年，張季鸞與留日同學吳鼎昌、胡政之在天津接收《大公報》，其「社會改革基礎在個人生活」的救國主張亦隨之注入新記《大公報》同人「報人報國」的歷史進程之中。

第一節　《大公報》國民生活觀建構的歷史背景

一、新記《大公報》：「中國最好的報紙」

（一）文人辦報的新記《大公報》

近代新聞事業發軔以來，基本是政黨報與民營報兩大報刊類別隨著社會形勢的發展互相競流，但由於不同的發展宗旨與財務模式，二者基本可以做到彼此相安。由於政治和經濟的原因，中國近代報刊史上占主流的是政黨報紙，民營報則大多本小利微、旋起旋滅，難成大器，在極少數能延續自身發展的幾家民營報刊中，《申報》《新聞報》《大公報》首當其衝。但在「民營報基本等同於商業報」的固有印象中，《大公報》則在民間商業報刊的一般發展路徑中趟出了一條既不同於政黨報又不同於商業報的「第三種」道路。

為明晰新記《大公報》所謂「第三種」辦報路徑，有必要在此將其與固有之「政黨報刊」與「商業報刊」概念進行比較。政黨報刊與商業報刊是民國初年後兩股競相在中國社會產生實際影響的辦報思路，政黨報刊是指依靠政府或政黨資金，宣揚某種政治觀點、帶有一定政治色彩的報刊；商業報刊則是以經濟獨立、中立客觀為標榜，實行企業化經營，以追求商業利潤為目標的報刊。「新記」時期，吳鼎昌、胡政之、張季鸞三人憑著多年的辦報經驗，拋棄以往報刊要麼靠「津貼」要麼靠「生意」才能發展的路子，成功確立了報紙的「第三種」模式，成為新記《大公報》在 30 年代後發制人，一躍成為「中國最好的報紙」的關鍵。

長久以來，無論是報社同人或學術界均將新記《大公報》視作文人辦報之典範。1941 年《大公報》在其獲密蘇里新聞學院獎章後的社評中即指出，中國報紙與世界報業的不同之處在於「中國報原則上是文人論政的機關，不是實業機關，這一點可以說中國落後，但也可以說是特長」，並宣稱《大公報》的價值即在於「雖按著商業經營，而仍能保持文人論政的本來面目」，且報社同人「都是職業報人，毫無政治上、事業上、甚至名望上的野心，就是不求權，

不求財，並且不求名。」〔註3〕1943年，胡政之在對渝館編輯工作人員講話中便提到：「中國素來做報的方法有兩種，一種是商業性的，與政治沒有聯繫，且以不問政治為標榜，專從生意經上打算；另一種是政治性的，自然與政治有了關係，為某黨某派做宣傳工作。但是辦報的人並不將報紙本身當作一種事業，等到宣傳的目的達到了以後，報紙也就跟著衰歇了。但自從我們接辦了《大公報》後，替中國報界闢了一條新路徑。我們的報紙與政治有聯繫，尤其是抗戰一起，我們的報紙和國家的命運幾乎聯在一起，報紙和政治的密切聯繫，可謂到了極點。但同時我們仍把報紙當營業做，並沒有和實際政治發生分外的聯繫。我們的最高目的是要使報紙有政治意識而不參加實際政治，要當營業做而不單是大家混飯吃就算了事。」〔註4〕因張季鸞主持筆政之功，學術界亦將新記《大公報》視為中國報刊史上「文人論政」的最高峰。〔註5〕

所謂「文人論政」，文人就是文化人。「先天下之憂而憂，後天下之樂而樂」，范仲淹所說的「以天下為己任」正是中國儒家士大夫知識人的精神特質，西方的新聞專業主義人才不會把天下的責任扛到自己的肩上。民國時期的社會分工尚談不上十分細化，文人、報人和學者都是跨界的。可以說《大公報》從1902年英斂之創辦至1949年，除極短的一段時間外，幾乎完全保持著「文人辦報」的形象。〔註6〕1934年初「星期論文」的創設可看作《大公報》進一步加強與知識界聯繫的明證。從1934年1月到1949年6月，延續了15年之久的「星期論文」，計有750餘篇，作者有二百多位，多是大學教授或社會名流，一般都有出國留學的經歷，從事的專業、研究的學科十分廣泛，包括政治學、法學、文學、史學、化學、教育學、美學、經濟學、社會學等。此論壇為加強報紙與社會各方面的廣泛聯繫，實行言論開放形成輿論起到很好的作用，其中不乏一些作者的言論為當局採納，如1940年蔣介石曾電令交通部門負責人注意採納《大公報》星期論文刊登的有關交通運輸管理的文章，「注意研討並可令該文作者谷青帆來共同商討與實施為要。」〔註7〕

〔註3〕本社同人的聲明 關於密蘇里贈獎及各地的慶祝會〔N〕，大公報重慶版，1941-5-15。
〔註4〕王瑾，胡玫編：胡政之文集·下〔G〕，天津：天津人民出版社，2007：1080。
〔註5〕李金銓，回顧《大公報》和張季鸞的文人論政〔J〕，新聞記者，2015（11）。
〔註6〕吳廷俊，新記《大公報》史稿〔M〕，武漢：武漢出版社，1994：13。
〔註7〕《籌筆——抗戰時期（三十四）》，《蔣中正「總統」文物》，臺北「國史館」藏，1940-5-12，數位典藏號：002-010300-00034-024。

其實吳、胡、張三人接辦《大公報》之初，便有欲使《大公報》辦成一份「言論開放」的報紙的想法，「建國大事，何知何能，是惟有公開於國民，請求其充分指導，督責，援助，合作。敢望全國之政治家教育家各種科學之專門家，及各種產業之事業家，凡所欲言，可在本報言之，其互辯者，在本報辯之。」如此才可望《大公報》形成真正之興論，「成為全國人民生活之縮圖」。〔註8〕所以1926年9月1日新記《大公報》甫一復刊，就著手創辦各種綜合性副刊與專門性副刊，至1937年已創辦了三十多個專門性副刊，其中對社會生活密切關注的就包括《婦女與家庭》《電影》《體育》《科學週刊》《醫學週刊》《經濟週刊》《明日之教育》等。這些專刊種類繁多，涉及社會生活各個領域，進入三十年代後各種專刊的內容還力圖呈現鮮明的時代特色，要麼因應國事和時事的需要，要麼為某一學科拓展交流的園地，具有濃厚的學術色彩。〔註9〕這些專門性副刊與綜合性的《小公園》《文藝》等知名度很高的綜合性副刊一起，充分滿足了不同讀者的口味。

這也便意味著，讀者群以知識階層為主的特點也是新記《大公報》在國民改造話題上從一眾報刊中脫穎而出的重要因素。林語堂在《中國新聞興論史》中罵《申報》編地很濫，諷刺《新聞報》簡直沒編，而讚揚《大公報》是辦給那些受過優良教育的知識分子看的。這句話畫龍點睛，表明《大公報》的讀者群集中在知識界，並以此為二級傳播之跳板，在全社會產生影響。

（二）時代影響力

新記《大公報》的時代影響力是其能在文人報定位的基礎上發揮優勢，進一步鞏固其國民生活觀建構資質的重要一環。

1931年5月22日《大公報》發行至一萬號，當日報紙共出6大張24版，其中刊載了級別頗高的賀信與文章。國內方面，不僅有國民政府主席蔣介石、陸海空軍副總司令張學良、監察院長于右任等人的文章，也有時任司法部長王寵惠、外交部長王正廷、交通部長王伯群的文章及胡漢民的題詞，也彙集了駐美公使伍朝樞、駐德公使蔣作賓，著名學者如胡適、陳振先、蔣廷黻、郭定森、楊振聲、陳衡哲、凌叔華以及社會名流梅蘭芳、程硯秋等人的祝賀文字。國際方面，多個國家的政治或外務要人也向《大公報》致賀，如日本外務

〔註8〕張季鸞，大公報一萬號紀念辭（代序），王芝琛，劉自立，1949年以前的大公報〔G〕，山東畫報出版社，2002：5～6。

〔註9〕李秀雲，大公報專刊研究〔M〕，北京：新華出版社，2007：32。

大臣幣原喜重、大藏大臣宇垣一成，比利時總理亨利‧嘎斯，德國外交總長庫爾修斯，法國前總理赫里歐，美國遠東司司長韓倍克、美國密蘇里大學校長威廉等。《大公報》一時風光無兩。

其中胡適以「後生可畏」為題，稱讚新記《大公報》改組雖不過數年，「比起那快六十歲的申報和那快五十歲的新聞報，真是很幼稚的晚輩了。然而這個小孩子居然在這幾年之中，不斷的努力，趕上了那些五六十歲的老朽前輩，跑在他們的前面；不但從一個天津的地方報變成一個全國的興論機關，並且安然當得起『中國最好的報紙』的榮譽。」何為「最好」顯無固定標準，但無疑此時《大公報》與申、新諸報相比併不以發行量取勝，而是以「確實的消息」與「負責任的評論」贏得了美譽。

此外，無論是新聞報導還是相關評論，《大公報》並不以地方報紙自囿，而是放眼九州，立志做全國性報紙。這不僅體現在胡政之「我們判斷一件事實，應不以地方作判斷，要以全國立場做判斷」〔註 10〕的經營立場中，也體現在續刊伊始的版面安排與新聞操作中。如 1926 年 9 月 1 日續刊第一天「一版社評，二三版國內外要聞、電訊，四版經濟，五版廣告，六版各地通信，七版本埠要聞，八版副刊」的版面設置，凸顯了對全國政治、經濟領域的關注；在社會領域的議題方面，該報也試圖走出另一條道路，在對社會現實的認識方面有所擴展和深入，提出自己對「社會問題」的看法，以「重塑中國都市和鄉村社會的複雜圖景。」〔註 11〕

新記《大公報》開辦時充其量是張天津小報，卻有全國性的格局與氣度。〔註 12〕正是新記《大公報》付諸實際行動的做「全國報」的雄心，使其到了30 年代時取得了比業界前輩《申報》《新聞報》更廣泛的全國影響，被胡適驚呼「後生可畏」，蔣介石亦在為《大公報》一萬號紀念作的《收穫與耕耘》一文中稱其「改組以來，賴今社中諸君之不斷努力，聲光蔚起，大改昔觀，曾不五年，一躍而為中國第一流之新聞紙。」抗戰爆發後，《大公報》的興論地位更是如日中天，無論國共兩黨等政治勢力還是社會各界都十分看重《大公報》的一言一行。1937 年，蔣介石曾專門電告主持贛政的熊式輝特別注意《大公

〔註 10〕王瑾，胡玫編：胡政之文集‧下〔G〕，天津：天津人民出版社，2007：1092。

〔註 11〕郭恩強，重構新聞社群——新記《大公報》與中國新聞業〔M〕，上海：上海人民出版社，2013：95～96。

〔註 12〕李金銓，回顧《大公報》和張季鸞的文人論政〔J〕，新聞記者，2015（11）。

報》報導，尤其是「所載贛南紀事可作為各縣長整頓政事參考」。〔註13〕

1941年密蘇里新聞學院授予該報年度「新聞事業傑出貢獻榮譽獎章」後，馬星野譽其為「最有精神最有靈魂的中國報紙」，「中國知識階級，都公認大公報是中國的《曼徹斯特衛報》，因為他注意社評（報紙的靈魂），注意到公意，注意到青年的要求，而最主要的，是他隨時以國家民族利益為前提。」〔註14〕也無怪乎胡政之在40年代敢於自誇，「在全國的民營報紙中，真正為國人所創辦，事業維持最久，社會基礎最穩固，銷路普遍到全國，在任何角落都會得到反應的，我報要占第一位。」〔註15〕

二、近代國民改造思潮溯源

「國民」作為一個相對於「臣民」的具體概念，是在近代民族國家的建立過程中登場的，在中國最早見於19世紀下半葉以《萬國公報》等傳教士報刊對中國人「氣質」的探討。在傳教士的「他者」話語中，「國民」是一個現代概念，意味著用一種現代化眼光審視國民。〔註16〕實際上，在中國「國民改造」議題最初也是以知識分子對國民性進行批判的面目走上歷史舞臺的。

由於新生活運動性質的複雜性與內涵的多樣性，很難用一個或幾個詞彙便可將其精練概括。但文本只是為後來者提供把握歷史事實的抓手，透過「新生活運動」這一名稱，我們可以看到其在中國近代史的脈絡中並不是突兀的過程，其試圖改良社會的基本意旨是與19世紀中葉以來中國人面臨的從落後向先進、從傳統向現代轉變的時代主題一脈相承的。只不過不同的歷史時期，基本相同的主題統攝在不同的名詞、概念之下，如「國民性」、「民族性格」、「國民心理」等等。在此，有必要梳理近代以來關於國民改造思潮的脈絡。

近代世界以來，現代化成為地球上一切國家和民族發展的必由之路，一切民族主動或被動地實現這種發展方式的轉換，成為它們無可避免的唯一選擇。在社會心理方面，創新、冒險、變革、奮進、競爭、開放、務實成為現代

〔註13〕《籌筆——統一時期（一七四）》，《蔣中正「總統」文物》，臺北「國史館」藏，1937-4-11，數位典藏號：002-010200-00174-008。
〔註14〕馬星野，關於大公報：由開元雜報到大公報〔J〕，新聞戰線，1941（3）。
〔註15〕王瑾，胡玫編：胡政之文集·下〔G〕，天津：天津人民出版社，2007：1103。
〔註16〕楊唯汀，晚清報人報刊與國民性改造〔D〕，上海：復旦大學，2019：148。

人普遍的社會心態。與社會價值取向、倫理道德規範和社會心理的普遍轉化相對應，現代人的日常行為方式，包括從生產方式到生活方式，都具有了鮮明的時代特徵，生產方式從以農耕為主轉變到以工商為主，交往方式從血緣、地緣型轉變到業緣型，生活方式也變得日益文明、健康。作為封建社會發展水平最高代表的龐大中華帝國，同樣面臨著這種發展方式轉換的時代任務。18 世紀末 19 世紀初，英國先後三次遣使中國，尋求通商貿易，東西兩大文明體系開始交匯。此後，在熊月之稱為「西學東漸」的歷史過程中，歐風美雨馳而東，中國「人」的近代化也在悄然進行了。尤其是在鴉片戰爭之後，以魏源、龔自珍為代表的地主階級改革派雖然還是盡力固守在中國傳統道德的框架內尋找解決中國人學問題的方案，但是，他們的改革思路和具體主張都已經在接受西學的影響了。而在最早與西方世界密切接觸的早期資產階級維新派的改良思想言行中，已經表現出自覺用西方近代人學的話語與邏輯來改造中國人的鮮明特徵了。〔註 17〕

　　19 世紀 60 年代，中國最早的一批具有社會改良思想的知識分子逐漸突破洋務派「中體西用」的指導思想，把西學的諸多層面向人這個核心要素慢慢靠攏，「夫槍炮則在施放之巧，舟艦則在駕駛之能，器固不可不利，而所以用利器者，則在人也……富國強兵之本，繫於民而已」，〔註 18〕開始關注對於「民」之改造。如馮桂芬「人無棄材不如夷，地無遺利不如夷，君民不隔不如夷，名實不符不如夷」〔註 19〕的語句，已初步關注到中西民風的差異。80 年代，鍾天緯從總體上分析西人與華人的性格差異，認為「西人之性好動」，「華人之性好靜」。〔註 20〕郭嵩燾在對西洋社會的實地觀察中一再強調道德和習俗的重要性，「國家所以存亡，在道德之淺深，而不在乎強與弱；曆數所以長短，在風俗之厚薄，而不繫乎富與貧。」「強而無道德，富而無風俗，猶將不免於危亂。」「是以風俗之美惡，全繫之人心。」〔註 21〕到 1895 年，嚴復在《原強》中借鑒斯賓塞的「社會有機體」說，認為社會成員與社會的關係如同細胞與生物體的關係，既然生物體的性質、特徵取決於組成它的細胞，那麼社會國家的面貌則取決於民眾的素質。嚴復認為當時的中國「民力已墮，民智已卑，民德已薄」，

〔註 17〕袁洪亮，中國近代人學思想史〔M〕，北京：人民出版社，2006：81～83。
〔註 18〕轉引自張海林，王韜評傳〔M〕，南京：南京大學出版社，1993：329～330。
〔註 19〕馮桂芬，校邠廬抗議〔M〕，鄭州：中州古籍出版社，1998。
〔註 20〕轉引自龐樸，文化結構與近代中國〔J〕，中國社會科學，1986（5）。
〔註 21〕郭嵩燾，郭嵩燾日記（四），長沙：湖南人民出版社，1983：87～88。

因此倡導「鼓民力」、「開民智」、「新民德」。〔註22〕戊戌變法失敗後，嚴復更加深刻地認識到，「民智未開，則守舊維新，兩無一可」，「民智未開，不變亡，即變亦亡」，沒有國民素質的提升，即使變法也是難以奏效。

　　進入 20 世紀以後，改造國民的思想逐漸得到發揮，並迎來了「戊戌—辛亥」和新文化運動兩個高潮期。〔註23〕20 世紀之初，國人關於民族特性、國民精神面貌的討論盛極一時，尤以改良派和革命派的論戰為盛。如梁啟超對嚴復介紹的「社會有機體」說大加發揮，除了早期在《清議報》發表的《呵旁觀者文》《中國積弱溯源論》《十種德性相反相成議》等揭露國人劣根性的文章，後直接以「新民」之義辦起《新民叢報》，連載《新民說》，較為系統地闡述了改造國民的理論。在這些文章中，他從不同方面詳盡陳述了其理想中「新民」的素質結構，「一曰血氣體力之強，二月聰明智慮之強，三曰德行仁義之強」，在中國近代史上第一次完整塑造了一個與時俱進的嶄新國民形象。同時，與改良派政見相對的革命黨人同樣十分重視國民改造，鄒容的《革命軍》以及革命派其他時論《說國民》《中國之改造》《論中國的前途及國民應盡之責任》《國民新靈魂》《國魂篇》等，都大量涉及這一主題，提出塑造新「國魂」的命題。此外，偏重學術探討的《東方雜誌》也刊登了不少論國民性改造的文章。這一時期，「國民性」一詞也正式出現，如 1908 年 5 月 13 日《輿論日報》一篇文章標題便是「論中國之國民性」。

　　辛亥革命以後，國人對中國國民素質的懷疑、抨擊和改造願望更加強烈，辛亥至五四期間，尤其是新文化運動期間改造國民性的思潮重趨高漲，並成為知識界的共識，廣泛波及政治、教育、文學各領域。如以孫中山為代表的資產階級政治家，在為改造「國人社會心理」而寫成的《孫文學說》中，抨擊中國人的奴性、保守性和自我封閉性；以陳獨秀、李大釗為代表的激進派政論家，他們以《新青年》《甲寅》《每週評論》等刊物為陣地，剖析國人「消極」、「缺乏獨立、自由、平等精神」的根源，提出「自主的而非奴隸的、進步的而非保守的、進取的而非退隱的、世界的而非鎖國的、實利的而非虛文的、科學的而非想像的」之新青年標準，呼籲進行「國民性質行為之改善」，〔註24〕尤其是

〔註22〕王栻，嚴復集〔G〕，北京：中華書局，1986。
〔註23〕陳高原，論近代中國改造國民性的社會思潮〔J〕，近代史研究，1992（1）。
〔註24〕李大釗，東西文明根本之異點〔J〕，言治，1918（7）；陳獨秀，東西民族根本思想之異同〔J〕，青年雜誌，1915（4）。

圍繞著培養國民的愛國心，陳獨秀對國民日常生活中普遍存在的惡俗進行了有力批判，如他針對「我全國之人皆奄奄無生氣」提出「每日習體操以二小時為率」，斥中國婦女習以為常的裹腳、戴手鐲、耳環、搽胭脂粉為腳鐐、手銬、面枷的刑法，並批駁社會普遍存在的不合理的婚姻制度與燒香打醮做會做齋的封建迷信行為。〔註25〕而青年毛澤東以「二十八畫生」筆名發表在《新青年》上的第一篇論文《體育之研究》，亦是關注到當時民族體質之日趨輕細「甚可憂之」，因此專文提倡國人之體育鍛鍊，「至於強筋骨，因而增知識，因而調感情，因而強意志」。以魯迅為代表的進步文人，更以犀利的小說雜文鞭撻中國人的不良「民族根性」而聞名，他根據西方人本主義思想所確立的現代人的標準，參照正在崛起的日本民族的形象，猛烈地批判中國國民的虛偽、麻木、冷漠、保守崇古等種種「劣根性」；以蔡元培為代表的教育家則探討了「美術與國民性之關係」，認為「凡民族性質偏於美者，遇事均能從容應付。雖當顛沛流離之際，決不改變其常度」，〔註26〕將審美意識的培養列入理想人格的模式。

直至這一階段，國人關於國民改造的認識具有如下特點：（1）以通過中西方對比，進而揭露和批判國民「劣根性」、「奴性」的方式為主。（2）內容涵蓋民族性格（苟且保守的惰性、順民性格），行為方式（偏狹自私、散漫、無時間觀念、崇尚虛浮），思維方式（重直觀經驗、輕抽象理論，重倫理輕權利），道德（三綱五常的封建禮教），體質（不注重體育、不講衛生、病態審美、身體孱弱）諸方面，主要集中於民族性格、社會心理方面。（3）在改進方案的提出上大致分為兩派：復性派和改造派。〔註27〕復性派否認國民性的現實性改造，一是康有為為首的孔教派，主張恢復尊孔讀經，以「舉忠孝節義四者，為中國之國性」，二以梁啟超和傖父為代表，雖不贊成尊孔讀經，但主張維持以封建綱常名教為基礎的國民性的質的穩定，「將固有國民性發揮而光大之」。另一方面，改造派則主張從根本上改造國民性，新文化運動的倡導實際便是基於陶冶新國民不能靠傳統的儒家精神，而須從西方引進新的原則和精神的認識。（4）關於國民性改造的歷史階段界定。在近代國民性研究興起的80年代初期，學術界基本把研究範圍鎖定在新文化運動及五四時期，隨著研究深

〔註25〕袁洪亮，中國近代人學思想史〔M〕，北京：人民出版社，2006：229～230。
〔註26〕楊佩昌，蔡元培：講演文稿〔G〕，北京：中國畫報出版社，2010。
〔註27〕鄭師渠，辛亥革命後關於國民性問題的探討〔J〕，天津社會科學，1988（6）。

入，人們越來越注意到國民性改造思想與辛亥革命、戊戌維新以及洋務運動的內在聯繫，研究的起點不斷向前延伸，對五四之後的國民改造反而甚少關注。觸類旁通，這一特徵直接啟發了本書將歷史考量的眼光放寬至兩個高潮期之後的三十年代。

三、《大公報》與國民改造思潮的承接

　　20世紀以來國民改造在中國尤其是知識分子階層成為一種社會思潮。《大公報》在英斂之與王郅隆時期也時有體現，尤其自1915年新文化運動之後關於國民性討論的文章常見於報端。不僅通過翻譯介紹外國人對中國國民性的觀察，揭露國人「優柔怠惰」、「安於小成」、「耽於娛樂」、「個人重信用而公司之不重信用」〔註28〕等缺點，也及時結合時局熱點，探討中國進行國民改造之可能。如該報將一戰視為德國人「綿密沉毅」與英國人「保守持重」的國民性之戰，並認為1917年2月9日中國對德抗議之提出「乃國民精神之一大刺激」，「正可利用為改造國民性之機會」。〔註29〕

　　1926年9月1日，吳鼎昌、胡政之和張季鸞重組新記《大公報》後，延續「文人辦報」的傳統，並將中國知識分子「文人論政」的風格推向頂峰。張季鸞等同人亦是一早便有了關注國民改造的意識，將國民個人生活的改良視為中國社會改革事業的基礎。在新記《大公報》續刊初期，便以一篇《蔣介石之人生觀》揭櫫關於「國民改造」這一話題的討論，並直指國民黨要人蔣介石及其「同胞相斫聲中之肉麻文章」。1927年12月1日，蔣介石與宋美齡在上海舉行婚禮，盛況空前。蔣介石特撰一短文《我們的今日》發表其愉快之感想，抒發「改造中國之家庭」對「改造中國之社會」的意義，並希望自己的結婚能於舊社會有所影響，於新社會有所貢獻。〔註30〕但文中「深信人生無美滿之婚姻，則做人一切皆無意義」、「余自今日與宋女士結婚以後，余之革命工作必有進步」等語，被張季鸞批評為「淺陋無識之言以眩社會」。「為國民道德計」，張季鸞次日在《大公報》社評欄刊出《蔣介石之人生觀》一文，批評蔣氏所言乃「專崇拜本能，而抹殺人類文明進步後一切高尚觀念」。尤其不滿於曾為南軍領袖之蔣氏，「乃大發其歡樂神聖之教。

〔註28〕選，支那國民性之特徵（節譯日本時事新聞）〔N〕，大公報，1915-7-26。
〔註29〕冷觀，國民性與時局〔N〕，大公報，1917-2-13。
〔註30〕我們的今日〔N〕，時報，1927-12-1。

夫以俗淺的眼光論，人生本為行樂，蔣氏為之，亦所不禁。然則埋頭行樂已耳，又何必曉曉於革命。夫雲裳其衣，摩托其車，鑽石其戒，珍珠其花，居則洋場華屋，行則西湖山水。良辰羨景，賞心樂事，斯亦人生之大快，且為世俗所恒有。然奈何更發此種墮落文明之陋論，並國民正當之人生觀而欲淆惑之。」〔註31〕《大公報》此文，直接針對蔣介石在文中立論之出發點：「社會無安樂之家庭，則民族根本無從進步。為革命事業者，若不注意於社會之改革，必非真正之革命，其革命必不能徹底，家庭為社會之基礎，欲改造中國之社會，應先改造中國之家庭」。《大公報》認同這一國民改造的訴求，通過駁斥蔣氏之「陋論」，提出「文明人所認為人生之意義，一言蔽之，曰利他而已」，在當時引起不小的社會注意，以不致「任令一國民黨要人，既自誤而復誤青年耳」。

若以「國民性」為關鍵詞進行搜索，可以看出自 1926 年至 1937 年因抗戰爆發停刊期間，天津《大公報》對國民改造基本保持了一定的關注度，並在 1930 年前後達到高峰。1930 年中原大戰後，時局略定，《大公報》久鑒於一般居於都會之「中國之政治家實業家學者並不知中國事，不理解中國人生活，與最大多數同胞精神上並無接觸」，以致「精神墮落淪為寄生害蟲」，特組織一批旅行通信員調查河北各縣社會風俗與民生境況，披露於報端，欲使社會上一般國民能夠「掘發其良知，改正人生觀，恍然於都會奢侈享樂生活之為罪」，「生責任之心，發救濟之時會」。〔註32〕同時隨著「九一八事變」、「華北事變」後大片國土淪喪，民族危機加深，《大公報》更加側重於從現代國際秩序的競爭角度強調國民性格問題，如 1936 年 10 月 10 日，張季鸞在「國慶日」社評中稱，「中國數千年以和平立國，與世無爭，其末流至於國力衰弱，人心萎敝，國苟安而怯於奮鬥，好瓦全而畏懼強權」，直言「此種退嬰消極的民族性，在今日武裝競爭弱肉強食的世界，直無立足之餘地」。〔註33〕

總之，新記《大公報》同人對國民改造的關注承接了新文化運動至五四時期中國知識界對國民改造話題的探討熱情，並以「報紙為國民精神養料」、

〔註31〕張季鸞，蔣介石之人生觀〔N〕，大公報天津版，1927-12-2。

〔註32〕張季鸞，中國文明在那裡？〔G〕，張季鸞集，北京：東方出版社，2011：456～457。

〔註33〕張季鸞，民國二十五年國慶紀念之辭〔G〕，張季鸞集，北京：東方出版社，2011：351。

「新聞記者負有指導社會之職」﹝註34﹞的媒體覺悟逐漸投入對新生活運動的報導中。

1934 年之後，《大公報》對新生活運動的闡釋與國民改造話題漸有合流之勢，並逐漸涵蓋了有關國民性的討論。1934 年 7 月 17 日《大公報》刊載的楊永泰關於新生活運動的講稿中，便直接以新生活運動「革心」「變俗」的宗旨指向改變民族的「國民性」。﹝註35﹞1934 年 8 月 17 日的《對於高中以上學校軍事訓練的檢討》對於中國民族性加以檢討，「很顯然的會看出那種普遍的，不知向上的麻木性、浪漫性、妥協性、懦弱性、畏縮性，敷衍性，利己性，誇大性。」並言若要民族復興，則非改革這些壞的民族性不可，「一部分人已經看出這種弱點，而在履行新生活運動，以圖挽救這垂危的民族。」如下表所示，當《大公報》對 1934 年初發起的新生活運動開始著重報導後，關於「國民性」的文章數量便開始逐年下降。

圖表 1　1926～1937 天津《大公報》有關「國民性」報導量

年份	1926	1927	1928	1929	1930	1931	1932	1933	1934	1935	1936	1937
數量	8	20	28	44	16	34	35	22	25	16	16	8

有學者在以現代化範式考察《大公報》與近代社會變遷的研究中認為，在九一八事變之後「明恥教戰」的吶喊聲中，《大公報》同人提出了包含物質上精神上都應該「全面現代化」的問題。「中國自此為始，須將其政治制度、經濟方略，一齊從頭改革。社會之風俗，個人之生活，俱須徹底刷新。」﹝註36﹞《大公報》此時提出「一切從頭改革」的現代化問題，首先是源於對中國自維新以來一直衰敗的自省，它認為甲午以來民族危機深重，中國得以避免瓜分，是因列強的力量均勢，人民一直處在「灰色之苟安」中，「國民習焉不察，遂以為均勢可恃」，社會中堅的知識分子也沒有很好地吸收西方文化，只是在專制時代的背景下進行淺薄低級之歐化，「今日之外患是三十年維新改革失敗之證明也」。其次是對國民黨當局的所作所為進行反省。國民黨政權 1928 年完成形式上的全國統一後，正是中國發展國力的大好時機，「乃因黨內自裂，

﹝註34﹞王瑾，胡玫編：胡政之文集·下﹝G﹞，天津：天津人民出版社，2007：1038
～1040。

﹝註35﹞革命先革心變政先變俗（三）﹝N﹞，大公報天津版，1934-7-17。

﹝註36﹞社評，長期奮鬥之根本義﹝N﹞，大公報天津版，1932-3-11。

啟連年戰禍,國力本惟,又自斷之」,三十年維新失敗之證明,尤為五年來革命頓挫之結算。再次是對日本悍然侵略中國的反思。九一八後,東北盡失、淞滬撤軍,其性質之嚴重,為世界之大事,為「一幕大悲劇」。全體國民對之,亟應清夜自省,「日禍之何以來,與其何以不能拒,世界言論援助之何以無靈,國民激憤之何以不生速效?」要進行「透徹考察,以迅速的一致的擔負全責,走入救亡復興之路」。〔註37〕在中國應全面現代化的呼籲聲中,《大公報》對新生活運動提出的生活軍事化、生產化、藝術化三目標表示同意,並認其應為「今後國民生活之永久目標」,故一方應實現廉潔政治,以鞏固國本,表率人民,同時對於此三項目標,「望一般社會,知此為今後立國所必需,不待當局提倡,本應自動實行。縱無新生活運動之名義,凡欲為國家忠良公民者,本應如此。」〔註38〕

第二節 「新生活」的靶子:墮落的「上海化」生活

1934 年 2 月 19 日,蔣介石在南昌行營總理紀念周發表《新生活運動之要義》的訓話,提出要從一般國民的基本生活,即所謂衣食住行著手,來提高一般國民的智識道德,並從江西尤其是從南昌開始,「使一般人民都能除舊布新,過一種合乎禮義廉恥的新生活」,「改革過去一切不適於現代生存的生活習慣,從此真正做一個現代的國民」。

《大公報》對新生活運動的首次感知來自 2 月 20 日刊登的中央社短訊:「又電,此間黨政軍各界現正規劃一新生活運動,市民之衣食住行及飯店旅館戲院車站碼頭等公共場所,一律設法滌除惡習,力求革新整潔,造成一新風氣新環境。此蔣在今晨行營紀念周深表贊許提倡,有希望南昌能成為全國模範語」。〔註39〕在《大公報》及至 3 月 1 日始連載蔣氏《新生活運動之要義》全文之前,該報對新生活運動的感知限於中央社或報社記者自南昌拍發的寥寥數行專電。在此情況下,《大公報》主持者對新生活運動認為「大可注意」者會側重哪一方面?

〔註37〕賈曉慧,大公報新論──20 世紀 30 年代《大公報》與中國現代化〔M〕,天津:天津人民出版社,2002:25~27。

〔註38〕社評,新生活運動週年感言〔N〕,大公報天津版,1935-2-19。

〔註39〕張學良等昨夜赴京 蔣勗勉部屬盡忠補過〔N〕,大公報天津版,1934-3-20。

一、張季鸞的「新桃花源記」

1934 年 2 月 26 日,《大公報》發表了一篇名為《新生活運動》的短評,簡明扼要地予以意見:「南昌最近發起的新生活運動,如果實行有效,將要影響全國。凡事其作始也簡,其將畢也巨,一國風氣,大抵是少數人少數地方倡導起來的。現在全國人的生活,是受支配於上海,一切上海化,上海化便是人們生活的目標,社會如此,國事焉得不壞?中國實在亟需一種質樸清新的新生活運動,所以南昌市此次實行的結果如何,我們認為大可注意。」〔註40〕

可以看出,即使當《大公報》主持者尚無法全面解釋「何為新生活」時,至少可以向讀者表明「何非新生活」,那便是墮落的「上海化」的生活。那麼何為「上海化」的生活呢?為什麼《大公報》如此不齒於全國人的生活「一切上海化」呢?

張季鸞曾就此有一段遐想:

> 我有時想到,假如中國人的祖先能從墳墓中復活,遊歷現在著名的幾個都會,他們先看見多少崇樓大廈,和一些難民草棚,雜亂的並立著。街上的行人,有的是奇異洋裝,有的是襤褸布服,雜然一堆,各不相類。華麗的汽車,在光滑的馬路駛行著,同時卻有無數喘汗薰蒸的窮人拉著一種車子奔走。他們看見他的後裔們生活如此懸絕,已經感著驚訝與悲傷。等到走進一個巨宅,金碧輝煌,都是見所未見,問起來,這些裝飾品和用具,連房屋一切材料,都是化(花)錢從外國買來的,再問錢從何來,卻依然是靠他們二千年傳下的農業。他們見此情形,已經眼淚要奪眶而出了。等到登堂入室,越看越出奇,一些人圍坐一個桌子,正弄骨牌,各人面前,都是一大堆鈔票,都銜著紙裏冒煙的怪東西,聚精會神,在那裡賭,旁邊卻站著或坐著不少的奇異裝束的女人,戲謔笑語,行所無事。再看裏面,床榻之上,男女混雜,圍著一盞小玻璃燈,一個人正用一杆長竹筒吸煙,奇臭薰人,一問才知道名為洋煙,又知道此煙害人身體,所以法律禁止了,但是多少地方,是官教百姓種,不種也要拿捐,他們看到這裡,真氣極了。一會見,大家給他們接風,名為吃『大菜』,他們一入座,不見杯筷,只見刀叉器皿上都是橫寫的

〔註40〕新生活運動〔N〕,大公報天津版,1934-2-26。

向不認識的怪字，問問酒價，一瓶十幾元，都是外國來的。他們真
不知道他的後裔們如何這樣闊法。席散之後，忽然說要跳舞，他們
以為是先周之舞，至少也是唐代之舞，那知道在一種淫蕩的樂聲之
中，看見對對男女，擁抱而行，一問這又是外國來的。他們至此，
才知道中國已不是他們的中國，同感他們一部分子孫連根腐敗了。
過兩天，他們離開都會參觀各處鄉村，他們的悲痛，更不可遏止，
因為他們看出來到處鄉下人的衣食住，還不及他們的時代，他們才
知道那些都會子孫的豪華闊綽都是剝削他們鄉下子孫而來。他們至
此，寧願再回墓中，也不願再看下去了。〔註41〕

想像中國人的祖先從墓中復活，「穿越」到二十世紀三十年代的中國都
會，這段遐想，真可謂張季鸞的「新桃花源記」了。只不過這次「武陵人」
卻看到自己的後裔們沉湎於從外國來的各種奇裝異服、洋煙洋酒、巨宅豪車、
跳舞賭博的奢侈享受中，然這豪華闊綽法卻是靠著他們二千年傳下的農業生
產，靠著壓榨鄉下窮苦人的民脂民膏，只得一次又一次感到驚訝與悲傷，寧
願再回到墓中也不願看下去了。

遐想固然是遐想，但並不是閉門造車。1932 年前後張季鸞曾看到一篇某
德國記者遊歷上海而寫就的《黃昏的中國》，目睹上海的旅館、飯店、遊戲場
裏中國固有的文化精神掃地無餘，而「專輸入了些西洋資本主義文明中最劣
最俗的一部分」。這篇文章的「中國民族已到了黃昏末路」的喟歎讓張季鸞椎
心泣血，印象深刻，他認為這段描繪雖是一種「新桃花源記」式的發揮，「在
情理上，卻是千真萬確」的。這一時期張季鸞對中國社會腐化墮落的痛心疾
首在其言辭中隨處可見，如他在 1931 年 10 月 10 日發表的《民國二十年國慶
辭》中言道，「中國過去之爛熟的文明，及近年淺薄浮囂之歐化！其最大弱點，
為易使有權力有智識者腐化，而一般社會習於散漫自了之生活，極難團結與
一致」。〔註42〕

二、「推行新運最大障礙」：都市生活時髦病

對以上海為典型的深受西方文明中「最劣最俗」部分影響的都市生活，
《大公報》的態度其來有自。早在吳鼎昌、胡政之、張季鸞三人接辦《大公

〔註41〕季鸞，我之新生活運動觀〔N〕，國聞週報，1934（15）。
〔註42〕張季鸞集〔G〕，北京：東方出版社，2011：24。

報》之初，便經常以「雙城記」式的對比來對當時的大都會進行現實品評，上海是《大公報》關注較多的城市。早在 1926 年 11 月 19 日，《大公報》便刊發了一篇社評《天津之上海化》，一方面稱讚上海思想進步，多為輿論策源地和政治活動的後臺，一方面又話鋒一轉，列舉上海近年「過於商業化」所帶來的無可避免的弊害：「如生活費之騰貴，風俗之奢靡，青年男女之墮落，強盜詐欺之犯罪，都是隨物質文明進步以俱來。」〔註43〕九一八事變前後，身處北方的《大公報》更感國難日深，也更加對上海城市生活中的娛樂、色情、奢靡的罪惡進行批評。如《上海的娛樂：神秘‧肉感》（1931 年 3 月 26 日），《隳廢的上海：喧鬧擾嚷窮極奢欲》（1931 年 11 月 26 日），《上海之花花絮絮》（1931 年 12 月 29 日）等文，盡力描寫遊戲場的各種奢靡娛樂與摩登裝束，各色人等流連忘返，而對青年心理造成「晏安逸樂」的毒害，甚至直斥上海為「青年的毀人爐」。1934 年 8 月 3～4 日《大公報》副刊又刊登了《上海印象記（上、下）》，以一名普通外地人的視角展示了上海人熱衷於賽狗賽馬、打牌賭博等奢靡消遣，以及小姐太太們衣著裸露、世風日下等城市生活，並稱「全市充滿了汽油臭與脂粉香」。〔註44〕整體上，這種為《大公報》不齒的「上海化」生活的內涵包括：1. 偏指大都會生活中的貧富懸殊；2. 飲食服飾崇洋媚外，追求奢侈享受；3. 娛樂低俗化且有損身心，煙賭妓盛行；4. 青年男女溺於頹廢惰逸，失卻上進心等。

因此，在「何非新生活」的問題上，《大公報》主持者一開始即把墮落的「上海化」作為「一種質樸清新的新生活運動」的對立面。「因為其為我國最大的商埠，華洋雜處，良莠不齊，加之豪商大賈，失意政客，均視上海為享樂之地，揮金如土，一擲千金，其頹廢浪漫的舉動，已儼然成為風尚。而歌臺舞榭，戲院劇場，尤為藏垢納污之地，國民道德墮落的淵藪。」凡此種種，皆是內地所少有的現象，而為「推行新生活運動的最大障礙。」

《大公報》將奢靡墮落的「上海化」生活作為新生活運動的靶子，並不是對上海的「妖魔化」、「污名化」，實是因為當時存在這一風氣——首都南京的許多要人，平時在南京「勤謹事公」，一待周末便乘車跑到上海花天酒地。「只要私人有洋房和汽車，每星期六的晚上能夠坐頭等車到上海去玩，則一切的事情都解決了。什麼抵禦外侮，建設國防，提倡科學等那一套理論，不

〔註43〕天津之上海化〔N〕，《大公報》天津版，1926-11-19。
〔註44〕上海印象記（下）〔N〕，大公報天津版，1934-8-4。

過只是在講臺上的演詞。」〔註45〕1935年3月，武漢行營成立時，行營主任張學良為造成當地社會中之新興氣象，乃諭令「所有行營工作人員，一律不相互酬應，不渡江，並勖以黽勉從公。」《大公報》記者在此加按語，將相隔一江的武昌和漢口類比為南京與上海的關係，「其社會情形，大相徑庭」。「過去南京許多要人，每逢禮拜六均往上海跑，遭人譏評，所以張氏特提出『不渡江』一語，以振風氣。」

將墮落的「上海化」生活樹為靶子，實際寄寓著《大公報》對上海這一當時中國最大城市之重視與期望，上海之風氣，「直接間接，影響於其他都會，內地士女，方爭為上海化」。1936年4月，新生活運動視察團從南京出發來到上海，《大公報》在社評中稱，新生活者實為適合環境生存之生活，由此而論，一部分之上海生活，實太不適，不能維持非常時期之生存者。「吾人嘗默想本市前途，以為凡居此間，尤其有地位有智識之人，從外交上，從經濟上，從社會治安上，皆宜常常省念上海前途至不安，危機至重大，故公私生活，具應早自改革，以期適應國家之非常。是以無論在何種解釋上，上海乃最有提倡新生活必要之都市也。」〔註46〕單舉提倡國貨一項而言，「上海是推銷外貨的大本營大市場，又是各地所瞻的馬首，那麼，提倡土布，實行布衣主義，當然要從上海入手，如果上海成了土貨的世界，一切的衣服都土布化了，其他各地的步武仿傚，自然是意料中事。」〔註47〕

因此實際上，正如張季鸞的「新桃花源記」所描述的，作為新生活運動對立面的墮落「上海化」生活，便是象徵著帶有「都市的一切奢風浪習」的少數大都會中上流社會的生活方式。如流行於「特殊階級與夫大都市中之享受優等生活」者，「一席費二十餘金，一婚費中人之產；事雖不急，出必汽車；人雖不多，居必大廈；衣履雖然完潔，非時樣則棄之如遺；物品不必精良，是舶來則趨之恐後；燕翅貴而無味，無此則嘉賓為之不歡；絲襪原非必需，無此則室人起而交讁。」名流太太們則「往往一絲襪也，一舞鞋也，一瓶香水，或一具化妝品也，不誇紐約，便詡巴黎，詢其代價，蓋有耗中人十家之產者矣。又其甚者，八圈消遣，一榻橫陳，童僕成群，而庭除釃齪，日已亭午，主婦尚戀戀睡鄉中。」

〔註45〕聞亦博，剷除侈靡享樂的風氣〔N〕，大公報上海版，1946-11-25。
〔註46〕社評，新生活運動與上海〔N〕，大公報上海版，1936-4-28。
〔註47〕上海的幾位布衣主義者〔N〕，大公報上海版，1936-9-2。

抗戰爆發後，「新生活」直接以一種「戰時生活」的面目示人，在「國家至上」「勝利第一」的要求之下，國民的道德應該特別提高，生活的享受應特別限制，在這種要求的衡量之下，作為新生活運動直接對立面的墮落的「上海化生活」以一種「時代的罪人的生活」展現出來：「因循敷衍把今天的事提到明天辦的官吏是罪人，怠惰自私擁有工具原料而不積極生產的工業家是罪人，貪得無厭囤積居奇而發國難財的商賈是罪人，奢華浪費聽見海上戰事爆發而即揮鉅款出高價到商店搶購消費品的太太小姐們是罪人，消閒鬆懶一切吃飯不做事或做事不盡職者都也是罪人，這些人都應該受戰時生活規律的制裁」。至於違法亂紀便私害公之輩，當然更是應受刑章懲戒的罪人，「無論你以往有何功勳，現在有何辯解，凡是生活不刻苦節約任職不潔已奉公的人，都不符合戰時生活」。〔註48〕

因此「上海化」不是單單針對上海一地，而是泛指任何帶著「一切都會的時髦病」的都市。如 1945 年抗戰勝利之後的漢口和南京，「侈靡和享樂的風氣，都比戰前變本加厲」，不僅「籠罩著每一幢洋房和每一輛汽車裏，甚至於籠罩著每一個公教人員的心，籠罩著每一個市民的心」，便也是《大公報》認為應該深刻反省的。

第三節　經濟的、衛生的、紀律的：《大公報》的國民生活觀

有破亦應有立。長久以來對中國社會情形瀕於破產的憂慮，遇著官方發起新生活運動的契機，新記《大公報》主持者將在歐風美雨侵襲下趨洋趨新的摩登生活方式斥為「外國殖民地化的都會惡生活」。欲做祖先的好子孫，做一個好中國人，必「要認定這種殖民地化的都會生活是可恥可悲，」不論何界都要認真檢查自己的生活與行為是否夠一個「好中國人」，自己的嗜好習慣是否不背於中國民族傳統的良好精神？簡言之，「中國人的自覺」便是實行新生活運動的首要精神。所謂「中國人的自覺」，便是中國人應該明白中國當下的實際社會情形，做與中國人國民地位相宜的行為，既採西洋近代之科學精神，也自覺對中國人共同祖先之責任。

張季鸞發表在《國聞週報》的《我之新生活運動觀》，可謂新運初期集中

〔註48〕社評，全國動員實行戰時生活〔N〕，大公報重慶版，1942-2-19。

闡明《大公報》同人國民生活觀的專題資料（全文附後）。在這篇文章中，張季鸞提出了提倡國民新生活需切實遵循的兩個原則：「經濟的」和「衛生的」。「凡合於經濟與衛生者，就是合於道德，就是新生活」。

　　所謂「經濟的」原則，並非以個人為尺度來衡量，而是指「個人的生活應適於民族經濟的利益，不能說自己花自己的錢，與人無干。」這一原則尤其是針對在社會上較有地位、享有較優越生活者而言。在新生活運動發起初期，一些名流長官對新運旨在「全國國民軍事化」、「為民族復興張本」的宏大意義進行宣傳之時，《大公報》便在其社評中提醒除此之外更應「注重經濟的意義」。「具體言之，吾以為中國亟務，在降低中上流社會之生活標準，以提高一般人民之生活標準。是以對於中上流社會之新生活運動，應注重節約及使用國貨，凡消耗國富之惡俗，應特別禁戒。」1934 年 4 月 28 日該報的社評以專文呈具《衣食住限用國貨之提議》，以新生活運動應遵循的民族經濟原則指出國貨運動之出路。《大公報》同人以普通常識觀察中國今日經濟衰落之趨勢，「入超已歲達七萬萬元以上，農村破產，商工衰落，原料無銷場，現銀日流出，且以中國資本技術論，以外國傾銷勢力論，又絕對不能於三五年間養成中國自身能力，足以仿造價廉物美之外貨，從事競爭。到此地步，若整個民族尚無覺悟、對於衣食住必需品，不能限用國貨，必至有大家無以為生無以為活之一日。」在新生活運動的口號下，《大公報》力圖推進國人購買國貨，但並不完全拒絕外貨，「凡生產工具及一切必要品之輸入，毋寧在絕對贊成之列」，唯衣食住所需則盡可限用國貨，既屬可能，且為必要，早已到盡人應該覺悟之關頭。1936 年，旨在與新生活運動相表裏配合、相輔相行的「國民經濟建設運動」由國民政府開展起來，新記《大公報》三巨頭之一的吳鼎昌此時已赴任國民政府實業部長，但他在多個場合提及的「生產工具，歡迎外貨；消費物品，專用國產」可謂三十年代《大公報》同人對新生活運動「經濟的」原則之探驪得珠。

　　所謂「衛生的」原則，即一種「健康的運動」，「凡利於健康的生活，都是好生活，也就是新生活」。《大公報》同人坦承因編輯記者的工作性質，在私人生活方面並不能做到完全符合衛生、健康的原則，張季鸞甚至自稱為一個「不規律不謹嚴的半病人」。對於一般國民之不能在日常生活中符合「清潔」「衛生」的準則，《大公報》同人亦有較清醒的認識。但在塑造國民新生活的語境下，《大公報》同人從新聞記者的社會職責出發又是必須對其表達意見的。

雖然「經濟的」原則更有緊迫性，但「衛生的」問題在普遍性上又對國民影響至深，甚至成為民間社會揮之不去的惡風劣俗。「譬如中國大害，曰煙曰賭，苟欲救亡，必須禁絕。」《大公報》在社評中謂宜以此二項定為參加新生活運動者之前提條件。「此兩害不惟深入於中上流社會，即一般鄉民亦有傳染，中國民族欲拯救破產，保障健康，必以此為前提矣！」公共場所的清潔衛生，不僅為《大公報》對新生活運動的最初印象，也是其在國民衛生健康觀建構中較多著墨之處，並主要表現為以公共衛生促進個人清潔意識。此外對於性生活，也應該持謹嚴態度，「也是為健康與保種」。對於推進這一「健康的」運動，另一重要方面即在於增進民眾的體育鍛鍊。新記《大公報》歷來重視社會體育的開展，提倡最廣泛地增進國民對體育運動的參與，在新生活運動的風氣中《大公報》同人既主張國術等傳統體育，也提倡球類、田徑等西式體育運動的開展，「凡有利於健康的事，都是與新生活的原則相符的，東西洋一切體育上的設施，都可以仿行，這與中國先民的教訓完全一致。」雖然相較於「經濟的」原則，在新生活運動中「衛生的」意義的重要程度相對較低，在違背民族經濟的消費「一概打倒」後再責國民以「清潔」「衛生」方有意義，但國民體格強健畢竟關係社會生產力與國勢盛衰，它在《大公報》同人的「新生活觀」中仍是佔據極端重要的地位。

除了「經濟的」與「衛生的」兩個原則，《大公報》同人並未忽視蔣介石倡導新生活運動，「他的本意，簡單說，是希望全國民軍事紀律化」。新生活運動發起者提出的六個原則中，規訓民眾行為的便有「整齊」、「迅速」、「確實」，且「整齊」在六原則中居於首位；新運推行第一年，重點實施的兩項運動，一為「清潔運動」，另一便是「規矩運動」。何為「守規矩」？在1934年5月新生活運動促進會在全國媒體廣泛刊登的《新生活運動綱要》中，對「禮義廉恥」進行解釋，「禮者，理也。理之在自然界者，謂之定律。理之在社會中者，謂之規律。理之在國家者，謂之紀律。人之行為，能以此三律為準繩，謂之守規矩」。新生活運動之所以如此重視養成國民「共同一致的習性和本能」，無疑與當時蔣介石規訓國民行為、壓制民眾思想的目的是分不開的。新記《大公報》對於蔣氏本意心知肚明，尤其在九一八之後《大公報》亦以「明恥教戰」為口號，希望國人能在日常生活中即為可能的戰時生活做好行為訓練和思想準備，因此張季鸞對蔣氏演講中希望國民軍事紀律化的本意是「甚表同情」的。在《我之新生活運動觀》中張季鸞曾言，「新生活運動可以說就

是舊生活運動」，中國人應該寶貴祖先所遺留的美德，恢復先民們「謹嚴」「敬慎」的生活態度與行為規範。因此在《大公報》同人的「新生活觀」中，「紀律的」是國民社會交往觀建構的重要標籤。

附：張季鸞《我之新生活運動觀》

近來高唱入雲的新生活運動，惹起我種種的感觸。嚴格的說：我這個人對於提倡國民新生活，資格不宜。回顧二十幾年的記者生活，就一個社會上的公人說，自己隨時經過相當的注意，反躬自省，大概沒有重大的墮落，但是論私人生活，卻有種種不良的習慣。不但是不足作人模範，就連南昌所倡的整齊清潔等六樣最低標準，也還做不到。一個不規律不衛生的半病人，向全國公眾議論國民新生活，實在有些慚愧。

但從新聞記者職責上講，對於這樣轟動全國的一個重大問題，無論好壞，應該表示一些意見，況且國民實在需要一種普通的新生活運動，而我腦筋所感觸的以為政府當局的意見，似乎還要補充。所以現在想說幾句話，供獻給我們週報的讀者諸君。不過我的話，只是拉雜而談，不邏輯，不科學，想到那裡說到那裡，但願讀者鑒其愚誠，諒其用心，那就感激之至了。

我的話有對一般同胞說的，有專對政界人說的，現在先說我認為原則上的幾點，第一：我的解釋，新生活運動，可以說就是舊生活運動。簡單說：我主張中國人亟應先自覺其為中國人，不是外國人！中國人應該學中國先民生活的優點，而採西洋近代科學精神，加以補充，不應該自棄中國之長，而反學外國之短。中國人應該明白中國自己的生產情形，作中國人相宜的消費，應該人人自覺對其共同的祖先之責任，寶貴他們所遺留，在現代依然可適用的實踐道德。大家要學我們先民們那樣素樸謹嚴勤勞敬慎的生活！所以我的意見，新生活運動，應該勸人們先做一個好的中國人！不要長此淪落成壞的外國殖民地人！

此次蔣介石先生提倡新生活運動，以禮義廉恥為歸宿，這與我前段所述的舊生活運動，精神上大概相符。不過有一層，禮義廉恥

的標準，怎樣決定？似乎非更有一種前提不可。教我說，就是一切要用中國傳統的精神，作測量的準繩。現在就「恥」字說罷！中國古代，不恥貧，現在習慣卻只恥不富。尤其論到政界，中國傳統的文化，是讚美做官窮的。諸葛亮是聲譽最普及亦最耐久的一個典型政治家，他的家產只是一點田，一些桑，現在四川一個連排長恐怕比他還富。照諸葛亮這樣的無產，是中國政治家的普通榜樣。歷史紀載，不可勝舉。總之做官的人，結果有財可恥，無產不可恥，反而得社會崇敬。現代呢？卻恰與相反，所以提倡恥教，一定還要從老根上講下來。

兩三年前，有德國一個著名的記者，遊歷上海，寫了一篇文章，題目是《黃昏的中國》，他在上海看了些旅館飯店遊戲場，感覺到中國固有的文化精神掃地無餘，卻專輸入了些西洋資本主文明中最劣最俗的一部分，所以他的印象是中國民族到了黃昏末路！我當時讀此文，曾感到深刻的悲痛。我有時想到，假如中國人的祖先能從墳墓中復活，遊歷現在著名的幾個都會，他們先看見多少崇樓大廈，和一些難民草棚，雜亂的並立著。街上的行人，有的是奇異洋裝，有的是襤褸布服，雜然一堆，各不相類。華麗的汽車，在光滑的馬路駛行著，同時卻有無數喘汗薰蒸的窮人拉著一種車子奔走。他們看見他的後裔們生活如此懸絕，已經感著驚訝與悲傷。等到走進一個巨宅，金碧輝煌，都是見所未見，問起來，這些裝飾品和用具，連房屋一切材料，都是化錢從外國買來的，再問錢從何來，卻依然是靠他們二千年傳下的農業。他們見此情形，已經眼淚要奪眶而出了。等到登堂入室，越看越出奇，一些人圍坐一個桌子，正弄骨牌，各人面前，都是一大堆鈔票，都銜著紙裏冒煙的怪東西，聚精會神，在那裡賭，旁邊卻站著或坐著不少的奇異裝束的女人，戲謔笑語，行所無事。再看裏面，床榻之上，男女混雜，圍著一盞小玻璃燈，一個人正用一杆長竹筒吸煙，奇臭薰人，一問才知道名為洋煙，又知道此煙害人身體，所以法律禁止了，但是多少地方，是官教百姓種，不種也要拿捐，他們看到這裡，真氣極了。一會見，大家給他們接風，名為吃『大菜』，他們一入座，不見杯筷，只見刀叉器皿上都是橫寫的向不認識的怪字，問問酒價，一瓶十幾元，都是外國來

的。他們真不知道他的後裔們如何這樣鬧法。席散之後，忽然說要跳舞，他們以為是先周之舞，至少也是唐代之舞，那知道在一種淫蕩的樂聲之中，看見對對男女，擁抱而行，一問這又是外國來的。他們至此，才知道中國已不是他們的中國，同感他們一部分子孫連根腐敗了。過兩天，他們離開都會參觀各處鄉村，他們的悲痛，更不可遏止，因為他們看出來到處鄉下人的衣食住，還不及他們的時代，他們才知道那些都會子孫的豪華闊綽都是剝削他們鄉下子孫而來。他們至此，寧願再回墓中，也不願再看下去了。我這些話，固然是瞎扯，但在情理上，卻千真萬確。中國人，尤其有地位的中國人，今日亟應該提倡及實行一種新生活。第一前提，就是要決心從此要做祖先的好子孫——好中國人！把近幾十年外國殖民地化的都會惡生活打倒！要認定這種殖民地化的生活是可恥可悲，不論何界，都要自己檢查，是否自己的行動夠一個好中國人？是否自己的嗜好習慣，不背於中國民族傳統的良好精神？我以為不提倡國民新生活則已，要提倡，必須從這根本一點提倡起！

前面所說可以總結一句，是：新生活運動之第一原則，應該是「中國人的自覺」運動，其次再說怎樣才是一個好中國人？

我以為國民新生活，應該以下列二原則為標準，就是經濟的和衛生的，凡合於經濟與衛生者，就是合於道德，就是新生活。這裡所謂經濟，不以個人為標準，是說一個人的生活，應適合於民族經濟的利益。這個原則，尤其是針對在社會上享受較優越的生活者而言。具體說：現在少數人浪費最大多數人生產的結果，釀成國際貿易嚴重的入超，一面對於破產的農村，仍不斷的加以剝削，阻撓其生產力之恢復，這種生活方法不改，中國一定要到亡國之路。我以為凡贊成新生活運動之人，應從這一點起，檢查自己，看自己的生活方法，是否符合民族經濟的利益？不符合者，就是罪惡，非改不可，不能說自己花自己錢，與人無干。南昌此次定的六項標準有整齊清潔等，這當然是移風易俗的好事，不過有些人，雖是整齊清潔，不能就算他實行新生活。比方說罷！假若一個貪官污吏，在租界住的高大洋樓，裏面收拾得地無絲塵，穿的簇新的華貴衣服，無半點污濁，禮節應對，都非常之好，我們也不能承認他是一個新生

活運動者，因為他的生活，根本上違背了民族經濟的利益。我常想，凡是社會上較有地位的人，大概都多多少少違反了這個原則，就是工商起家的人，也要痛加檢點，高級公務員更不必論。近來有句常用的話，說是中國人以十八世紀的生產，作二十世紀的消費，這句話很痛切了，其實才說得一半。因為還有一種更痛心的現象，消費者並不是生產者。少數過二十世紀消費生活的人，他們自己並不生產，只是直接間接，剝削大多數用十八世紀方法生產的人們所生產的結果，所以陷到近年這種瀕於破產的經濟危機。我奉勸一般較有地位的人們，若果贊成改造生活的運動，應該先注意這一點。就是務必把自己的生活程度，緊縮低降，和一般人民無大差別。凡洋式闊架子，一概打倒，務必節約財力，減少入超，以供獻到生產方面。關於此點，蘇聯現狀，就值得參考。莫斯科市中沒有一所私人所有的汽車，稍為精美的裝飾品，市中就購買不到。這固然是國家統制出入口，政府有強制力使然，但一般俄民，並不反抗，這可以證明是理解政府的政策，知道擁護民族經濟的利益。他們如此刻苦十幾年，才有今日的工業建設；中國每年有五萬萬兩以上的入超，這種情況下，怎樣建設？所以現狀的推演，一定非到大破產之日不止了。我主張個人自動的檢查，凡奢侈消耗品，務必不用，苟有國貨可代，務必用國貨，洋架子一概打倒。譬如坐汽車，應該限於職業上或事務上有必要之時，中國既不造汽車，又不出汽油，私人擺架子，有什麼體面？凡那些在各處租界過最高級歐式生活之人，和一般同胞生活對照一下，慚也不慚？即便是用自己掙來的錢，也是犯罪，何況官吏。我從前在本報上勸人戒紙煙，也是這個道理，紙煙當戒，鴉片海洛因更不待論。諸如此類凡是違背民族經濟的消費，應自動的一概打倒，凡照這樣生活的人，就算實行新生活的原則，然後再責以清潔整齊迅速確實等項的標準。社會上應該趕緊普遍的養成風氣，對於豪奢不顧民族經濟利益的行動，應該都認為可恥，加以深惡痛絕，這種清議制裁的力量，我相信是很重大的。再說第二原則，前者可認為節儉的運動，這個可認為健康的運動。就是說凡利於健康的生活，都是好生活，也就是新生活。我對此點特別願各界人注意的，除了拒毒之外，還有戒賭。中國社會，

最消耗精力的惡俗莫過於賭，尤其是麻雀。因為麻雀太普及了，從都會到內地，徹上徹下，都有此嗜好，這賭的惡風不除，中國建設一定不成。因為它費時耗財消磨精力，有賭癖的人斷不能成就大事業。近年常聽見有因打牌殞命的人，所以嗜賭太深了，等於拼命，這樣拼命，太無價值了。而且有害於經濟者甚大，嗜賭的人，根本上不能有預算，一切奢侈浪費的行為，多半與賭有關。所以我以為新生活運動之兩大禁忌，應該是拒毒與戒賭。此外凡有利於健康的事都是與新生活之原則相符的，東西洋一切體育上的設施，都可以仿行，這與中國先民的教訓完全一致。性生活應該謹嚴，也是為健康與保種。

最後有幾句話，想特別貢獻與政界諸君。最近的新生活運動，是蔣介石先生所倡導，據我觀察，他的本意，簡單說，是希望全國民軍事紀律化。記得他最初的講演，曾有此意。這種希望，我甚表同情，因為與我所述的三原則相符。全國軍事紀律化，是中國人的自覺運動，同時也當然是節儉運動和健康運動。不過看蔣先生的意見，以為新生活運動，不便強制執行，所以只能倡導一般人隨時可行的若干最低的標準，以為改造國民生活的起點，他的希望，應該不止於此。我常想，轉移社會風氣的樞紐，在政府，在文武大官。中國人在官治下二千餘年，對大官特別尊重，所以對大官的行動，也特別注意，報紙儘管不登，社會自有清議。中國先民傳統的習慣，是歌頌清廉淡泊之政治家，同時假若政治不能澄清，社會風氣，定然隨之而陷於污濁。尤其在國難嚴重的今日，一般文武大官，必須畏天敬事，自己過最謹嚴勤慎的生活，才能喚起人民的同情。近年國民政府執政以來，自然有若干的新氣象，然而一部分高官的生活狀況，從人民眼光看來，較之從前北京時代，並不見改良，這是叫人們最痛心之事。現在政府領袖們，既提倡新生活運動，一般高級官吏，應該都自己檢點一下，是否足為人民表率？是否自己是一個好中國人？假若一般社會只可先施行六項標準，高級官吏便應該比一般人民，還要拿更高的標準規律自己！我和蔣先生在這六七年間，見過幾面，都是匆匆的。不過我的印象和間接所聞，可信他是一個有毅力有熱心的領袖，尤其自九一八以來，他這種艱苦支撐的

精神，感動了一般軍人，才形成目前統一粗成的局面。所以他提倡新生活運動，是有誠意的，因為他自己是一個實行家。不過，我覺得只他這樣提倡不夠，至少國民黨全體幹部，都要表現出來是新生活的實行者，才能鞏固黨國的信望。所以至少一部分有巨產和荒唐愛玩的人們，應該自己反省一下。

載於《國聞週報》1934 年第 15 期

第二章　國民物質消費觀建構

　　1934 年 4 月，在新生活運動已呈現出一派「高唱入雲」的景象，成為「轟動全國的一個重大問題」之時，張季鸞在最新一期的《國聞週報》發表了一篇《我之新生活運動觀》，集中闡述了他「從新聞記者的職責」出發對於新生活運動的感觸。雖是「拉雜而談」，但在這篇文章中，他提出所謂「國民新生活」應依歸的兩條原則，首當其衝便是一條「經濟的」原則，新生活運動亦「可稱為節儉的運動」。這個原則，尤其是針對在社會上享受較優越的生活者而言。具體說，「現在少數人浪費最大多數人生產的結果，釀成國際貿易嚴重的入超，一面對於破產的農村，仍不斷的加以剝削，阻礙其生產力之恢復，這種生活方法不改，中國一定要到亡國之路。」在這樣對中國農村破產、民族經濟危殆的深刻認知中，張季鸞認為只有先實行了這一「適合民族經濟」原則的新生活後，再責國民以「清潔、整齊、迅速、確實」才有意義。否則，「一個貪官污吏，在租界住的高大洋樓，裏面收拾得地無絲塵，穿的簇新的華貴衣服，無半點污濁，禮節應對，都非常之好，我們也不能承認他是一個新生活運動者，因為他的生活，根本上違背了民族經濟的利益」。

　　雖然最早階段在蔣介石的「新生活運動之要義」演講中，「全國國民軍事化」是其主要訴求，希望中國人學習日本民族「洗冷水臉」「吃冷飯」等刻苦耐勞、簡單樸素的生活習慣，並讚賞「這就是最基本的軍事訓練」。在 1934 年 3 月 1 日至 3 月 7 日對蔣氏演詞的連載中，《大公報》編者確實也在具有導讀性質的標題中凸顯這一標籤。自「九一八」事變以後，《大公報》同人提出「明恥教戰」的宣傳口號，自然注重《新生活運動之要義》中強調的「使全國國民的生活能夠徹底軍事化，能夠養成勇敢迅速、刻苦耐勞，尤其是共同一致的

習性和本能，能隨時為國犧牲」。但在關於新生活運動的第一篇社評（《新生活運動成功之前提》，1934 年 3 月 10 日）中，《大公報》強調「此種新生活運動之內容，除蔣委員長所講之全國軍事化以外，似應注重經濟的意義。具體言之，吾以為中國亟務，在降低中上流社會之生活標準，以提高一般人民之生活標準。」在對符合「現代」的國民生活觀建構中，占首要地位的便是凸顯「經濟的意義」的物質消費觀。

第一節 「生活生產化」與節約儲蓄意識

在張季鸞《我之新生活運動觀》所描述的「新桃花源記」中，曾借古人之口，哀歎中國都市中的上流社會揮金如土，「再問錢從何來，卻依然是靠他們二千年傳下的農業」。《大公報》同人向來重視提倡科學、發展工業化，這一時期更極力把輿論引向經濟建設的軌道。〔註 1〕

《大公報》倡儉戒奢的一個重要背景是中國生產方式落後，農村凋敝，在國際貿易中處於嚴重入超的國際地位。「我們與西方文明的接觸，未曾多學到科學的致用，而特別發達了畸形的享受」。1934 年 5 月 15 日，新運總會制定的《新生活運動綱要》在全國各大報紙刊登，《大公報》正式揭櫫新生活運動力求國民生活「藝術化」、「生產化」、「軍事化」的所謂「三化」目標。「中國之貧，由於生之者寡，食之者眾。凡不生而食者，其食之所資，不出於刮奪，必出於倚賴，而皆由於不知『禮義廉恥』為之也。故必須使生活生產化，而後勤以開源，儉以節流。知奢侈不遜之非禮，不勞而獲之可恥。」《新生活運動綱要》所言「勤以開源，儉以節流」，與當時中國知識界對國貧民弱問題的認知基本是一致的，尤其是對「不生而食」者合理降低其生活奢侈程度的呼籲，正是《大公報》同人為避免國民經濟破產而素來所持之論。黃炎培在上海一次演講中引用馬君武遊歷日本時的格言，「他們日本新式生產，老式消費。我們中國恰恰相反，是新式消費，老式生產。」並對比中日兩國國民的生活圖景，「吾國通都大邑，婦女多剪髮。現在連鄉下姑娘，也拼命摩登化了。獨有農夫的鋤頭，工人的斧頭，還在用幾百年千年前的老樣。」而日本一紗廠「紗錠幾萬枝，布機幾百臺，而全廠從經理到工人，統共只有十八個人。」

〔註 1〕賈曉慧，大公報新論──20 世紀 30 年代《大公報》與中國現代化〔M〕，天津：天津人民出版社，2002：77。

日本人卻「拼命用他們的國貨」，「直到現在還是蹬蹬穿著木屐走路，很少穿皮鞋。」〔註2〕與此類似，1934年4月1日《大公報》「星期論文」刊登陳振先《新生活運動中應注意的一節》，舉新生活運動「提倡節儉」一義，認為從經濟的或國防的角度考慮，中國均有加快推進工業化之必要。而此等事業與種種設備，耗費資本巨大，國民節約是一重要方法。若國中大都市之有閒階級仍不改變「用十七世紀之方法生產而學二十世紀之富國消費」之生活方式，必造成國勢不能長久。張季鸞則更進一步，認為「中國人以十八世紀的生產作二十世紀的消費」這句話很痛切了，但也只對了一半，因為更痛心處在於消費者並不是生產者，「少數過二十世紀消費生活的人，他們自己並不生產，只是直接間接，剝削大多數用十八世紀方法生產的人們所生產的結果」。〔註3〕

　　正是在「遍身羅綺者，不是養蠶人」的悲天憫人情懷中，《大公報》奉勸一般上層社會，若果贊成改造生活的運動，就應該「把自己的生活程度，緊縮低降，和一般人民無大差別。凡洋式闊架子，一概打倒，務必節約財力，減少入超，以貢獻到生產方面」。陳振先則為「在上位者及社會上領袖人物」建構了一種提倡儉約、節省國力，幫助國家從速「工業化機械化」的「新生活」樣式：比如不用煙捲，不抽鴉片，則「則昔之用以種煙草罌粟之地畝人力，即可用以種植棉麻五穀或從事築路、開渠、造林、建廠、開礦、運輸與其他生產工作」；又比如不用絲織品，或昔之年制十襲者，今則年制兩襲，昔之服用數月者，今則服用數年。則騰出所餘蠶絲，可以運銷外國；又比如國之富人昔用男女僕役共三十人者，今減為共享十人。所騰出之工人二十人，未嘗不可從事生產事業以謀生活；所騰出之工資飯食，又可投之於生產事業，以雇傭因少用非必需之銷耗品與因少雇僕役少「吃館子」少聽戲曲少赴舞場而失業之男女諸色人等。正如《大公報》刊登的蔣介石告國人書所言，「何謂生活生產化，非欲全國人均任農工、均為商賈，在初步只期其能節約，能刻苦，能顧念物力之艱，能致力生產之途，一洗從先之豪奢、浪費、享樂、幽閒之習性。」

　　經濟衰敗、國難深重的現實中，《大公報》認為「國防為國民實力之總和，而尤以經濟為基礎」，並「深願同胞同覺悟一點，即救亡須自經濟自救起」。而幫助國家加快推進工業化，對於一般國民來說則必須從提倡儉約、儲蓄資

〔註2〕華北當前的危機（續）　黃炎培在上海青年會演詞〔N〕，大公報天津版，1934-6-17。
〔註3〕季鸞，我之新生活運動觀〔N〕，國聞週報，1934（15）。

本做起。從這一時期《大公報》刊登的「新生活」名義下的廣告也可看出這一端倪。1935 年 2 月 10 日，該報廣告版一則中國實業銀行吸引儲蓄的廣告詞便曰：「廿四年的新生活，是節靡費，多儲蓄，中國實業銀行儲蓄部能替您解決一切，各種存款利息優厚。」新生活與節約儲蓄密切關聯，成為該商業銀行 1935 年度刊登廣告的主要策略，亦是新生活運動語境下，《大公報》建構國民物質消費觀的重要內涵之一。

尤其是與抗戰爆發後催生的各種「一日一分」、「戰時節約」、「節約獻金」等運動相配合，提倡節約儲蓄、推動後方生產成為新生活運動轉入抗戰時期的最重要工作。1938 年 7 月，國民參政會通過政府提交的《節約運動計劃大綱》，在此前後，已遷到漢口的《大公報》在社評中四度發聲，喚起國人對於社會節約問題之注意。〔註 4〕在戰爭的條件中，經濟占主要的成分，而中國強化戰時經濟的三條路，厥為「積極增加工農各業的生產，儘量推廣出口貿易，厲行社會節約」，現在的戰時經濟要求社會節約，而戰時的國民道德尤其要求社會節約。〔註 5〕

1938 年 6 月 10 日，八位戰區流亡難童來到漢口大公報社，將二十位難童在兩個多月時間裏奔波公園碼頭擦皮鞋賺來的十八元一角五分錢捐獻出來，託《大公報》轉獻政府。這一舉動讓大公報職員甚為感動，「致送了空前的熱情來歡迎」，總編輯張季鸞親自接待並向難童代表致以謝辭。次日《大公報》以大篇幅特寫給予報導，並在刊載的戰區流亡難童致《大公報》編輯部的信中借難童之口言道，「我們的幼稚心靈，深刻的認識到抗戰建國的勝利唯一條件，是在人人出錢出力，是在人人流汗流血，雖然我們年小力弱錢少，但是我們與我們全國小朋友的正在發育滋長的汗與血，是無儘量的，必能同全國同胞的汗與血匯為空前絕後的洪流，洗盡中華民族一切恥辱」。〔註 6〕8 月 1 日，曹谷冰又代表報館接待了第二批送來救國捐的難童。通過對「擦鞋難童獻金救國」的特寫，《大公報》為一般國民樹立了「救亡要人人出錢出力」的典範。

〔註 4〕這四篇社評分別是 1938 年 6 月 24 日《社會節約》，1938 年 7 月 1 日《再論社會節約》，1938 年 7 月 14 日《三論社會節約》，1938 年 8 月 3 日《四論社會節約》。

〔註 5〕社評，社會節約〔N〕，大公報漢口版，1938-6-24。

〔註 6〕擦鞋難童獻金救國　八個孩子送來十八塊多錢〔N〕，大公報漢口版，1938-6-11。

實際上在此之前，依靠自身「中國最好的報紙」的社會形象，《大公報》蒙「讀者厚愛，囑託代收捐款，辦理各項社會事業」，計自數年前之甘肅震災、陝西旱災以來，先後代收款項「不下六七十萬元」。〔註7〕抗戰爆發後，《大公報》隨戰線西遷，在漢口積極會同其他方面辦理為八百壯士捐款及各業節約獻金。重慶時期，新運總會發起重慶各界節約獻金運動，向社會廣泛募捐，用以支持抗戰。香港《大公報》社在香港淪陷前借在港之地利，成為愛國僑胞向祖國抗戰輸捐的重要節點。1939年夏，香港《大公報》響應政府「七七獻金」運動，「曾登報宣布於七月六日起至七月三十一日止，代收本港僑胞獻金捐款」，最終轉匯國幣二萬六千九百九十七元五角五分於香港中國銀行。〔註8〕1939至1944年間，《大公報》成為社會各界捐款的重要代收處，用以空襲救濟，慰勞軍隊，賑濟豫災、粵災、魯災等，並及時在報端公開各方捐款詳情。於潛移默化間在國民中塑造全社會厲行節約、人人慷慨輸將的「戰時的國民道德」。

第二節 「消費物品，專用國產」

「消費物品，專用國產」一語是1936年後已任國民政府實業部長的吳鼎昌提出的。其實這句口號加上前半句才是當時的完整表述：「（一）生產工具，歡迎外貨；（二）消費物品，專用國產」。這是吳鼎昌基於中國在「衣食住」等基本生活需求方面尚無法實現經濟自給的情況而提出的一條較務實的舉措，也是《大公報》歷來關於民族經濟的看法的提煉。

國貨運動在20世紀30年代的中國實非罕事。從1905年「抵制美貨」開始泊乎30年代，國貨運動獲得社會普遍認同。尤其30年代，在民族危機與經濟危機的背景下，國民政府發起了1933「國貨年」、1934「婦女國貨年」、1935「學生國貨年」、1936「市民國貨年」、1937「公務員國貨年」等連續五個「國貨年」，將20世紀中國的國貨運動推向高潮。新運之初，讀者從《大公報》最早感知的「新生活運動」便是關於「提倡國貨」。1934年2月26日，《大公報》一則南昌專電報導：「新生活運動促進會組成後，空氣彌漫，省垣

〔註7〕關於本報代收捐款之聲明〔N〕，大公報重慶版，1938-12-30。
〔註8〕《各機關團體及個人捐款（三）》，《國民政府》，臺北「國史館」藏，1939-8-7，數位典藏號：001-054531-00004-063；《各機關團體及個人捐款（三）》，《國民政府》，臺北「國史館」藏，1939-9-18，數位典藏號：001-054531-00004-067。

各界正積極實行新生活運動，定二十八日隨同提倡國貨運動會舉行擴大遊行宣傳。」28 日的提燈遊行報導，記者直接以「省垣各界提倡國貨暨新生活運動」總括之，儼然「提倡國貨」與「新生活運動」渾然一體之態。〔註9〕

一、「公務員限用國貨」

不同於國民政府試圖在全社會範圍內普及國貨運動，《大公報》強調首先公務員尤其是軍政界領袖應「以身作則」，尤其在新生活運動聲中，將使用國貨與促成「政治新風氣」加以勾連。揆諸《新生活須知》九十六條瑣碎條文，「吾人聞之，雖鮮有不同意者，然持此新生活須知小冊子，為廣泛的社會運動，便可期其成功，則殊屬疑問」，因此仍須提綱挈領，有著手之點。尤其在中國「上行下效、風隨草偃」的傳統中，「吾人十分自信，以為應從『凡公務員衣食住所需限用國貨』一點做起走。」

對待國貨與外貨，《大公報》並非一味民粹主義式地拒斥。在《我之新生活運動觀》一文中，張季鸞主張「凡奢侈消耗品，務必不用，苟有國貨可代，務必用國貨，洋架子一概打倒」。鑒於中國在國際貿易中嚴重入超之局面，《大公報》在社評中言道，「吾人並非反對外貨，凡生產工具及一切必要品之輸入，毋寧在絕對贊成之列；唯衣食住所需則盡可限用國貨，既屬可能，且為必要，早已到盡人應該覺悟之關頭」，蓋中國在國際貿易中入超已歲達七萬萬元以上，「任何人以普通常識觀察中國今日經濟衰落之趨勢，其不與吾人抱同一之感者幾希！？」但《大公報》實際上厭談提倡國貨卻不見提出任何可能方案的老調，也避而不談類似「我們沒有的物品便努力製造來用」的看似積極的高調，而是提出一條偏於消極的原則——「我們沒有的，便不用！」以此作為提倡國貨的起點。該報細數 1934 年中國進出口產生入超的物品類別中本可設法縮減甚至不用的「純消耗品」：「比如去年的輸入品中，人造絲及其製品即值三千六百萬元；臘燭、胰子油等品值一萬零八百餘萬；魚介類值一千八百萬；藥材及香料值九百萬；酒及飲品值三百餘萬；煙草值三千二百萬。其中只香水、脂粉、裝飾品等婦女用品即值二百二十萬元之巨！」並進一步言道，「我們現在既不能生產這些，而偏要用他，便是奢侈」。無論是張季鸞的《我之新生活運動觀》一文還是《大公報》的社評，都可見

〔註9〕新生活運動　南昌各界積極實行〔N〕，大公報天津版，1934-2-26；南昌盛會提倡國貨提燈遊行〔N〕，大公報天津版，1934-3-2。

到對國人「以十八世紀的生產，作二十世紀的消費」的批評，凡發議論處，《大公報》力爭促使國人「尤其是有新知識的人」樹立一種在消費品領域「非國貨不用」、「以用外貨為奇恥」的道德觀念，「至少全國公務員可以強迫用國貨的。」〔註10〕新運之初關於國貨運動的新聞報導亦聚焦各地方政府「厲行新生活」的舉措，如 1934 年 3 月 16 日杭州專電報導浙江省厲行新生活運動，「首先實行服用國貨」，並從公務員做起，「省府各職員服裝，均易國貨袍褂，西裝絕跡」。1934 年 3 月 31 日，報導武漢新生活運動促進會及省黨政軍各界，自四月一日起「均實行新生活規律」，「省府全體員司一律服用布衣」。1934 年 12 月 17 日刊登河北省新運會所公布之《公務員第一期厲行新生活辦法》，督促公務員「服用國貨」。1934 年 12 月 25 日，《大公報》報導天津市政府規定自明年 1 月 15 日起，「市府及市屬機關職員，一律著制服，材料須為國貨，色為藏青。」

　　在提倡國貨聲中，《大公報》試圖為一般公務員建構一種能「以身作則」、簡單樸素的消費行為習慣。如 1934 年 4 月 5 日報導蔣介石電覆湖南新生活運動大會籌備處，內云「此項運動最貴推己及人由近而遠腳踏實地以身作則而為社會之倡率，萬不可蹈以往只事標語宣傳而無實物觀摩之弊」，該報編輯製作標題時便用「以身作則」突出其分量。1934 年 5 月 5 日，河北省新生活運動促進會在天津召開成立大會，《大公報》刊載省府主席于學忠的演講，肯定其「大約鄉村方面，宜於整齊清潔偏重一些，都市方面，對於簡單樸素二字，應該特別注重」的推行方向，著手推行之始，「更應該先從我們公務員身體力行做起，尤其是我們提倡的人，應該以身作則，給大家做一個榜樣。」並配發短評：「信條十項，戒條七項，簡單而扼要，較之南昌九十餘條的小冊子，或者還多得要領。只盼望一般公務員，和天津社會各界領袖分子們，先自己實行！」

二、「喚起市民服用國貨熱忱」

　　對於一般市民是否負得起「國貨救國」的擔子，《大公報》持較為寬容的態度。以 1934「婦女國貨年」為例，《大公報》便質問「發起國貨年的名流與夫人」，「身上可多了幾條國產棉紗？家裏可多了幾樣國產什具？提倡國貨，振興民族工業，是否完全為婦女們的責任呢？婦女又是否負得起這個擔子

呢？」〔註11〕畢竟，發起婦女國貨年的是「名流與夫人」，恣其揮霍、大擺洋式排場的也是「名流與夫人」：「穿衣服必用外國料子，飲食宴會必推舶來海產物，調味定要味之素。房屋裝置，被服飾具，即小如鐵釘火柴，無論鉅細捨外貨莫選，買者賣者會心微笑以此相期。一談國產品，搖頭蹙額一定找出一點不可用的毛病。」〔註12〕而尋常百姓，則大多數窮苦交加，「其生活遠在正當標準之下，早已儉之又儉，無可再儉」。

對於一般市民「衣食住限用國貨」雖不必動以強制，但這並不是說平頭百姓對於國貨運動便毫無責任可言。在《大公報》的字裏行間，實則貫穿著一般市民尤其是普通婦女群體能自願服用土布土產，以減少向外國之利潤輸出的期望。如1934年10月7日，在介紹參加華北運動會的山東代表隊時，特意指出「運動員用費每人每日二元，職員三元」，並一律著制服，「材質係山東濰縣土布製成，俾合全國新生活運動整齊簡樸之旨。」1936年9月2日，《大公報》上海版本市增刊登載了一篇《上海的幾位布衣主義者》，作者在陳述穿著國產布衣在經濟上有「金錢不使外溢」的利害後，例舉了多位提倡服用土布的名流，「一資國人的效法」，其中包括「為人節儉，並極力主張要以土布作衣」的朱慶瀾將軍，「無論何時何地，總是穿著那套老藍色的土布襖袴」的邵爽秋博士，「平時總是穿著那一件藍布的長袍」的曹聚仁先生，「除了春秋冬三季之外，就在炎熱的夏天，他也是穿布衣的」的單毓華律師，教育界則有「無論居家出外，或赴各地演講，穿的總是布衣」的陶行知先生。文章最後還提到政界之馮玉祥，「更誰都知道他是土布的知己，布衣的始終實行者」，提及他最近一次來上海的情景，「那一套又長又大的土布衣服，著實給予上海人以很深的印象，只可惜馮先生不能久居上海，否則，上海的浮華奢侈之風，在馮先生的布衣主義下，一定能夠打破不少呢。」

此外，各種商家也開始利用新生活之名義推銷商品，尤其是土產國貨。如1934年6月23日的副刊載有一篇署名「叔華」的文章，記述作者在商店目睹夥計推銷「新生活布疋（匹）」的話術：夥計從櫃中抽出一疋青灰的素綢出來道，「這是新生活（牌子）呢，比方才的更好更便宜了」，「這料子只有我們一家有，別家做夢都沒有想到呢。我瞧您也是智識階級的新人物，您一定也贊成這新生活運動。若不自己用，剪一兩身送把人，也是一個紀念。您瞧，

〔註11〕驪程，小評論　注意實際效果〔N〕，大公報天津版，1934-3-11。
〔註12〕陳振先，新生活運動中應注意的一節〔N〕，大公報天津版，1934-4-1。

真好不是？」通過刊登有關廣告，《大公報》將新生活運動與「穿衣節儉」「支持國產」等密切聯繫。以天津市估衣街一家名為敦慶隆的商店為例，1934年6月19日該店的廣告內容介紹了兩種男長衫與一種女士旗袍，並用大字標題寫到「實行薄利多銷，是贊助新生活運動」。待到21日，大字標題則換成「為群眾謀穿衣節儉化，是贊助新生活運動」。此後該廣告隔日刊登一次，所介紹商品名單時有變更，而標題始終標榜「為群眾謀穿衣節儉」。國產布料是標榜「新生活」最頻繁者，其他方面則涉及「新生活傘」、「新生活扇」、「新生活香蕉糖」、「新生活結婚禮餅」等。

　　無論是國產布衣，還是其他日用百貨，婦女是推動國貨進入家庭的主要購買群體。1937年6月上海市國貨運動聯合會與市民服用國貨會舉辦之「國貨播音對講」，假交通部無線電臺進入一般市民家庭。《大公報》連續多天刊登了播音稿，其中6月15日下午五時二十分至四十分之第二期節目，「題材注重家庭，故用夫婦問答」。這期對講節目以一對夫婦之間男人抱怨「女人能夠花錢」而引發女人「男人壞到透頂」的嗔怒，進而引發「女人如何愛國」，饒有趣味，在此截取其中一段對話：

　　　　（乙）那麼，你自己呢？太太。

　　　　（甲）我？我愛我的祖國，比愛……

　　　　（乙）比愛什麼？……

　　　　（甲）比愛你還增加十倍！

　　　　（乙）好！有沒有證據？

　　　　（甲）證據可一時找不出來，但是……

　　　　（乙）但是我不很相信！

　　　　（甲）為什麼？

　　　　（乙）為的是你沒有把愛國的熱心表現出來，你喜歡買外國
　　　　　　　貨！

　　　　（甲）華！你是不是要想報復？

　　　　（乙）絕對不是！你看，太太，你今天買來的這許多東西，差
　　　　　　　不多十分之七是外國貨！而且還有很多的私貨在內。

　　……

　　　　（甲）可是我怎麼知道呢？

　　　　（乙）是呀！這不是你的錯誤，絕對不是你的錯誤，他們鋪子

裏頭欺騙了你，我知道，我早就知道，你最愛你的祖國，你決計不是有心買進的！剛才我說你喜歡買外國貨，也不是我本心要說的，我是探察你的態度，對於國貨，到底是怎麼一種觀念，現在東西已經買來了，這個錯誤，當然沒有方法可以糾正，但是從今天起，我們要仔細考查，我們要注意選擇，如果不是真正的國貨，我們一概屏絕，一概不買！

（甲）唉！我很懊惱！

（乙）……

（甲）是的！我一向就抱定了服用國貨的宗旨，即使國貨的品質不十分好，或者價錢還要比私貨貴，我也是購買國貨，我想，中國人買中國人的東西，利益當然是中國人所有，假使大家都買外貨，把大量的金錢流出去，其結果，國民經濟，便加速地破產。同時，人家賺了你的錢，卻製造了槍炮來毀滅你，這不是等於自己摧毀自己的生命？我們愛著可愛的祖國，決計不願意走上亡國的死路，那麼，我們雖然不能夠積極的為國殺敵，如果連購買國貨一點兒小事都辦不到，我們怎樣對得起祖國？怎樣對得起民族？

（乙）太太，你不要太興奮了！我並不怪你，我很原諒你的偶然錯誤。

（甲）華，你不能原諒我！我是一個受過教育的女子，而買了這許多不願買的東西來，同時，我知道，一個快樂的家庭，婦女的責任最為重大，也就是說，一切衣住食行所需要的東西，多半是主婦購辦的，而你的主婦，竟沒有注意選擇，使你的心裏不愉快，華哥，你不能原諒我，不能，一定不能！

（乙）唉！那麼我說饒恕你，饒恕你的錯誤！

（甲）我不能接受你的饒恕，我要毀去這些不願買的東西！

（乙）好！我們把牠毀了吧，毀了！統統毀了，

（甲）馬上！

（乙）從今天起！我們不讓不願買的東西進門！

（甲）從今天起，我們絕對服用國貨！〔註13〕

再如 1937 年 5 月 20 日，《大公報》副刊版面一篇教授婦女裁縫衣服的文章，開篇便談到近年中國婦女購買衣料不該去捨本而求末，對堅固耐久的本國貨棄之不用，卻必得購買外國貨，這「並非真正意義的摩登」，而應當奉行新生活運動的宗旨，「所以最好希望姊妹們用國貨。」〔註14〕正是在這樣諸多的軟性文字中，滲透著《大公報》編者「喚起市民服用國貨之熱忱」的用意。

第三節 「養成廉潔長官」

一、對軍政界領袖的關注

新記《大公報》以「論政」為標榜，對新生活運動下鍛造「政界的新生活」尤為關注。「今者煙賭狎邪，到處流行，市民習慣固非，官場風氣尤劣，倘不整飭官箴，滌蕩瑕穢，而僅模仿南昌，號召民眾，是結果將見整潔衣冠於街頭，而烏煙瘴氣於內室，捨本逐末，得不償失矣。」因此「非主持運動者，自示模範，誠意感格不為功」。〔註15〕對於新生活運動的發起人蔣介石之個人生活，《大公報》同人「信其有許多優點」，總編輯張季鸞即認為蔣氏提倡新生活運動「是有誠意的，因為他自己是一個實行家」。〔註16〕胡適亦在星期論文《為新生活運動進一解》中言「他（蔣氏）的生活是簡單的，勤苦的，有規律的。我在漢口看見他請客，只用簡單的幾個飯菜，沒有酒，也沒有煙。」在關於新生活運動的持續報導中，經常可以在《大公報》讀到其他方面對蔣介石個人生活的描述，如 1935 年 6 月 11 日刊載的吳敬恒在中央紀念周演說，痛心於社會上應酬饋贈請客「均以花錢多未闊綽」的不良風氣，稱「蔣委員長請客素來只四五菜而已，吾人何不仿傚」。1936 年 2 月 20 日刊登馮玉祥在首都新運二週年紀念會上批評中國生產力甚弱，「所用生產之方法，仍為二千年以前之方法，但消費方面則處處倣仿外國洋行經理及外交官」，因此奉勸一

〔註13〕國貨播音對講　夫婦對講〔N〕，大公報上海版，1937-6-16；國貨播音對講　夫婦對講（續）〔N〕，大公報上海版，1937-6-17。

〔註14〕衣服應該怎樣裁縫？〔N〕，大公報天津版，1937-5-20。

〔註15〕社評，新生活運動之前途〔N〕，大公報天津版，1934-3-20。

〔註16〕季鸞，我之新生活運動觀〔N〕，國聞週報，1934（15）。

般人民能努力奉行新生活，「即以新運倡導者蔣委員長而論，其衣不過二襲，一為中山裝，一為軍裝。其食亦至簡單，宴客時角一碟，青菜白飯各一盤，點心一碟而已。」〔註17〕1948年5月19日，上海《大公報》刊載了一則《蔣主席伉儷遊錫續志》，記述隨蔣介石赴宜興祭掃祖先墳墓的軍務局長俞濟時，在接受記者訪問時談到蔣介石「日常生活之簡單樸素」：他現用廚子兩名，中西菜都能做，普通中菜是四菜一湯，西菜是一湯一菜一點，「有次蔣夫人赴巴西養病，只有蔣主席一人吃飯，廚子拿了四個鹹蛋來，被蔣主席訓斥一頓，認為在此生活困難時，一人一蛋已屬浪費，怎可吃這許多東西」。

但只蔣介石自己做表率還不夠，「至少國民黨全體幹部，都要表現出來是新生活的實行者」。因為自國民黨執政以來雖有一些新氣象，「然而一部分高官的生活狀況，從人民眼光看來，較之從前北京時代，並不見改良」，〔註18〕「苟欲新生活運動之切實收效，則必須一般官吏，尤其高級官吏一致實行。吾人以為此種運動，原則上不應強迫一般人，但對官吏，尤其高級官吏，須具強迫性。」〔註19〕因此除了倡導公務員「以身作則」，在政府高級官吏尤其是領袖人物中樹立「新生活」的模範，既是激勵，也是監督。對於當時的國民黨政府要人，《大公報》注意擇其足為模範者進一步督促鞭策。如《汪先生責無旁貸》一文，先是認為「駐平的黃（郛）何（應欽）兩領袖，就新生活之標準而論，本來足為政界人的模範」。並進而論及汪精衛辛亥北上途中曾倡導「六不主義」，〔註20〕比新生活運動的標準還嚴苛。「他這三十年的政治生涯，就私生活而論，始終守著六不主義的本色，就這一點說，胡（漢民）先生也是同樣可稱。現在汪先生身膺行政領袖，那麼對於這移風易俗的問題，應該責無旁貸。」1934年5月16日還曾報導何應欽以新生活精神舉辦宴會、招待「在（北）平之軍政領袖及社會知名人士」，《大公報》藉此契機為「領袖階級」建構了一套堪稱範本的宴會賓客的樣式：「設客座若干，備冷飲及西點數種，隨賓所嗜，自由取用。因洋化之交際，以洋酒洋煙為必需品，實無謂之銷耗，徒為外人多銷貨物，故昨日待客以果汁代替香檳酒，而不備紙煙。」〔註21〕

〔註17〕新運二周紀念大會　蔣林馮等有重要訓詞〔N〕，大公報天津版，1936-2-20。
〔註18〕季鸞，我之新生活運動觀〔N〕，國聞週報，1934（15）。
〔註19〕社評，新生活運動成功之前提〔N〕，大公報天津版，1934-3-10。
〔註20〕即「不做官、不做議員、不嫖、不賭、不納妾、不吸鴉片」。
〔註21〕何應欽夫婦舉行遊園會盛況〔N〕，大公報天津版，1934-5-16。

二、從吃「大菜」到「新生活菜」

在《大公報》描繪都市的時髦病時，熱衷於模仿西方餐飲標準的吃「大菜」是張季鸞所批評的各種「奢風浪習」之一種，這種「闊法」尤多見於上流階層。在對領袖階級的私生活進行報導時，「新生活」標準宴飲成為《大公報》建構新生活運動中官員應有形象的重點。如下表所示，從新生活運動發起當年至抗戰期間，《大公報》在報導中凡涉及政府高級官吏參加宴會處，必重視其參加宴會之飲食是否符合「新生活」之節約、樸素精神。根據這些報導，可以大致看出「新生活方式」餐飲具有一定特點：（1）以自助餐為主要形式，「冷餐、立食」，並逐漸成為「新生活餐」的代指形式；（2）自助餐形式外，總體符合節約宗旨的菜肴、簡單之傳統宴會亦包括在內。違反這一宗旨的便成為負面典型，如 1935 年 9 月 26 日該報駐成都記者曝光成都有「姑姑筵」等餐館，「每席價格最低限度，需洋二三十元，若等而上之，勢非百元不辦。」《大公報》記者言道，蜀人講究烹調，「軍政界尤特別注重吃喝，耗靡金錢，所不惜也。」並全文刊登了四川省新生活運動促進會函請省府加以禁止的原函內容，決議「每席價格，決定以十元為度」。

圖表 2　《大公報》對官員「新生活」餐飲方式報導概況

報導日期	事由、涉及人物	「新生活」宴飲形式
1934.5.16（津）	何應欽招待在北平之軍政領袖及社會知名人士。	備冷飲及西點數種，隨賓所嗜，自由取用；以果汁代替香檳酒，而不備紙煙。
1934.11.3（津）	黃郛在北平外交大樓宴蔣介石及隨員，並邀請平津各機關團體領袖及在野聞人二百零七人作陪。	每人只食二菜一湯，不備煙酒。
1934.11.4（津）	蔣介石中南海懷仁堂會見軍官。	新生活規定之冷餐、立食
1936.10.24（津）	馮玉祥於私邸宴舊國民軍在京人員。	餐用「新生活菜」，只「一肉、一魚、一菜，餐畢茶點」。
1939.2.19（渝）	新運五週年紀念，蔣介石夫婦宴客，到全體參政員及各部長官二百餘人，女賓五六十人。	進極簡單之新生活自助餐，每人一××飯菜，另有豆腐湯一小罐。
1939.3.3（港）	全國教育大會，行政院孔院長、張副院長，在新生活運動五週年紀念會自助餐廳招待出席本次大會全體委會。	自助餐。

1939.4.2（港）	廣東省主席、委員、廳長、軍管區司令、省黨部主任委員等，在韶關補行宣誓典禮。	張發奎用新生活方式邀請就職者晚餐。
1940.2.2（港）	粵省府李主席漢魂，二十七日召集省府與所屬各機關薦任以上人員，及廣東省黨部、廣東軍管區司令部高級人員百餘人開省政座談會。	舉行新生活聚餐。
1941.5.5（渝）	中國電影廠舉行四百客的大宴會，招待重慶文化界的工作者，張治中出席。	賓客用新生活餐。
1942.2.23（渝）	中美文化協會舉行成立三週年紀念聚餐大會，由該會副會長陳立夫主席，到美大使高思，吳鐵城，王世杰，俞鴻鈞，吳國楨等二百餘人。	共進新生活餐。
1942.10.7（渝）	孔祥熙於范莊私邸設宴歡迎美國羅斯福總統代表威爾基，到宋美齡、孫科及夫人、王寵惠及夫人、何應欽及夫人、俞鴻鈞及夫人、陳立夫、谷正綱、蔣廷黻及夫人、吳鐵城、朱家驊、王世杰及夫人、董顯光及夫人、商震、周至柔、吳國楨及夫人、王正廷、黃仁霖、周恩來及夫人、陳誠、李品仙、馮玉祥及夫人等百餘人。	進新生活自助餐。

　　除了「新生活菜」，高級官吏的辦公場所、豪華汽車亦被《大公報》記者「忍不住地關懷」。1935 年 1 月 18 日，《大公報》刊發了一篇南京通信，題為《新生活與首都　各機關奢儉的程度　汽車享用普遍發達》，細檢南京各機關在房屋、汽車享用方面的奢華及維持費，言語間對交通部的氣派大樓頗有微詞，「交部的新建築自然已獲得京中第一把交椅的盛譽，可是以平常維持費論，恐怕亦要占第一位。屋面牆壁的油漆固然好看，可經不起風雨的侵蝕，每年都是要修繕的。全部房屋的拭擦，玻璃窗的潔淨，聽說是包給上海某公司的，每月的勞金約千元，每天拭擦工人服務的有三十多名，規模的宏大，當然是獨步首都的了。」之後又談到各機關的「公用大小汽車」，「院部會長次長自然不用說，都有專備的新式華麗汽車。就是各司長參事秘書，每日上衙門辦公亦都享得到汽車接送的權利。」並替各機關的汽車消耗算帳：汽車夫工資自三十元至五六十元不等，「行政院的汽車夫有高至七十元一月的」，所用汽油自十五加侖至三十加侖不等，再加馬達油等零用消耗品，一輛汽車的消耗

平均每月總在一百五十元上下。「所以僅就各機關的汽車消耗而言，每月就在八九萬元，以年統計，當在百萬元以上，這真是一筆最大的消耗了。」

總體上，《大公報》對高級官吏的關注較為有限，樹立「新生活模範」時自然皆大歡喜，而批評奢靡享受時往往無法具名，稍不「嚴謹」，還會招致當政者甚至是最高層的責難。最為典型者，莫過於在大公報史乃至中國近代史上頗有影響的「飛機洋狗事件」，〔註22〕即 1941 年 12 月 22 日該報的《擁護修明政治案》一文，指斥在尤應「肅官箴、儆官邪」之當下，「某部長」（外交部長郭泰祺）在重慶已有多處住宅，竟又以六十五萬元之巨額公款購置公館，而某巨室（孔祥熙家族）以「逃難的飛機竟裝來了箱籠老媽與洋狗」。這一涉及政治官吏私人行檢的報導被蔣介石認為「殊有背大公報向來謹嚴公正之態度，亦有負當局一向期許愛護大公報之意，足以聳動聽聞，貽譏中外，影響國家信譽。如此輕率指謫，實應嚴切糾正。」雖然王芸生次日在致陳布雷函中一再自責、認罪，並仍以擁蔣的口吻表達「眾庶誠能以領袖之心為心，以領袖之行為行，則政治何患不修明，國家何愁不進步？」〔註23〕之意，但從中已可瞥見對政治人物私人生活有所批評何其之難。報社同人對「政界之澄清頗難」的政治環境深有自知之明，1935 年新運二週年紀念日該報所發的社評便明言道，「如世人觀察政治，只憑報紙，則全國當不見一貪婪瀆職之高官，不過偶見有受彈劾之縣長。雖然，事實上恐種種罪惡仍在冥冥中進行。法律所不能及，清議所不能問者，殆不少其事與其人。」

〔註22〕1941 年 12 月 7 日，太平洋戰爭爆發，本來安全的香港立時成為日本軍隊進攻的主要對象，為此，國民政府計劃派飛機將在港要人接至重慶，《大公報》總經理胡政之亦在其列。9 日，自港飛渝的最後一班飛機降落，前來迎接的《大公報》記者沒有見到胡政之，卻見到了孔夫人宋靄齡、孔二小姐令偉、老媽子、大批箱籠和幾條洋狗，回到報社報告主筆王芸生後，王非常氣憤，遂寫成社評《擁護政治修明案》發表在 12 月 22 日的《大公報》。該文於 24 日被昆明《朝報》轉載，題目亦改為《從修明政治說到飛機運狗》，由是引發了昆明西南聯大學生大規模的抗議運動。1941 年 1 月 6 日下午，西南聯大、雲南大學、中法大學等約 3000 名學生上街遊行，並於當天發表討孔通電。1 月中旬，內遷遵義的浙江大學學生繼起「討孔」，大後方開展了轟轟烈烈的學生運動，是謂「飛機洋狗事件」。後據學者考證，引發大後方學潮的這篇報導，是一篇「貌似確鑿而嚴重背離真相的報導」，《大公報》方面亦承認「事屬子虛，自認疏失」。見俞凡，新記《大公報》再研究〔M〕，北京：中國社會科學出版社，2016：223～227。

〔註23〕《全面抗戰（二十二）》，《蔣中正「總統」文物》，臺北「國史館」藏，1941-12-23，數位典藏號：002-080103-00055-005。

第四節　都市婦女「均趨樸素之途」

　　1934 年 9 月後，各報章逐漸傳出一般婦女「燙髮染髮」「奇裝異服」等「奢靡風習」將被取締「以符合新生活」的消息，並在社會引起爭議。新生活運動發軔之初，《大公報》便在社評中預見，「官吏辦事，往往過重形式之整齊劃一，結果則甚遭民怨」。鑒於近年往往有干涉人民穿衣之官吏，《大公報》認為「勸人民整齊清潔簡單樸素則可，然如何整齊清潔簡單樸素，則各人生活狀態不同，形式上勢不能盡同，亦不需盡同」，因此「衣勸其皆潔皆簡則可，式樣不必一致也。除有制服規定人員外，一切聽人民自便」。〔註 24〕

　　但對「除消費外一無他長」的上層社會，尤其是那些名流太太們，又確有提倡節儉之必要。面對中國一年進口之「香水、脂粉、裝飾品等婦女用品即值二百二十萬元」，《大公報》提倡「消費品專用國產」，「我們現在既不能生產這些，而偏要用他，便是奢侈」。〔註 25〕前已述及，《大公報》向來反對國民生活「一切上海化」的趨勢，認為一般智識階級或城市居民追求物質享樂的「奢風浪習」為「新生活的障礙」。尤其不齒於中國「特殊階級與夫大都市中之享受優等生活」之婦女，「往往一絲襪也，一舞鞋也，一瓶香水，或一具化妝品也，不誇紐約，便詡巴黎」。

　　所以即使對「官吏辦事往往過重形式整齊劃一」以致甚遭民怨有所微詞，《大公報》的主持者對流行婦女中之「奇裝異服」、香水、化妝品及燙髮染髮等「奢靡風習」是持有保留意見的，並且在社評中《大公報》對一般「中國女性」有「喜異騖新，追逐洋化」的總體判斷，認為這是「宜加矯正」的，〔註 26〕至少對「有制服規定人員」群體的限制是認可的，這也體現在一些報導中。1934 年 9 月 7 日，該報報導南京市長石瑛對中小學校長「整肅學風」的訓話，要求教師學生厲行新生活，「須一律穿用國貨。女教師及女學生，禁止塗脂抹粉燙髮」。1935 年 1 月 25 日則報導南京立法院通知全院男女職員實行新生活決議案，一律不得燙染，以重衛生而節靡費。又如 1936 年 8 月 12 日上海《大公報》刊載本市小學教職員聯合會給市教育局之呈文，認為各校女教師身膺師長，「只見髮如駭浪，臉若堅牆。其服式則有赤足革履，短袖輕衫」，以此服務社會，教育兒童，殊非所宜！何況國際貿易中「婦女界之脂粉費，為入口

〔註 24〕社評，新生活運動成功之前提〔N〕，大公報天津版，1934-3-10。
〔註 25〕社評，自己不能生產的便先不用〔N〕，大公報天津版，1935-4-22。
〔註 26〕社評，髮髻問題〔N〕，大公報天津版，1935-1-18。

之大宗」，塗脂、抹粉、燙髮等純為費時耗錢之舉。

這一時期，在南昌行營倡導之下，一些地方如北平市制定了諸如《婦女奇裝異服取締辦法》等條令，以矯正「近年我國都市婦女，均趨於奢靡之途，衣服尤屬華麗，一意效法歐美」之「不良市風」，希望先由公務員家屬及學校女教員作起，逐漸推行至其他各界。對於一向認定「時尚之起，倡自上流」的《大公報》而言，含有此種精神之辦法尚合其建構一般國民新生活觀念之途徑，並全文刊登類似法令（如下），深寄「各界婦女均趨於樸素之途」的願望。

《北平市婦女奇裝異服取締辦法》〔註27〕

第一條　本辦法系依照南昌行營所定法取締婦女奇裝異服暫行辦法規定之。

第二條　中服分旗袍，短衣二種，其長短大小依左（下）列標準：（一）旗袍最長不得拖靠腳背；（二）衣領最高不得接靠顎骨；（三）旗袍左右開義宜在膝蓋附近，不得過高或過低，短衣須不見褲腰；（四）凡著短衣者均須著裙，不著裙者衣服須遮臀部；（五）腰身不得繃緊貼體須略寬鬆；（六）凡著短衣者，褲長最短須過膝，不得露腿赤足；但從事勞動工作時，不在此限；（七）裙長最短須過膝；（八）衣袖最短須至肘。

第三條　著西服者聽但禁止束腰。

第四條　短髮不得垂過衣領以下，長髮梳髻者聽。

第五條　禁纏足束胸。

第六條　禁止著睡衣及襯衣或拖鞋，赤足行走街市。

第七條　本辦法之推行先自本市各機關學校起，次及其他各界婦女，其實行期間如左（下）：（一）女公務員教員女學生及男公務員之家屬限自本年十二月一日起實行；（二）其他各界婦女限自二十四年一月一日起實行。

第八條　本辦法除由社會公安兩局會銜布告外，並印製簡明傳單，挨戶分送。

第九條　由社會公安兩局會同通告本市成衣鋪及常做衣服商店，遵照規定標準製衣，違者處以五元之罰金。

〔註27〕平市取締奇裝異服〔N〕，大公報天津版，1934-10-31。

第十條　凡婦女服裝有違本辦法之規定者，不准出入娛樂場
　　　　所。在街市者得由崗警隨時善為勸導，如有意違抗，
　　　　得由公安局依違警罰法處罰。

可以看出，所謂《奇裝異服取締辦法》除了包括對旗袍衣裙等的長短限定，還包括「短髮不得垂過衣領以下」、「禁止著睡衣及襯衣或拖鞋，赤足行走街市」等規定，似已超出矯正「妨害我民族原有儉樸精神」的風習之範圍，但念在其推行方式尚屬「勸導」，《大公報》便不置可否，不過 1935 年 1 月 17 日中央社一則語義含糊的電訊則觸動了其神經。電訊略云，「行營奉諭，將通令禁止婦女散髮燙髮」，《大公報》認為「事似瑣細，窒礙甚大」，並於次日特發社評《髮髻問題》，認為婦女短髮一項，在都市久成風氣，內地亦不少見，「其事不害衛生，不紊風俗，不但適法，且不違警」，因此「根本不甚信電文之皆確」。並推測當局真意可能只是要在軍人家庭倡導質樸厚重之風氣，抑或只為取締「極無意義之燙髮」，若然則「毫無異議」。果然數日後，1 月 22 日該報報導「蔣委員長規定軍人不得與無髮髻之女子結婚」，且尚在擬議中，至於婦女散發與燙髮之提議，「擬在新生活運動中增加條文，用勸導方法，並未用命令禁止」。

此後，關於女性奇裝異服之取締，在社會上屢有爭議。如 1936 年上半年湖南省新運會取締奇裝異服遭到婦女會反對，引發長沙市公安局長周翰與臨湘視察的新運總會視察員管梅琤女士之間的隔空論戰，以致滿城風雨。各地風波不斷，表明關於婦女奇裝異服之標準實難確定，執行手段亦無從定法。前雖有南昌行營之取締，但在婦女界看來，「現在婦女界應興應革的事件太多，奇裝異服的問題，未免較小」；《大公報》亦認為只能倡導而不可強制，「國家嚴重問題過多，當局者不宜過分分神瑣事」。但《大公報》的微詞也僅止於執行層面，在婦女奇裝異服之現象層面，尤其是「特殊階級」「名流太太」們的摩登浪漫，社評視其為「洋貨毒」，副刊文章更是不吝諷刺。如一篇特派記者視察江西的報告，記述其在廣昌縣城漫步，見電報局門首「正立一摩登少婦，卷髮革履，衣時裝大衣，滿臉塗脂粉，殆為其局長夫人」，而殊覺黯然。

總之，女性奇裝異服、染髮燙髮等問題事極瑣細，推行亦困難重重，《大公報》主持者明顯不希望政府勞神於此種瑣事。但從中國國際貿易嚴重的入超地位考慮，《大公報》並不認同「物質文明愈發達，精神文明亦必進步，其表現於衣食住者，為食求精美，住求舒適華麗，服求藝術美化」，蓋因中國根

本談不到「物質文明發達」，「我國生產方法，劣拙已極，所有機制物品，十九須仰給外人」，國人仍是老式生產，卻一味模仿西洋社會之新式消費，是不符張季鸞所提的「利於民族經濟」之原則的。甚至一篇探討中國典當業的文章亦談到女性奇裝異服對行業的影響：「典當業在現潮流下，因收受時裝異服滿期後難於脫售，虧折而影響於營營業者，實非淺鮮」，若新生活運動在服式方面倡導的風氣果能收效，「那確實可以減少了典當業許多的損失」。〔註28〕

第五節　簡化風俗：集團結婚及其他

　　1934 年 10 月 7 日，《大公報》本市附刊在顯著位置登載了一則紀事，謂本市《北洋畫報》主人譚林北昨日向友人發出請柬，於昨晚在國民飯店宴會，但「接柬者多不知為何事」，至宴會開始才知是譚林北君與其未婚妻鄭慧瑚女士結婚大典，「來賓多以不及送禮，徒呼負負」。這篇小文記道，新郎譚林北「頗以世俗贈送賀幛喜聯，以及一切繁文瑣節，徒然浪費，毫無裨益，此次為決然拒絕送禮起見，故請柬上，並未聲明結婚。」此次婚禮係在宅中舉行，先拜天地，以昭隆重，次祀祖先，以明不忘根本，「其餘一切，則力主簡單，蓋參酌新舊，折衷妥當，所有許多無謂之糜費，均可罷免」。這一新穎婚禮形式頗為《大公報》讚賞，認為值此新生活運動之際，可供一般研究禮俗者之參考。

　　林鄭二人之婚禮，為決然拒絕親朋送禮，竟不在請柬上聲明結婚事由而徑邀賓客赴宴，在當時固屬奇聞，從中亦可感知當時一般社會因婚喪嫁娶風俗奢靡而漸有呼籲簡化風俗之聲音。自清季以來，民間禮俗不斷「參酌新舊，折衷妥當」，傳統婚禮漸有向文明婚儀轉變的趨勢。新生活運動著重社會風俗的改良，「為轉移風氣厲行新運，乃致力於改革卑陋不合時代需要之習尚禮俗」，為符合「簡單」、「樸素」的要求，以便達到國民生活的「軍事化、生產化、藝術化」，主張婚禮毋須過事鋪張，只需告於親族知交以及公諸社會承認即可。〔註29〕其中，「新生活集團結婚」是《大公報》為「維持民間經濟」而在社會風俗方面建構樸素物質消費觀的典型案例。

〔註28〕張由良，吾國典當業的探討〔N〕，大公報天津版，1935-5-22。
〔註29〕蕭繼宗，新生活運動史料〔G〕，《革命文獻》第 68 輯，臺北：中央文物供應社，1975：241。

　　集團結婚首先盛行於 20 世紀 20 年代的意大利。當時墨索里尼為迅速增加人口，大力鼓勵國民生育，規定每年 10 月 30 日為集團結婚日，「集團結婚」在意大利盛極一時。30 年代後，這一婚俗傳入中國，並首先在 1935 年的上海施行。1934 年 12 月 15 日的《大公報》登載駐滬記者發來的通信報導，上海市為推行新生活運動，「特效法意大利團體結婚辦法，於每年元旦、孔子聖誕、總理誕辰、雙十節四日，徵求未婚婦夫五十對，在市府大禮堂結婚，由市長及市長夫人證婚，」而且收費低廉，「每人只須繳費十元」。此後幾經變更，上海市首屆新生活集團結婚於 1935 年 4 月 3 日舉行，揭開了集團結婚這一新的婚俗儀式進入中國社會並不斷演變的序幕。集團結婚首倡於上海，位於天津的《大公報》初期不斷通過駐滬記者發來的《上海通信》關注這一新的婚俗被社會接受的程度，並立足津市本地，在著重報導本市基督教青年會組織的數次集團結婚基礎上，通過「各地零訊」等形式展現南京、太原、貴陽、無錫、鄭州、開封、南昌、北平、重慶、洛陽、焦作等其他城市陸續試辦集團結婚的進程。

圖表 3　《大公報》對各地集團結婚報導量統計表（1934.11～1937.8）

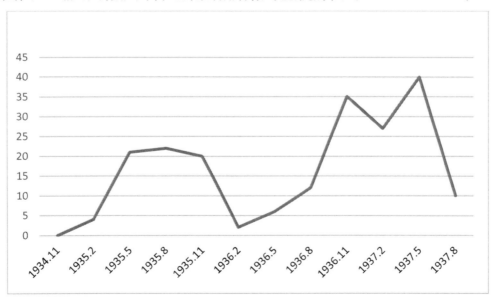

　　1936 年 4 月《大公報》上海館開館之後，對滬市各種集團結婚的報導更得其便利，集團結婚在上海也不僅僅單純為市政府社會局獨攬之活動，從《大公報》版面上也可看到這一時期出現的各種「同鄉集團結婚」、「家庭集團結

婚」、「農村集團結婚」等其他形式的「新生活」婚儀。繼上海首開集團結婚風氣後，全國各地在國民政府推動下紛紛仿傚推行，甚至如廣西等一些偏遠地區還頒布《集團結婚辦法》，「以示提倡」。〔註30〕報刊媒體的大量宣傳亦使尚未舉辦新生活集團結婚地區的讀者耐不住性子，倡言本地應盡快仿行，以矯舊時婚嫁靡費之積習。如 1936 年 12 月 11 日上海《大公報》刊登的一位江蘇鹽城讀者的來信，稱每屆秋末冬初，本縣各地婚娶紛紛舉行，但未能革除廢時耗財的各種舊習，作者感歎「在此農村經濟破產時期，希望本縣行政或社教機關，立即倡行集團結婚」。

　　通過大量關於「集團結婚」的報導，《大公報》將「舊式婚儀需款過多，過於靡費」、「為實行新生活，提倡節約美德」而「特有集團結婚」的這一「經濟的」意義嵌入簡化民間風俗的運動中，使一般國民對婚禮這一「人生大事」的觀念逐漸向節儉酬酢、簡化婚儀以及盡量使用國貨辦理等方面轉化，從而摒棄過去「一婚費中人之產」之奢風浪習。如該報曾曝光的一份天津青年會主辦之集團結婚所用請柬，文曰：「敬啟者：敝會為實行新生活，提倡儉約美德起見，特定於六月十五日星期六下午三時，在北寧公園大禮堂，舉行集團結婚，謹此箋請觀禮，天津基督教青年會。並定禮堂應守規則五條：一，請勿任意嬉笑或擲撒紙米豆等物；二，務須嚴肅整齊；三，請勿攜帶禮品；四，請勿吸煙；五，請勿喊嚷。」〔註31〕1935 年 4 月 19 日，《大公報》報導太原市擬於近期舉辦集團結婚，「凡結婚應備之轉儀暨應用等物均由公家準備，只由結婚男方出洋十元。」並強調「男女之服飾用品採用土貨國貨。」在類似的報導中，傳統婚俗重熱鬧、看禮金、講排場等觀念被「場合莊重」、「勿攜帶禮品」、「服飾用品採用土貨」等形式替代。

　　「婚喪喜慶要節儉」是《新生活須知》中一明文條款，改良廢時耗財的傳統婚禮固屬其中犖犖大者，而喪葬、祝壽等民間習俗能否合於「質樸清新」的新生活，亦為《大公報》所關注，尤其是具有名人效應的事例，力圖樹立其與「世俗之稱觴獻頌」的區隔，以為一般民眾模範。如 1935 年 4 月 29 日，《大公報》記載察哈爾主席宋哲元在北平為其母慶祝七十大壽，「國內軍政要人，自蔣汪以次，均有代表蒞平」，最為值得稱道者，厥為「文勝於質」。文章

〔註30〕谷秀青，集團結婚與國家在場——以民國時期上海的「集團結婚」為中心〔J〕，江蘇社會科學，2007（2）。

〔註31〕集團結婚明日正式舉行　改在寧園禮堂〔N〕，大公報天津版，1935-6-14。

沒有展現前往祝壽者所獻禮金幾何，貴重與否，而是紛紛獻詩著文，「祝嘏文字，極為一般人所注意，辭爭珠玉，目不暇接！其中獨以綏遠省主席傅作義之壽詩最為受人激賞，七言長句，一韻到底，雖於少陵，昌黎集中，亦為罕見！求之酬應之什，殆不可得！」謂其為宋母誕辰中一番佳話，亦堪稱「新生活運動聲中之良好現相（象）」。〔註 32〕這之後宋哲元還以陸軍二十九軍軍長名義制定「軍部官佐婚娶喪葬送禮及宴會辦法」，《大公報》覓得該《辦法》原文，並全文登載，其中一些條款對於民間改進奢侈風俗具有一定示範作用，如該辦法第五條規定：「上級官婚娶時，購送國產禮品，但須切合實用。中級官或購送禮品，或致送賀儀，由各組長官隨時酌定之。下級則一律致送賀儀。」又如第七條規定遇官佐父母喪葬，各級軍官合資致送賻儀，「軍部及特務團按照官佐每員月薪四百分之一計算，其他按各組官佐每員月薪二百分之一計算」。此外，官佐婚娶喪葬不能鋪排大辦，「對外不得濫發喜帖訃聞及通知函件」。〔註 33〕

　　1936 年 10 月 31 日是蔣介石五秩壽辰。在《大公報》登載的國民黨中宣部「告國人書」中，言蔣氏「不願以一人之生辰，使社會多索靡費，曉諭全國，停止慶祝」。官民團體則「純以發於愛戴領袖及充實國防之熱忱」，而集款購獻飛機，「此與世俗之稱觴獻頌，迥乎不同」。〔註 34〕《大公報》報導林森在獻機典禮演說詞，稱「同胞們對於蔣同志的五十壽辰，不獻酒食和別的物品，而獻飛機，足見此次祝賀意義絕非普通慶壽可比。」當時北上豫陝的蔣介石在洛陽接受閻錫山、張學良、傅作義、徐永昌等地方官大員祝壽，在《大公報》刊登的中央社電文中，對壽宴報導極為簡短，簡略描寫蔣介石宋美齡夫婦二人入席、致辭後，「繼獻壽糕致慶，由蔣夫人向各代表及各界領袖分贈詩糕，旋即宣告散會。」〔註 35〕

本章小結

　　在新生活運動發起之初，官方層面對這一社會改良運動的總體期望從蔣介石的多次演講中可以窺得一斑。在 1934 年 3 月 29 日於南昌行營的演講

〔註 32〕宋母誕辰別紀　煥乎其文章〔N〕，大公報天津版，1935-4-29。
〔註 33〕二十九軍官佐　婚喪應酬　規定節省辦法〔N〕，大公報天津版，1936-9-21。
〔註 34〕為獻機慶祝蔣委員長五秩壽辰告國人書〔N〕，大公報天津版，1936-11-1。
〔註 35〕首都祝壽獻機禮成〔N〕，大公報天津版，1936-11-1。

中，蔣氏言道新生活運動之準則，以「整齊」「清潔」「簡單」「樸素」「迅速」
「確實」六項運動為標準，而以「禮義廉恥」為一切生活之基礎。並力圖使新
生活運動打造成「一種極平常、簡明、普遍而久遠的運動」，「並無任何範圍、
時間、地域與階級的限制及分別。」〔註36〕但初探《大公報》同人之國民生
活觀建構，可以看到其與新運設計者的微妙差異。首先，不同於蔣介石規訓
國民日常行為，以實現「全國國民軍事紀律化」的第一主旨，《大公報》援引
了在新生活運動六大原則中並非排在首位強調的「簡單」「樸素」作為國民實
行新生活的亟務。這不僅體現在張季鸞的新生活運動觀中，也體現在本章展
現的國民物質消費觀建構中，「經濟的意義」而非其他成為《大公報》國民生
活觀中放在最重要位置加以突出的。其次，《大公報》固然承認全國國民的生
活是存在普遍問題的，離一個現代的文明社會尚存在較大差距，新生活運動
也理應以完成全體國民生活的革新為最終目標，但在以「降低中上流社會之
生活標準，以提高一般人民之生活標準」為實行新生活亟務的《大公報》同
人看來，「新生活」的推行便不可能是普遍的、沒有重點的。在這一「節儉的
運動」中，《大公報》直言「這個原則，尤其是針對在社會上享受較優越的生
活者而言」，具體言之即降低中上流社會之生活標準，禁戒消耗國富之惡俗，
以提高一般人民之生活標準。這種思想可見於《大公報》關於國貨運動、「新
生活菜」、簡化風俗等的報導與編輯中，即使對於在當時社會造成極大爭議的
「取締婦女奇裝異服」、「染髮燙髮」，也因其合於民族經濟的原則而採取了默
許的態度。

　　《大公報》以「經濟的」原則統領國民生活觀建構，深刻地與其對通達
「國民新生活」的途徑認知有關。在《大公報》抱持的「七分經濟、三分文
化」救國大計中，新生活運動這一側重國民道德觀念更新的社會改良運動無
疑屬於相對於經濟建設的「三分文化」。對經濟現代化的關懷使得《大公報》
在關於國民生活觀的建構中，尤為「注重經濟的意義」。胡適在《為新生活運
動進一解》一文中提醒，「我們不要忘了生活的基礎是經濟的、物質的，許多
壞習慣都是貧窮的陋巷裏的產物，人民的一般經濟生活太低了，絕不會有良
好的生活習慣」，提倡新生活的人切不可忘記，政府的第一責任是叫人民能生
活，第二責任是要提高他們的生活力，最後一步才是教他們過新生活。《大公
報》社評中更是多處表示，「一般人民之生活，不整齊清潔則有之，至於簡

〔註36〕蔣解釋新生活運動意義〔N〕，大公報天津版，1934-4-7。

單樸素,則早簡無可簡,素無可素矣」,欲達將來之新生活,必先求當下之生存經濟。《經濟週刊》刊登的一些經濟論文更直言「禮教文化的設施自古視為末節,必附麗於經濟建設才能成立」。〔註37〕整體上,《大公報》同人以 1935年 7 月 31 日社評《關於救國大計之商榷》所揭櫫的「七分經濟三分文化」為討論文化建設、社會道德改良問題的基調,以及對新生活運動的前置報導語境,「吾人以為,如從救國大計之立場言之,所謂政治救國論近於以問答問,過於多帶治標性;所謂軍事救國論近於忽視軍事之文化及經濟的基礎,過於多帶空想性;所謂經濟救國論雖多帶真實性,然過於輕視經濟與文化之關聯,其流弊將成為削足適屨;所謂文化救國論或教育救國論或道德救國論,雖多帶合則性,然過於輕視經濟的基礎,其流弊將成為清談誤國。」所謂以「七分經濟三分文化」為救國大計,即指同時注重經濟復興及文化建設而特別傾重經濟復興。這構成了《大公報》同人最根本的社會觀,也是張季鸞在《我之新生活運動觀》中把「經濟的」列為最重要原則的原因。

〔註37〕丁洪範,經濟建設與文化建設〔N〕,大公報天津版,1935-8-14。

第三章　國民衛生健康觀建構

　　「衛生」一詞在漢語傳統中的最早出典為《莊子》之「衛生之經」，把順其自然的「無為」作為「衛生」之道，歷代注解均側重「養生」含義。雖可引申為「救世濟民」，但一般認為中國傳統中的「衛生」概念缺乏公共性。現代意義的「衛生」概念產生於 18 世紀末 19 世紀初的西方，包含衛生大眾化、政府責任、預防醫學、保障健康等重要特質。19 世紀末，日本醫生長與專齋（Nagayo Sensai）將漢語「衛生」賦予「政府對人民的健康提供廣泛的供給和監控」的新含義，帶著現代意義的「衛生」一詞隨後回流中國。至 20 世紀初，這一概念超出醫學範疇，成為一個具有重要社會學意義的、較為寬泛的概念。〔註1〕民國初年出版的《辭源》將「衛生」分為個人衛生和公共衛生兩大類，顯示強調公共性、預防性和科學性特徵的西方公共衛生學理念得到國人的認可。

　　「整齊、清潔、簡單、樸素、迅速、確實」，這是新生活運動發起者為塑造「現代國民」所定下的六大原則。當《大公報》的新聞編輯與記者談到自己的個人生活時，並不諱言因工作性質的原因而在「健康」或「衛生」方面的力有未逮。1933 年 11 月胡政之在一篇追念同人何心冷的文章中言，「新聞記者的生活，本來就是起居無度，飲食無節」。〔註2〕張季鸞亦坦言自己的私人生活有種種不良習慣，二十幾年的記者生活「不但是不足作人模範，就連南昌所倡的整齊清潔等六樣最低標準，也還做不到。一個不規律不謹嚴的半病人，向全國公眾議論國民新生活，實在有些慚愧」。〔註3〕但從新聞記者的職責上講，「對於這樣轟動全國的一個重大問題，無論好壞，應該表示一點意見」。

〔註1〕張玲，王廷龍，抗戰時期中國公共衛生概念解析——兼論衛生觀念的歷史演變〔J〕，蘭臺世界，2019（11）；劉娟，從《大公報‧醫學週刊》看民國時期現代衛生觀念的傳播〔J〕，新聞與傳播研究，2014（5）。
〔註2〕王瑾，胡玫編：胡政之文集‧下〔G〕，天津：天津人民出版社，2007：1137。
〔註3〕季鸞，我之新生活運動觀〔N〕，國聞週報，1934（15）。

原則上大公報同人「對於改革個人生活之必要，實抱同感」，在《我之新生活運動觀》所提出的兩條國民實行新生活的標準中，第一是「經濟的」，其二便是「衛生的」。前者可稱為節儉的運動，後者可稱為健康的運動。「凡合於經濟與衛生者，就是合於道德，就是新生活」。只是不同於新運發起者「整齊清潔簡單樸素」幾個標準的前後順序，「經濟的」是張季鸞認為實行國民新生活的第一原則，在違背民族經濟的消費「一概打倒」後，再責以清潔、整齊、迅速、確實等項的標準，「就算實行新生活的原則」。

第一節 「大掃除」：以公共衛生促進個人清潔

1934 年 2 月 20 日，《大公報》第一則關於新生活運動的短訊中，「市民之衣食住行及飯店、旅館、戲院、車站碼頭等公共場所，一律設法滌除惡習，力求革新整潔，造成一新風氣新環境」，是新生活運動在初期給人的最淺層印象，即個人私生活與公共場所的衛生清潔將成為「新生活運動」打造「新風氣新環境」的著力點。隨著《新生活運動須知》《新生活運動綱要》的發布及運動後續開展的實際情況看，「新生活」顯然溢出了對國民個人及公共衛生清潔問題的關注，但個人身體與公共場所的衛生清潔卻無疑是新生活運動最易切入的領域。新運開始不久，蔣介石便多次強調，「暫以清潔規矩兩項為限」。根據《新生活運動綱要》及《新生活須知》，為了保證國民實行「清潔」的新生活規範，個人方面應提倡「衣服整潔，食物潔淨，勤洗身臉，勤洗衣服，勤理髮及剪指甲，不隨處吐痰」。家庭方面應提倡「兒童清潔，庭除灑掃，廚房及飲食用具的清潔，雇傭的清潔等」。公共場所方面應提倡「車站、碼頭、公園、澡堂、飯館、理髮館、公共娛樂場所的清潔，工廠衛生、街衢清潔、禁止賭博、取締妓業等」，同時注意「滅蚊滅蠅，清掃馬路及溝渠，取締吐痰及隨意傾倒垃圾，傳染病媒介的除去，飲水來源的清潔，及其他防疫等問題」。

以當時之日本、德國相比，中國人的生活固然是「不講規律」、「不講清潔整齊」，這是已然發展的工業社會與傳統農業社會之間國民生活素質的天然鴻溝，亦是中國長期動亂、民生凋敝的必然結果。「一般人民之生活，不整齊清潔則有之」，這是《大公報》承認的國人生活現狀，但《大公報》的一般編者亦對中國社會之複雜現實深有感悟，明白一些「先進的」、「現代的」理念非一提便能倡之。如《婦女與家庭》週刊的編者便坦言，一些文章諸如《外國

家庭中的衛生設備》《外國兒童的教養》所倡導的固然是科學的，但「都割愛了」，因為「目前我們的國家所處的地位如此艱險，我們的同胞有多少人在求飽暖都不可得，要他們講究這些簡直是開玩笑」。〔註4〕實際上許多婦女是爹爹媽媽子女幾口擠在一屋比狗窩還不如的貧民窟裏，生死衣食於此，光線和衛生更談不到，而令他們每晨刷牙，實際上她們是買不起牙刷牙膏的，至於剪甲理髮，勤加沐浴，是她們連夢想也不敢的。所以從變革發生的可能性和對貧苦小民固有的悲憫心態出發，《大公報》同人在建構國民的「清潔」「衛生」觀念時，往往側重先從公共場合的整體清潔做起，以帶動個人的衛生觀念，「團體生活之改革，易於個人自動，蓋兼感化與強制之義」〔註5〕。尤其強調「名流長官」能「先天下之潔而潔」，為一般市民起到示範效應。

　　公共場所的清潔衛生既是地方政府市政建設的重要內容，直接關係一般市民的生活環境，讀者亦常向《大公報》投書表達改善城市公共衛生的願景。1934年12月2日，署名穎的《大公報》讀者在本市附刊抱怨天津市裏部分地區衛生惡劣，「下水道只有很少的地方有設備，早晨走在馬路上，到處可以看見商家的夥友，或是工店的工徒，在街上往地面上倒洗臉水，或是便溺。公共廁所的衛生，幾乎等於零。河岸兩旁的垃圾，漸漸增加……南關下頭的紅水河，是個大穢水桶，臭氣逼人。」從《大公報》關於「清潔」「衛生」運動的採編情況來看，通過公共團體開展「大掃除」、「清潔檢查」等形式來帶動市民的衛生觀念是其建構國民衛生觀念的主要路徑。移風易俗，在改變其環境，「拿吐痰這件事來說，新生活運動教人不要隨地吐痰，人們在污穢的場所依然亂吐，但走進了整齊清潔的客廳或戲院，就不好意思將痰吐在地上。可見要做到不隨地吐痰，先得改善衛生環境。」〔註6〕從天津《大公報》與上海《大公報》在抗日戰爭以前關於各地開展「大掃除」、「清潔檢查」運動的主要報導情況中便可見一斑（見下表）。抗日戰爭勝利後，由於國民黨政府的極端腐朽，新運的工作開展愈來愈少，但衛生清潔運動仍在按圖步趨。1946年為紀念新運十二週年特舉行新運宣傳周，重慶、湖北、山東、雲南、甘肅、西康等地新運會都舉辦了大掃除運動。〔註7〕「大掃除」也是一般民眾對新生活

〔註4〕別了，讀者編〔N〕，大公報天津版，1934-12-30。

〔註5〕社評，新生活運動與上海〔N〕，大公報上海版，1936-4-26。

〔註6〕社評，道德與生存〔N〕，大公報重慶版，1948-2-19。

〔註7〕孫語聖，新生活運動再審視——從衛生防疫角度〔J〕，安徽大學學報（哲學社會科學版），2005（3）。

運動回到新光復城市的直接媒介感知，如《大公報》遷回天津後對北平市重新開展新運的第一篇報導所言，新生活回到北平的前奏，是將要舉行一次清潔大掃除，「八年來敵偽並未替人民解決廁所問題，小胡同牆根下仍多糞便，汽車過處，冰糖葫蘆上便塗上薄層灰塵。冬季爐灰特多，僻巷中多積成小山，多少條馬路上鋪上半尺厚的灰渣。這次的清除，一定不會令人失望。」〔註8〕

圖表4　天津《大公報》關於公共衛生報導情況（1934～1937）

報導日期	內容（津版）
1934.4.16	漢口新運會舉行大掃除、清潔大檢查。
1934.4.23	福州全市大掃除。
1934.5.4	大名全市舉行清潔大掃除，大名師範學校教職員及學生七八百人參加。
1934.5.16	綏遠省舉行衛生掃除運動；杭州全市各機關學校商店一律掃除；蘭州全市大掃除；武漢三鎮舉行大掃除；新野舉行大掃除。
1934.5.19	磁縣黨政各界舉行衛生運動。
1934.5.24	通縣各界發起新生活及衛生運動，清道夫荷清潔具參加遊行。
1934.5.25	邵陽縣分區大掃除污穢。
1934.5.26	明光新運促進會籌委會定本月三十一日舉行大掃除。
1934.6.19	首都新運會對中央黨部、財政、司法、鐵道各部及市政府等三十九機關進行清潔檢查。
1934.8.9	南潯衛生委員會主持清道清河防疫等工作，設置水泥垃圾箱三十二處。
1934.10.5	津市新生活運動促進會舉行全市清潔大掃除三日。
1934.11.13	新運總會以長江各華輪辦理不善，其骯髒如地獄，派員與交通部接洽糾正改善。
1934.12.5	北平市新生活運動已由機關團體及公共場所實行，即將推行至社會團體、工廠、家庭、商店、火車站、電車、旅館、娛樂場所、飯莊、菜廠、攤販及市面。
1934.12.10	河北省市聯合開始冬季清潔大掃除。
1935.2.14	正陽關通信，本埠公安局定九、十兩日舉行全市清潔運動。
1935.3.20	河北省新運會組織津市童軍服務團五千人，自下月一日起利用課餘時間檢查街巷清潔衛生。
1935.3.20	正定中學本學期開學以來，每月全校舉行大掃除一次。
1935.4.2	天津縣新生活運動促進會昨日舉行全縣大掃除。

〔註8〕北平街上多塵穢　將要舉行大掃除〔N〕，大公報天津版，1945-12-16。

1935.5.6	建寧通信，當地駐軍第七十五師召集該縣民眾舉行新生活運動，由軍民合組舉行清潔掃除。
1937.2.19	新運總會為鼓勵各學校舉行第一次整齊清潔競賽周。
1937.2.19	浙新運會決十九日在杭公眾運動場召集各界公眾開慶祝大會，會後並舉行大掃除、大檢閱。
1937.2.26	臨沂通信，本縣新運會舉行三週年紀念大會，散會後分列十四大隊，沿城關各街巷，檢查清潔。

圖表 5　上海《大公報》關於公共衛生報導情況（1936～1937）

報導日期	內容（滬版）
1936.4.12	滬新運會議決舉辦清潔運動周，注意公共衛生。
1936.4.16	滬新運會決定討論監獄清潔問題。
1934.4.16	清潔運動周開始。
1936.5.10	蚌埠新生活運動會舉行夏令清潔衛生總檢查，全體幹事四十餘人出發至各飯店旅社、挨戶檢查。
1936.5.16	松城各機關、學校、團體共千數百人，十五日舉行擴大衛生運動大掃除。
1936.6.13	上海市婦女新運會成立，首先注重於市民之衛生清潔問題等業務。
1936.10.25	六安新運會二十日上午召集本縣各機關代表，舉行秋季清潔衛生總檢查。
1936.12.8	蚌埠新運會舉行掃除運動會，並聯合軍警分區實施掃除。
1937.2.15	杭市各界定十九日舉行新運三週年紀念，會後舉行全市大掃除。
1937.2.20	市立新陸師範學校昨日上午舉行新運三周紀念會，下午舉行全校大掃除。
1937.2.27	本市新運會舉辦中小學校整潔競賽周。
1937.3.4	整潔競賽周定評判標準。
1937.3.9	各學校整潔正賽昨開始初查。
1937.4.29	建甌縣新運會舉行城區各中小學校整潔競賽。
1937.7.5	嘉興四日全邑總動員整飭市容，清潔街衢馬路。
1937.7.9	本市新運會推進各監獄夏令衛生。

　　從相關採編情況來看，公共衛生是相較於個人清潔、家庭衛生的改善《大公報》更寄予期望之處。一段時期內，推進公共衛生確是官方層面落實新生活運動「清潔」「整齊」標準的主要抓手，如 1934 年 11 月 15 日報導蔣介石視察察哈爾，對察省行政簽發手諭，「新生活運動，先從公共衛生與公共秩序

做起」。1934～1936年新生活運動高潮期，全國各處的清潔檢查、衛生評比確有風靡一時之勢，除了新聞報導中給予關注，《大公報》的通訊記者每到一處，也十分注意地方市政衛生建設的情況。因在《大公報》連載寫生通訊、反映農民貧苦生活而聞名的「平民畫家」趙望雲，1934年旅行至張家口時，對其實行新生活運動後市政衛生的進步頗為稱讚，各街的道路「都由警察和商戶會同修築，鋪以石子，把元寶山的泉水引通於各大街道兩旁，由清道夫和商店擔任潑道，並沒有次數的規定，一乾就潑，髒了就得打掃打掃。不通水溝的街道，遍設太平水缸，由警察督促著商店各自灑掃門前」，相比以前的「無風三尺土，有雨一街泥」有了很大改觀。另一給人感官上一種興奮的現象厥為各商店門面、機關團體和公共場所在警察督促下「一律刷洗，塗上顏色，加以油漆」，但因經濟問題而使得商民感到負擔，心含怨意。對此，記者以兩句俗語來解，一為「窮，窮個乾淨」，一為「進門看三樣，狗大貓肥孩子胖」，意謂普通商民亦該講究灑掃庭除、整潔乾淨，「窮地沒有鞋穿的人，當然談不到。若開得起買賣和有房產的人，總應當如此」。〔註9〕著名的女記者彭子岡在抗戰時期大量採寫於前線軍營與後方工廠的報導中，也特加留意屋舍的清潔衛生，在其筆下，紡織工廠中過集體生活的女工因充足的「陽光、空氣和水」而擁有健康的面容體態，華僑空軍因能住進清潔整齊的新舍才具備服務抗戰之新生活基礎。〔註10〕

「飯店、旅館、戲院、車站碼頭等公共場所，一律設法滌除惡習，力求革新整潔」，是新生活運動給一般社會之第一印象。但在當時，中國各地經常面臨著市政建設經費不足的窘境，即使是天津這樣的工商業大都市，1934年時依然是「公共衛生因限於經費，不能推行，如醫院、防疫、種痘、廁所等，均須積極改良，重定整個計劃。」〔註11〕當時的一般社會輿論也認為，在中國衛生事業尚處幼稚的現階段，要想使衛生事業發達起來，一般市民要先有一些普通的衛生常識，「知道公共衛生的重要，然後個人方面才能感覺到衛生的需要。若果人人都有這種知識，就是政府或官廳不注意公共衛生設施的時候，民眾也會起來督促他們舉辦衛生事業的」。〔註12〕《大公報》深信「團體

〔註9〕塞上紀遊 由北平到張北（上）〔N〕，大公報天津版，1934-7-4。
〔註10〕子岡，松白機杼聲〔N〕，大公報重慶版，1941-10-4；子岡，新兵頌〔N〕，大公報重慶版，1945-2-24。
〔註11〕津黨政聯合紀念周 張廷諤報告〔N〕，大公報天津版，1934-11-20。
〔註12〕衛生運動大會的意義〔N〕，大公報天津版，1934-5-22。

生活之改革，易於個人自動」、「群眾所趨，個人自為所化」。因此「先望各健全之工商事業，政教機關，各就其本機關團體，自訂戒條，自成風氣」，之後由機關團體及公共場所，而推廣至社會團體、工廠、家庭、商店、火車站、電車、旅館、娛樂場所、飯莊、菜廠，勞工階層之新生活道德將自然養成。並更進一步以為，「凡改革皆自少數人起，自社會中堅部分起」。〔註13〕自新運發軔之初，《大公報》便多次報導顏惠慶、汪精衛等人對智識階級「名士派」風氣的不滿，批評他們蓬頭垢面不修邊幅還自以為是清高。1934年4月6日的副刊《小公園》中，一篇署名「布衣」的讀者便批評越是在都市中越可以看到「四民之首的知識分子」，蓬亂著頭髮，敞著領扣，夾著紙煙。「日常生活既不拘小節任意措施，以臨大事，亦精神散漫矣」，這種名士派風氣盛行的後果，便是中國人身上的「隨便主義」，「譬如到上海天蟾舞臺去看戲，他也很『隨便的滿地吐痰丟蔗皮柑皮、瓜子殼茶葉，他在座位上也很隨便的吵鬧說話。』甚至有一般的人連大小便也『隨便』起來」，以致社會污濁不堪。這種風氣的革除「先要從士大夫知識階級先做成了風氣，然後才能希望一般民眾能照樣做。」〔註14〕如該報一封讀者來信所言，「近來各無線電臺，常有講演或報告的節目廣播，乃於講演中，忽然吐痰聲大作，由收音機直撲人面，聞其聲而想見其形，不禁令人作三日嘔。」對此《大公報》在編者按中評論道，講演者或報告者，非名流即長官，當此推行新生活之際，理應免除此種惡習，為民眾之表率。〔註15〕

第二節　拒毒防疫

　　國民體格的羸弱是近代以來力圖改革社會者皆注意到的問題。孫中山等革命先行者即認為中國國際地位低劣的原因在於中國人本身的身體不如外國人強健。〔註16〕民國時期社會動盪、災害頻繁，人民極度窮困，各種疾病猖獗，《大公報》醫學顧問、主編《醫學週刊》的衛生專家沈其震〔註17〕曾在1935

〔註13〕社評，新生活運動與上海〔N〕，大公報上海版，1936-4-26。
〔註14〕顏使由漢抵滬　談歸國觀感〔N〕，大公報天津版，1934-4-3；汪在勵志社講演新生活真義〔N〕，大公報天津版，1934-4-12。
〔註15〕大眾信箱　吐痰聲請勿廣播〔N〕，大公報天津版，1935-5-1。
〔註16〕深町英夫，教養身體的政治——中國國民黨的新生活運動〔M〕，北京：生活·讀書·新知三聯書店，2017：22。
〔註17〕沈其震（1907.2.10～1993.6.16），醫學家，原籍湖南長沙，生於四川重慶，日

年 2 月 8 日刊登的《我國衛生事業之出路》一文中嚴重聲稱,「我國人口至少半數以上缺乏醫學知識,全國至少半數以上人口對於疾病無安全保障,全國至少有半數以上人口生活於病的狀態之下,全國至少有半數以上人口不經意地隨時可以死亡」。正是在這種清醒認識中,《大公報》同人對嚴重威脅國人身體健康的生活習慣的革除、傳染疾病的防治以及飲食清潔等問題是極為注意的。

一、烈性毒品「非徹底戒除不可」

1934 年 1 月,九一八後下野遊歐近八個月的張學良歸國。張氏放洋,一說引咎辭職,一說特為戒毒而去。但當時張學良為毒癮所困已是不爭事實。歸國後,張學良被委任為「鄂豫皖剿匪副司令」一職。張氏重綰軍符,在其本人「蓋無足榮」,但《大公報》對其寄予重望,不僅「希望其為一良好國民」,亦「希望其為良好的新軍人」,「彼之年富力強,痼疾既除,精神充沛」,與舊時沉湎鴉片以致「體力孱弱,心神不專」之狀況已迥然不同。「今張氏海外歸來,身心俱健,回省前塵,當知醒悟,是則首應於行己立身之公私生活,下根本改造之決心,一洗從前之貴閥習氣,赤裸裸創造新生命」,並將這種自身改造的新精神「貫注於東北軍十數萬舊部,一體入於新生活」。〔註 18〕

張學良僅是沉湎於吞雲吐霧的眾多「癮君子」之一例,1927 年國民政府成立後,表面上對毒品實行嚴禁政策。但在地方軍閥割據、工商業不景氣的背景下,鴉片煙稅對國民黨政權具有特殊的意義,政府開發「特業」,倡導「特貨」,使得煙毒不僅沒有得到抑制,反而達到新的高峰。〔註 19〕煙毒之禍既是與新生活運動最直接的對立面,在當時卻也最為肆無忌憚。《大公報》上下同人對此毫不諱言,1934 年 7 月 6 日《小公園》一篇名為《在西安》的文章記述西安城中「滿街是新生活標語,戒鴉片的尤多」,但據記者觀察「這熱烈僅限於標語而已」,「什麼東西都是貴的,尤其是從東邊來的。便宜的只有一樣,就是鴉片,約三四毛錢一兩。……如果你走在街頭,第一個特殊的感覺便是鴉片煙味,時常有一股薰人慾嘔的氣息從鋪店裏衝出。擺浮攤賣煙具的到處

本東京帝國大學醫學院畢業後歸國,1933 年受聘為《大公報》醫學顧問。期間利用行醫診所長期為中國共產黨提供秘密聯絡地點,1941 年 5 月加入共產黨。新中國成立後曾擔任中國科學院院士。

〔註 18〕社評,張學良氏再起〔N〕,大公報天津版,1934-2-27。
〔註 19〕蘇智良,中國毒品史〔M〕,上海:上海人民出版社,1997。

皆是，此地人把鴉片當做家常便飯，客來了，鴉片是載客的上選。」1934 年秋《大公報》總編輯張季鸞回陝西榆林原籍掃墓，曾有《歸鄉雜感》連載於報端，開門見山便痛斥故鄉陝西煙禁廢弛，厥有鴉片「白地攤款」（即不種鴉片者亦攤派罰款）之苛政，以造成陝北的苦痛現狀。

「煙毒」之加害身體，不獨鴉片、白面、嗎啡、紅丸等烈性毒品，紙煙亦然。《新生活須知》有「鴉片屏絕，紙煙勿吃」之赫然條文，浙江省的基層社會便掀起了一場聲勢浩大的禁吸捲煙運動，甚至帶動安徽、福建、河南等地響應。但實際上，中央在推行新生活運動時，從未明確指示地方禁止捲煙吸售，相反，聲勢更大的國貨運動宣傳中，華商捲煙廠的產品銷量達到了其在 1937 年之前的至高點。〔註 20〕在《大公報》的新聞報導中，雖可見到推行新運的官員勸告民眾「勿要吸食紙煙，以保衛生健康」的短訊，或旅行記者對途中遇到的地方官吏吸食捲煙成癮之揶揄之詞，或副刊中關於吸煙危害的一般性科普文章，但整體上《大公報》對「紙煙勿吃」的報導相比危害更深的烈性毒品要少很多，而且其意義闡釋也側重於「經濟的」節約運動上，是痛恨於國人消費洋煙以致「每年有萬萬以上的金錢化成煙灰，他的剩餘利益，歸了外人」，而較少著眼於紙煙對身體健康的損害。或許正因為身為《大公報》總編輯的張季鸞自身便是以紙煙為工作消遣之人，不便勸人戒煙，所以「從來沒有寫過戒煙的文字」，對於已有三十年吸煙歷史的「老煙槍」張季鸞來說，吸煙的習慣本不易廢除，「尤其是在報館夜間工作，吸煙是最大的消遣」。即使至 1933 年秋大病初愈發下宏願決定戒煙，也只是戒掉了高級的紙煙而用水煙替代，其理由「畢竟經濟上節省地多，況且是國貨」。〔註 21〕

但「國貨」也非享有絕對的優先地位，「鴉片雖然是國產，當然更在必禁，因為消耗國富是一樣的，而害身更烈」，《大公報》在新生活運動語境中尤將烈性毒品視為洪水猛獸，「非徹底戒除不可」。一方面利用《醫學週刊》等普及毒品對身體健康之害及戒除方法。如該報醫學顧問沈其震主編之《醫學知識雜誌》第七期「戒煙專號」，介紹鴉片及嗎啡成癮原因、中毒表現及戒除方法等，「對於宣傳戒毒及嗜毒成癮者有極大裨益」，因此《大公報》特專文介紹之，以使讀者警惕鴉片及嗎啡對個人之影響如何嚴重：中毒者之身體類多

〔註 20〕皇甫秋實，新生活運動的「變奏」：浙江省禁吸捲煙運動研究（1934～1935）〔J〕，近代史研究，2010（6）。

〔註 21〕季鸞，立刻收效的節約運動〔N〕，國聞週報，1934（1）。

瘦弱，貧血，消化不良，營養惡劣。至於精神方面，則工作能力逐漸減退，對於職務亦疏忽懶散，凡事缺乏興趣。而在道德方面，則正直、誠實、正義、名分等等對於中毒患者均無何等威權。患者但注意目前利益，明知干犯法軌亦不惜投存其中。〔註 22〕毒品對身體健康危害劇烈至此，所以另一方面《大公報》對各地查禁煙館、焚毀毒品、嚴懲制毒販毒者的舉措亦較為關注。1934年冬，國民政府推出「兩年禁毒，六年禁煙」計劃，試圖嚴刑峻法、雷厲風行。如 1934 年 11 月 11 日報導蔣介石在太原大談新生活運動，「最大對象為鴉片、纏足與嫖、賭四種」，「以後各地如有犯烈性毒品者，無論吸食販賣，應一律槍決」。1935 年 7 月 19 日《大公報》記者的成都通信亦載，「劉湘奉蔣委員長面諭，嚴禁川省各軍造運嗎啡毒品，」如敢故違，一經查出，不問官佐階級大小，一律槍決。但至抗戰前夕，「禁毒兩年，限期已滿。吸毒死刑，亦經實行。而按諸事實，毒氛未絕。禁煙愈嚴之區，毒品潛滋愈甚。山西禁煙最早，被毒最烈，浙江禁絕多年，而郵包搜獲寄毒亦最夥，華北滔滔，更無容論。」〔註 23〕且吸毒者多屬貧苦勞工階級，根本為對中國「生產力之摧殘」。因此對於「吸用煙毒之小民」，《大公報》認為應當以悲憫之心、哀矜之意，視其為一種痼疾而非罪惡，助以社會制裁與救濟，廣為勸諭，以使癮民覺悟。直至抗戰期間，在新生活運動六週年紀念時誕生的國民拒毒協會開成立大會，會場中「本年三月底後吸煙者一律槍決！」的標語在《大公報》同人看來仍屬「最觸目驚心」。〔註 24〕

二、防「疫」於未然

國民種種不重衛生、不講清潔的惡習導致中國的人口死亡率遠遠超出正常水平。當時的公共衛生學者估計，中國人口的死亡率達 3%，為歐美國家的數倍，且其中一半是「因不講衛生而冤死的」，也就是因疫病而致死的。以當時全國總人口 4 億計，疫死人數每年達到 600 萬之多，殊屬驚人。〔註 25〕另外，從南京國民政府 30 年代初對南京、上海、北平、青島等八大城市人口死因的 27 項調查統計中，也可得出相同的結論，赤痢、天花、霍亂、猩紅熱等

〔註 22〕介紹醫學知識雜誌戒煙專號〔N〕，大公報天津版，1934-12-11。
〔註 23〕社評，禁煙紀念節感言〔N〕，大公報天津版，1937-6-3。
〔註 24〕本報特寫，新運六週年紀念第二日　國民拒毒協會成立〔N〕，大公報重慶版，1940-2-21。
〔註 25〕呂季子，新生活運動與衛生問題〔N〕，新運導報，1937（2）。

13 種疫病所造成的死亡率達 2.92%。〔註 26〕

　　面對如此血淋淋的現實環境，如同有學者研究所揭示的，商業力量處於建構諸如中國人「東亞病夫」形象的最前沿，〔註 27〕《大公報》的廣告也不例外。在新生活運動呼喚健康體魄與預防疾病聲中，《大公報》上的醫藥、茶葉、油漆等各種商業廣告乘勢而上，成為建構國民健康防疫觀念的重要方面。如 1934 年 5 月 5 日，該報版面上一則「元興茶莊」的廣告詞所宣傳，「不飲不沸之水！不飲劣質之茶！如購合乎新生活條件的茶，請到元興茶莊！總店在天津北門外，支店在天津法租界」。同日另一則「飛艇牌油漆」則將新生活運動與「新油漆運動」並列，稱「講新生活的人必講衛生——油漆能撲滅病菌是衛生的工具。講新生活的人必講清潔——油漆能掃除污穢是清潔的要素」。同時期利用「新生活」名義在《大公報》頻繁出現的還有醫藥廣告，如 1934 年 7 月間幾乎隔日便刊登的一則治療淋病的廣告便稱，中國人民屢以「東亞病夫」為外人所譏，其原因胥由於不注重清潔衛生之所致，遂有當局發起之新生活運動。「若身患淋病終日淋漓污穢不堪，欲清潔而不能遑論衛生哉」，因此「淋病不除為實行新生活之一大障礙」，並呼籲未患者應自防範，各地娼僚尤須按時檢驗俾免自染染人，既患者須速予治療，並適時推出廣告之產品「洗療液」。此外《大公報》亦通過一些醫書廣告普及「有病趕快醫治，無病及早預防」的觀念，如 1934 年 5 月 13 日的頭版廣告的顯著位置為大眾書局推銷各種醫書的信息佔據，這篇廣告首先引用「蔣委員長」所說，「新生活之首要，國民須具健全之體格」，因此稱此次推出各種廉價醫書為「生命之保障者　健康之新途徑」。察其所列書目，如《醫藥顧問》《家庭醫藥常識》《痛症大全》《性的衛生》《百病自療叢書》《怪病奇治》《長生術》《診斷學》等，可謂五花八門，良莠不齊，但通過這種「書訊」，《大公報》客觀上為讀者搭建了接觸疾病預防知識的多種通道。

　　另一方面，大量關於各地衛生運動周、夏令衛生宣傳運動等的新聞勸導市民注意衛生，普及防疫知識。如各地民眾教育館開展種痘，以「預防天花，減少兒童死亡」，尤其是季節交替時疫流行之關口，地方衛生機構「預約各處

<hr/>

〔註 26〕國民政府主計處統計局，中華民國統計提要〔R〕，上海：商務印書館，1936：379～386。
〔註 27〕張仲民，近代中國「東亞病夫」形象的商業建構與再現政治——以醫藥廣告為中心〔J〕，史林，2015（4）。

醫院，為市民免費注射防疫針」。1936 年 6 月上海市第十五屆衛生宣傳運動舉行，甫在上海開館的《大公報》對這一本市旨在推進衛生防疫工作的大事予以詳細報導，逐日介紹運動舉辦期間（十五日至三十日）每日的中心活動，並於 18 日特闢「上海市第十五屆衛生運動特刊」，以期提高一般讀者對兒童健康、衛生防疫等議題的重視。1937 年夏初，全國夏令衛生運動即待開始，上海《大公報》報導本市新運會派員赴市衛生局接洽推行辦法，當經決定舉辦衛生宣傳周、衛生展覽等，寥寥空詞不能盡其意，報紙編輯又於同題報導更顯著位置編排了工部局衛生處勸告市民預防流行性感冒的通知原文，其預防方法如下：

> 市民如有患傷風，尤其在感發熱時，應極早安臥休息，並速服通常認為有傚之家用藥品。倘安臥後仍不見效，應從速延醫診治，不可因循自誤。預防傷風，空中溫度不可過高，以免呼吸器管內部乾燥，易於傳染。倘自溫暖房中出外，非添著衣服，不可驟赴屋外。在出汗後及入浴前，亦應添著衣服。擁擠及過熱之場，如電影院、劇場、公共車輛中等處，易使鼻膜受傷，因而發生呼吸器病症，預防藥劑如用食鹽一茶匙，調入半杯溫水中，製成溶液，用以漱喉，或注入鼻腔，為適宜預防劑。倘用橄欖油或石油與微量有加利油之混合劑，或其他油質之和平防腐劑尤佳，用時頭宜上仰，將藥劑以玻璃管滴入鼻腔，使其滲入喉部後面。平時戴紗制口罩，與鼻腔甚為有益，但市民非至流行性感冒十分猖獗時，不可誤亂使用。尚有應切實注意者，即於該症盛行時，夜間宜早睡，多給休養，以保護身體之天然抵抗力云。〔註28〕

1940 年 10 月，《大公報》記者在香港經歷極嚴重之肺癆疫情後往訪衛生司署負責人及醫學專家，警戒一般民眾肺癆患者雖漸減少，但不可驟然認為疫情好轉，並引新生活運動「勿隨地吐痰」等規定，希望民眾增加防疫、自保意識，「蓋居民如不繼續克服種種不良習慣，如隨處吐痰，不好清潔，不開窗戶以及對可能傳染病症之器皿不予消毒等，則蔓延易易之肺癆實難有消滅之可能。況秋分過去，風高物燥，塵垢飛揚，傳染加易，尤應注意。」同時也告知民眾注意一些相關的社交禮節、飲食習慣，「若接吻一道，尤宜切戒，蓋為傳染媒介，活潑童稚亦不宜見其可愛而吻之」，「飲食之有最大助力於肺癆症

〔註28〕工部局勸告預防　流行性感冒〔N〕，大公報上海版，1937-5-13。

者，厥為牛奶。」並提請市民加強自查，以下現象者：1. 身體減輕，在下午每覺體熱；2. 眼昏神倦，肢節疲頹，繼後常發微熱；3. 咳加重；4. 吐少量血絲；5. 無力體疲，加之上體瘠骨無力支持，背告隆曲者，則已至肺症初期，應速延醫診治詳驗。〔註29〕

　　其中《醫學週刊》是《大公報》最為重要的向一般民眾普及衛生防疫知識的專刊，根據研究統計，在 1929 至 1937 年總共 406 期的《醫學週刊》刊載的內容中，與疾病預防相關的文章占到 56%。〔註30〕其中不僅有專業性較強的醫學文章，也有以對話或演講形式登載的衛生常識。如 1934 年北平市衛生運動大會期間，5 月 22 日的《醫學週刊》登載了北平育英廣播電臺播發過的衛生演講文字稿，介紹此次大會為喚起民眾預防疾病，特別舉行普遍的種痘和各種預防注射。並對讀者諄諄教導，「現在天氣已竟熱起來了，傷寒、霍亂、腸胃傳染病，是很容易發生的，希望大家注意飲食的衛生，趕快接受預防注射。」

　　但有大災必有大疫，三十年代中國災荒、戰爭及醫療設備落後等綜合因素使得災民衣不蔽體、食不果腹成為常態，尤其在抗戰爆發後造成的大量傷兵成為爆發疫情的重大隱憂。如果戰前的新生活運動對公共衛生與防疫的強調稍稍使民眾注意到自己身體的衛生與健康問題，那麼抗戰期間的「傷兵之友」運動〔註31〕則在一種極端環境下刺激了國人對身體的關心。新生活運動轉向服務抗戰後，「傷兵之友」運動可稱為新運系統規模最大的抗戰服務運動。〔註32〕《大公報》除了發起號召並代收為救護傷兵捐獻的醫藥捐款，〔註33〕從國民衛生健康觀角度，便是進一步使國人注意到對身體的清潔與疾病預防。1939 年冬，《大公報》重慶版和香港版都連載了宋美齡從長沙前線歸來後的視察記，介紹其在各處傷兵醫院看到的景象。在各種衛生設備奇缺的情況下，

〔註29〕致華，肺癆症已漸減少〔N〕，大公報香港版，1940-10-13。
〔註30〕郝慧芳，大公報專刊《醫學週刊》研究（1929～1937）〔D〕，哈爾濱：黑龍江大學，2015：23。
〔註31〕抗戰中一種旨在救護傷兵的大規模群眾運動。1938 年 12 月長沙大火後首由民間人士徐維廉開展，受到新生活運動促進會總幹事黃仁霖重視。1940 年 2 月 19 日傷兵之友總社在重慶正式成立，正式被納入新生活運動。參見王淼，徐維廉與抗戰時期傷兵之友運動初探〔J〕，抗戰史料研究，2016（1）。
〔註32〕關志鋼，論抗日戰爭時期的新生活運動〔J〕，抗日戰爭研究，1992（3）。
〔註33〕苟興朝，論新聞媒體在「傷兵之友」運動中的作用〔J〕，西南交通大學學報（社會科學版），2008（3）。

前線醫護人員用簡陋的方法為傷兵「去虱」、「淋浴」，因為「身體的清潔本來僅次於心靈的清潔」，因此各處醫院都要拿最大的注意和活動來防止疾病的發生。〔註34〕隨著「傷兵之友」運動逐漸從湖南擴大到其他省區，其以傷兵身體為關照的工作內容也逐漸為一般民眾認識到，如（1）代傷兵滅虱、沐浴、去疥等；（2）特別營養；（3）縫洗衣服並代寫書信；（4）傷兵痊癒後，施以教育並教導唱歌遊戲等。徐盈作為《大公報》著名的旅行記者也在通訊中介紹傷兵之友社維持傷兵最低限度衛生的方法：第一步我們要建起滅虱靈，用蒸汽將傷兵的衣被消毒去虱，並設法為他們去疥。並組織洗衣隊為傷兵洗衣服，以保證其衣物清潔。「一切的捐款全用在傷兵身上」，成立特別營養室，給病兵傷兵做特別飯，「照邵陽的辦法，早晨是藕粉，九點鐘麵湯雞蛋，十二點吃稀粥，過午吃一次豆汁，下午再吃稀粥」。總之，全國的傷兵醫院正逐漸改善，各方都設法使「病，弱，死」不再成為傷兵的行進三部曲。〔註35〕極端環境中「最低限度」的衛生防疫與身體健康的維持，反而建構起國民衛生健康觀念的簡約清晰的維度。

其中需要提到的一點是，從保證身體健康、增強免疫力角度出發，《大公報》對飲食清潔與營養合理問題的關注。除了在上述疫情流行時期特別提請民眾「注意飲食的衛生」，在極端的戰爭環境下保證傷兵的「特別營養」，《大公報》編者平時在副刊中也比較注意刊登一些文章，使一般民眾關注到自身平日裏的食物攝入是否符合「健康的」原則，並儘量根據「新生活」標準安排一日餐飲。如1935年9月15日「家庭」刊登的一篇文章，作者按照一個成人以新生活的標準，即睡眠八小時、工作八小時、休息遊戲八小時，列出維持一日生命所需的熱量及「標準食量」。作者通過列表及換算，得出一個普通身材（高約160釐米，重約52.5千克）的成人24小時大約需要2728加路里熱量，繼而介紹食物中之蛋白質、脂肪、含水炭素（碳水化合物）三種養分在人的筋肉、肝臟、腎臟等發生新陳代謝的化學變化，才能生產熱量。蛋白質1瓦，可以生產熱量4.1加路里，脂肪1瓦約9.3加路里，含水炭素4.1加路里。此外，食物中之水、鹽類、維他命量，雖不能產生加路里，亦為人體內所不可缺少者。並詳細列舉了各種食物中所包含養分的百分比（下圖），供讀者參考。

〔註34〕蔣宋美齡，從湘北前線歸來（上）〔N〕，大公報重慶版，1939-11-29。
〔註35〕徐盈，「傷兵之友」運動〔N〕，大公報重慶版，1939-12-2。

圖表 6　《大公報》所刊各種食物營養成分含量表

成分	牛肉	雞卵	牛乳	魚	米	麵包	蘋果
蛋白質	一九•四	一二•四	三•四	一九•六	七•〇	六•五	〇•五
脂肪	二一•一	一一•五	三•六	三•五	〇•五	〇•五	—
含水炭素	—	—	四•九	—	七六•〇	五七•〇	一三•五
鹽類	一•〇	一•二	〇•七	一•四	一•〇	一•〇	〇•三
水	七二•五	七三•五	八七•四	七五•二	一二•五	三五•五	八五•〇

第三節　體育鍛鍊

　　1934 年，米高梅公司根據賽珍珠小說《大地》改編的同名電影來華拍攝。該小說為描寫中國社會之書籍中名氣極大者，該影片「其中演員、所用言語、全為華人，且全為流行之官話」，為外國資本創製中國影片、以中國社會之縮影向國外宣傳之矢。4 月 18 日《大公報》一則北平特訊中則表露出一件尷尬之事，即該影片的演員人選尚難確定，「原因為其第一條件，女演員須健美，男演員需身高五尺，肌肉威猛，而此種人才，在上海則迥不可得，故擬來北平覓顧，然迄今仍未能物色到。」〔註36〕

　　在對中國人身體健康狀況的清醒認識中，欲挽回中國人「東亞病夫」的形象，讓國人擁有強健的身體，除了消極地拒毒防疫，還應積極地鼓勵民眾開展體育鍛鍊，自 1928 年開始創辦《體育》專刊，在保國保種的初衷感召下《大公報》旗幟鮮明地倡導「社會體育」，普及體育常識，將其看作既關係國

〔註36〕新中國的氣象　將儘量攝入「大地」影片〔N〕，大公報天津版，1934-4-18。

民體質優劣，又關係到國勢盛衰的重要事務。〔註 37〕在旨在增強國民體魄、塑造現代國民的新生活運動語境下，《大公報》通過報導各地開展國術、爬山、團體操表演、籃球、網球及華北運動會等賽事活動，並時常在《每日畫刊》配上展示體育訓練與運動員風采的新聞攝影，鼓勵民眾鍛鍊身體，也「讓兒童養成運動與鍛鍊的習慣」。尤其在 1934 年夏對南昌新開之新生活俱樂部游泳場及「美人魚」楊秀瓊的報導，為一般民眾樹立了體育健美的典範。

一、「普及地提倡國民健康」

　　20 世紀上半葉是中國體育發展的重要時期，新記時期的《大公報》通過「體育」版（先後使用「體育界」「體育消息」等名稱）大量刊登了關於體育運動的圖片及文字報導。不同於一般意義上單純報導體育新聞，《大公報》秉承其「文人論政」的宗旨，經常就體育這一社會文化現象發表社評，尤其在 1932 年揭開了流行於 30 年代初的「土體育」與「洋體育」之公開爭論。〔註 38〕作為中國傳統體育的擁護者，《大公報》在社評中認為流行於歐美日本等國家的競技體育「乃有閒的國民之遊戲事也」，中國今日猶如貧家遇盜，顛沛流離，救生不暇，安能學鄰家子之雍容消光，因此認為應該根據國家社會今日之需要，以鍛鍊其所需之中國人！並大聲疾呼「請從此脫離洋體育，提倡『土』體育！」〔註 39〕不過《大公報》並未認為西式體育完全不足取，「惟游泳飛行大可學，以其為中國實際需要故」，且只是反對中國近年一切歐化，卻只表面地東施效顰，而未從基礎上做工夫，以致競技體育中「錦標主義」甚囂塵上，而忽略一般的國民健康問題，「各國講運動，我遂亦講運動，然既不力求普及，又不於平時不斷的鼓勵精進，僅少數青年，嗜好其事，其中嗜好尤深者，則成選手。一言蔽之，他國體育為國民的，中國則尚限於少數人玩票時期」。至 1934 年新生活運動提出塑造現代國民的背景中，《大公報》對「洋體育」的排斥程度逐漸降低，「今後之體育，必須以普及的提倡國民健康以適應國家非常需要為目標。凡適合此目標之中外新舊各種體育方法，宜廣為採取」，不僅要提倡西洋的田徑、球類等運動，也要鍛鍊中國青年「耐寒、耐暑、耐曬、耐淋、耐饑渴、耐行路」的素質，同時練習「能奔、能躍、能攀登、能

〔註 37〕李秀雲，大公報專刊研究〔M〕，北京：新華出版社，2007：101～102。
〔註 38〕馮玉龍，大公報與近代中國體育研究〔D〕，蘇州：蘇州大學，2006：26。
〔註 39〕社評，今後之國民體育問題〔N〕，大公報天津版，1932-8-7。

泅渡、能騎乘」的能力。總之以成為健康的有用的「生產者與衛國者」為依歸。〔註40〕張季鸞亦在這一時期認為，「凡有利於健康的事，都是與新生活之原則相符的，東西洋一切體育上的設施，都可以仿行，這與中國先民的教訓完全一致」。〔註41〕

在這種實用主義的思想風格中，圍繞新生活運動增強國民體魄的要求，《大公報》不僅廣泛報導游泳、籃球、田徑等體育活動在各地的開展，也十分注意群眾基礎性更強的中國傳統體育如拳棒、國術等活動的報導。下表為津、滬兩地《大公報》1934 至 1936 年間在「屬行新生活運動」語境下報導各地民眾開展體育鍛鍊活動的簡況。《大公報》體育版每日登載體育消息，下表當然僅僅是與新生活運動相關的代表性較強的一些情況。可以看出，以中小學校、公職人員、民眾團體為代表，注意到在新生活運動開展過程中「體育為當今要務」，並利用具有廣泛群眾性基礎的健身活動，除了主張「國術為吾國之良好體育，凡為國民均須嫻習」，還有爬山、划船、踢毽子、抖空竹等，皆可鍛鍊體魄、振刷精神。《大公報》雖曾批評以競技體育為代表的西洋體育為有閒階級的遊戲，耗時費財，在中國國窮民困的環境下不具備物質基礎，但這一時期各地的公共體育設施建設正逐漸起步，如天津的河北體育場、上海江灣體育場等都為顯赫一時的大型體育場，此外在新運聲中，一些地方的新生活俱樂部還設立附屬體育設施，如南昌新生活俱樂部的游泳場，各地的簡易籃、排、網、乒乓球場等，「東西洋一切體育上的設施」，雖不完備，但都在《大公報》的關切之內。其中，1934 年 10 月十四個省區報名參加的第十八屆華北運動會在天津新落成的河北省體育場舉辦，《大公報》對競賽項目進行全程報導，利用其自身在華北的巨大影響力，使華北運動會的地區影響力獲得極大提高，在其刊登的《華北運動會開幕宣言》中，典型體現了借競技體育項目帶動社會體育發展、增強民族健康的思想：「組織的發達、體育場的增加，都是普遍體育最重要的工具，並且每次大會的舉行，直接參加的雖不過是極優秀的一千多人，如果把各地方預選時參加的統計起來，間接參加的恐怕不只數萬人，普遍的效果，更由此可看出來。」〔註42〕

〔註40〕社評，今後之國民體育問題〔N〕，大公報天津版，1934-5-24。
〔註41〕季鸞，我之新生活運動觀〔N〕，國聞週報，1934（15）。
〔註42〕第十八屆華北運動會　開幕宣言草案〔N〕，大公報天津版，1934-10-5。

圖表 7 新運語境下津、滬《大公報》對各地民眾體育報導概況（1934 ～1936）

報導日期	內　　容
1934.4.18	山東省立民眾體育場舉行國術考試，參加者有「長兵百九十七人，短兵二百零五人，摔角八十五人，拳腳三百二十二人，統計五百十七人」。
1934.6.1	《每日畫刊》刊出漢口市第一屆公務人員小學教員聯合運動會表演新生活圖形及團體操。
1934.6.9	膠濟鐵路屬行新生活運動，員工漸趨注重體育鍛鍊，「網、排、籃、棒各球場，無論清晨及垂暮，均有人滿之患。」
1934.7.2	河南葉縣師範學校自新生活運動開始後將全校分為忠孝、仁愛、信義、和平四團，每日課程後各團輪流聯繫各項運動，籃球興味尤感濃厚，並由學校組織籃球賽。
1934.7.11	豐城第一區行政專員兼縣長林兢到任後，組織新生活俱樂部，設民眾練習國術班。
1934.7.15	南昌新生活俱樂部提倡游泳以來，市民前往該部游泳場游泳者，極為踴躍。
1934.8.1	南昌水上運動會開幕，各種花式表演。
1934.10.9	濟南撐船劃盆賽八日繼續舉行；甘肅國術館為提倡國術，定九、十、十一日舉行秋季個人團體國術比賽。
1934.11.24	開封「新生活杯」籃球賽定廿六日開幕。
1934.12.3	開封「新生活杯」籃球賽，27 日高級組、小學組、女子普通組等各場比賽。
1934.12.8	開封「新生活杯」籃球賽，第一周全部比賽結果。
1934.12.20	開封「新生活杯」籃球賽，各組比賽均結束。
1935.1.16	開封記聯競走會、新生活杯籃球賽、全市第二屆公開競走和越野賽跑等各項賽事順利結束。
1935.2.18	開封專電，民族運動會十七日在體育場開幕。
1935.3.10	本市東方廣播電臺邀請貝攏國術研究會演講「國術提倡之意義」，及該臺擬於沒早增加國術早操項目，並助以雄強之音樂，使國民皆早起之習慣，鍛鍊體魄，振刷精神，以符新生活運動之意義。
1935.3.14	山西省政府規定「本省教職員及學生、黨政軍各機關職員，每人必須選定一種運動，或遊藝科目，每日下午五時至六時之間，冬季則於下午四時至五時之間，一體按時練習，不得間斷。」
1935.3.25	本市健身遊戲運動會，抖空竹、踢毽子、放風箏等。
1935.3.26	北平擬於四月四日兒童節時在中山公園舉行遊藝，包括運動、獎懲遊戲、童子軍會操、健康比賽等八種。

1935.4.15	豫省通過黨政各機關職員業餘運動辦法,「分別報名,每人至少一項」,並擬建築業餘運動場。而新生活俱樂部成立後騎射會亦開始練習。
1935.6.6	上海市體育協進會成立。
1935.11.2	網球國手王春菁、王春葳姐妹獲開封新生活俱樂部邀請,前往開封舉行網球表演。
1935.12.4	籃球國手齊集首都,為統一京市籃球組織,裨於練習,在皇后飯店發起組織「新生活」籃球隊。
1935.12.20	汴記聯會新生活業餘運動會為提倡民眾體育,將會中乒乓臺公開,任人前往。
1936.4.16	宜興縣舉行公務員春季爬山運動。
1936.7.27	豫新生活俱樂部高爾夫球場二十六日開幕。
1936.8.27	漢橫渡長江第三屆游泳競賽大會,於本月二十三日在萬人爭看之熱烈情況中舉行。
1936.10.13	市立國民體育學院開學,充分利用此偉大之運動場,養成正當之體育指導人材,鍛鍊健全之體格,以為復興民族之基礎,務求體育與軍事,打成一片。
1936.10.19	重陽節宜興舉行爬山比賽,分軍警民眾組、學生組、公務人員組。

　　抗戰爆發後,全國動盪。覆巢之下,焉有完卵。由於原有的體育設施被大量遺棄、破壞,中國的體育事業與戰前相比出現很大倒退,尤其是體育比賽與各種形式的運動會很難再開展。對於一向提倡體育運動、強健國民的《大公報》來說,縱然是戰爭時期也不應放鬆體育鍛鍊,相反比平時更應該提倡起來。《大公報》的體育記者嚴仁穎在 1939 年 12 月的一篇報導中認為「戰爭時代,運動場上的烽火是不能停止的」,然而戰爭發動三十個月以來,「運動場上是那麼樣的寂靜!是那麼樣的沉悶!我們的運動場上,已經成了荒蕪的不毛之地了」,這實在是體育界的一個大羞恥。〔註 43〕戰爭環境下,本就贊同發展社會體育的《大公報》更加把「普及的提倡國民健康」放在突出位置,如香港《大公報》在體育版就刊文,要打倒「苟全性命於亂世」,剷除「明哲保身」之學說,樹立「見危授命」「健身強國」等「非常時代下一般公民應有之體育精神」,並「於一般民眾對體育應有之觀念」加以詳細指導,包括「飯後三千步」、夏季「冷浴」等。〔註 44〕尤其是提倡青年在有限的環境下做最簡易也最能「獲強固效果」的步行運動。一篇文章便建議道,「宜多在戶外作肉體

〔註 43〕嚴仁穎,燃起運動場上的烽火〔N〕,大公報重慶版,1939-12-27。
〔註 44〕德超,健全青年與健全公民　應有的體育〔N〕,大公報香港版,1939-1-29。

之運動，或從事園藝，或從事競技，如二者不能，可以散步代之。平時出外，宜少乘車，多步行，所費時間無多，既可以代運動，而又不費分文」，並以印度民族領袖甘地在英國的經歷為模範，「在可能範圍內，房間選擇是能於半點鐘內步行到辦公地方」。中國人散步往往有不少的壞毛病——「歪斜的姿勢，散漫的精神，游蕩的情緒，徘徊躑躅，並不端正的循道進行」，而甘地長途散步的習慣終「給了他一個很健美的體格」，因此是「我們應該效法的」。〔註45〕

二、健美身體典範：「美人魚」楊秀瓊

米高梅電影公司為拍攝電影《大地》而在中國上海、北平等地尋覓「身材健美」之男女演員卻難於物色到合適人選，雖令人尷尬，在當時的中國卻是不難想像。國人素來好靜不好動，且以文弱書生為美名，「我們時常看到今日青年大多是體力屢弱，精神萎靡，坐不正，站不穩，走不快，好像是個病夫」。〔註46〕尤其對於女子來說，女性解放運動雖獲得一定發展，但整個社會對女性的審美觀念遠未足夠「解放」。「一般才從深閨解放出來的女子，以前承襲了的劣根性與舊觀念尚未完全洗掉」，由於舊道德所培養出的謬誤的審美觀念，以致我國女子體質纖弱，不僅談不上通過體育運動鍛造健美的身體，反以「弱不勝衣」、「楊柳細腰一裝裝」為美，以致在《大公報》體育專刊常有這樣的悲憤文字：「近幾年提倡女子運動的成績如何？唉！實在令人失望地很。試看現在一般所謂新式女子——女學生，有幾個每日到操場上運動？有幾個把身體鍛鍊地不畏風吹，不怕雨打，如鐵一般的身體？甚至有幾個愛談運動的？……啊，成績竟這樣的糟！」〔註47〕

在新生活運動聲中，《大公報》強調廣泛地開展社會體育，女子體育是其中重要的組成部分。直至抗戰期中，該報還在不斷刊登提請社會各界尤其是婦女界注意女性身體健康的文章，如《我國婦女健康問題》一文所說，男子需要注重體育，增強體力去應付一切人類事業，但女子自然亦是同樣的需要。「我國的女子，亦要在新生活運動中來信仰體育」，改革以前一般女子專在抹粉、施脂、雪膏上用工夫，以「少動」、「束胸」、「纏足」為美的錯誤觀念，打倒「頭髮太美麗了而不敢下水去游泳，膚色太嬌豔了而不敢在太陽裏

〔註45〕海風，提倡步行運動〔N〕，大公報香港版，1940-5-14。
〔註46〕謝樹英，大學生與國難（續）〔N〕，大公報天津版，1935-4-29。
〔註47〕新樸，提倡女子運動的第一步〔N〕，大公報天津版，1928-4-20。

走路，天天不能吃飽因為過飽了就要變胖」的脂粉美人形象，這實在是「現在文明人所不應該有的」。尤其是我國女子上體育課的時候，「要她們穿上一條短褲，臉色就紅起來了，似乎是非常可恥的一件事，假使你要叫她們跑跑跳跳，好像是要她們的命，甚至於哭起夾了」。並認為在這方面應以外國女子體育為榜樣，「他們的女子，在運動場上，大家亦穿著短褲背心，跳高、跳遠、推鉛球、投標槍等，無不與男子相同，設備方面，訓練方面，十分充足」。〔註48〕

相較而言，看似只是中國一般女子不喜運動，身形孱弱，但實際上無論男女，中國人都普遍尚未樹立通過體育鍛鍊以達「身形健美」「肌肉威猛」的觀念。只不過在女性身上尤為明顯罷了。隨著歐風美雨的漸染，國人即使不再以病態為美，但也尚未能擺脫病態：1936年9月，在重慶南渝中學成立典禮上，四川省教育廳長蔣志澄便批評川省中學生體質頗弱，「竟有立太陽下二十分鐘而昏倒者」，亟應加緊體育鍛鍊，以避免「養成少數選手之病態。」〔註49〕因此在關於大中學生、普通民眾的體育比賽報導中，《大公報》記者在描寫刻畫中極為突出運動員的「動作靈敏」、「身強體健」，為一般國民建構起擺脫病態、活潑好動的「修身」路徑。如一則關於開封「新生活杯」籃球賽的通訊對女子普通組的報導中，記者稱讚北辰隊女將焦玉蓮「跳跑超人，投籃尤橫衝直撞，所向披靡」，該報編輯亦對其青睞有加，特在標題中突出其「技術驚人」。〔註50〕

在《大公報》為國民塑造「健美身體」的新聞報導中，尤以1934年的「美人魚」楊秀瓊為典範。楊秀瓊乃香港人，為1930年代著名的游泳健將，有「美人魚」之稱。1934年，她代表中國參加在馬尼拉舉行的第十屆遠東運動會，勇奪四項游泳冠軍，一股「美人魚」熱潮席捲全國。她的風頭一時無兩，其衣著打扮、生活動向、婚戀緋聞都成為眾多媒體的焦點。此時新生活運動正「高唱入雲」，新運推行者希望借楊秀瓊的名氣和健美形象，激勵軍民士氣，樹立新風，宣揚全民鍛鍊。〔註51〕同年七月，適值新生活運動促進總會在南昌成立，南昌江邊的新生活俱樂部游泳場落成，國民政府邀請楊秀瓊北上擔任開

〔註48〕曉初，我國婦女健康問題〔N〕，大公報香港版，1941-5-16。
〔註49〕重慶南渝中學　成立典禮誌盛〔N〕，大公報天津版，1936-10-2。
〔註50〕新生活杯球賽開幕〔N〕，大公報天津版，1934-12-3。
〔註51〕潘惠蓮，尋找「美人魚」楊秀瓊——香港一代女泳將抗日秘辛〔M〕，香港：Pun Wai Lin，2019：55～56。

幕禮嘉賓，並表演泳技。《大公報》抓住時機，自6月份便開始關注楊秀瓊來贛動向，在楊秀瓊及其父母姐弟一家人所行經處，無論上海、南京、南昌，都發動駐地記者資源，進行密集的報導。7月22日，《大公報》刊登楊秀瓊所乘輪船在南京長江碼頭逗留期間的記者訪問，描述其身著綠旗袍，裸足著拖鞋，「較去歲豐滿而美麗」。〔註52〕抵達南昌後，《大公報》記者發出「特訊」，濃墨重彩報導楊秀瓊一行所受歡迎情形，並細緻描繪了楊秀瓊的健美身形給記者留下的「很好的印象」：

> 美人魚，的確不愧為一條美人魚，臉兒圓圓的，櫻桃般的小嘴，蘋果般的兩頰，五官的部位是那樣配置得均勻、整齊端正，顯見這就是運動的效力，使得她能健全的發育。眼睛是清亮而美麗，似乎還有一股莫名其妙的力量，能夠攝服或抓住某些東西。頭髮作著波紋狀，中間繫了一條絲帶，這大概是想加一種壓力，使它不至任意的散亂。皮膚是呈著一種栗色，這並不難看，而且充分地顯露著一種健美的姿態。是的，她這裡是具有一種康健素，然而記者覺得不如說她是一種復興素，還要恰當好聽一種些，因這種素質是我們復興個人、復興國家、復興民族的一種必要的素質。這一天美人魚的裝束，是穿的一種白色綢質的，鑲著大紅線條的邊沿的旗袍，腳踏白紋皮鞋，暗灰色絲襪，而全身是這樣的恰當合身，充分的表現著一種豐滿、曲線、美麗的健康美。〔註53〕

記者將「美人魚」的健美身體、健全發育歸因於「運動的效力」，自然對楊秀瓊的游泳表演中的矯健身姿更加筆墨。7月25日南昌新生活俱樂部籌備之水上運動會在游泳場開幕，楊秀瓊受邀剪綵。隨後楊秀瓊偕其姊秀珍開始水上表演，《大公報》記道：

> 楊小姐姐妹表演節目，共為三項。最先為自由式，姐妹同時動作，疾徐進退不差分毫，即游泳姿勢，亦彷彿相將，故觀者但覺一對比目之魚，同游水中，竟不辨誰為姐氏，誰為妹妹也。
>
> 其次為蛙式俯泳，仍為姐妹同時表演，此番表演姿勢，尤為精采，蓋初視之，但見姐妹雙雙破浪前進，久之，則真如巨蛙兩隻，浮沉水間，且其動作敏捷，姿態活潑，誠不愧為美人魚之雅號也。

〔註52〕楊秀瓊過京赴贛〔N〕，大公報天津版，1934-7-2。
〔註53〕轟動南昌　萬人爭看美人魚〔N〕，大公報天津版，1934-7-27。

　　再次則為仰泳，先由楊秀瓊小姐表演，仰臥水上，徐徐伸屈，形狀仍與蛙畢肖，而進行之速，則與常人獨異，二十五米之終點，大有瞬息即到之慨。繼為秀瓊（此處似為記者筆誤，應一為秀瓊一為秀珍——筆者注）小姐之表演，當見其仰泳水中，玉臂舒動，則足下頓覺如雲推擁，破浪直進，其動作殊有翻若驚鴻，矯若遊龍之概云。〔註54〕

　　與此前後，《大公報》還在新聞報導或《每日畫刊》版刊登楊秀瓊的個人照片或運動攝影，更直接地向讀者展現其「健康美」。總之，通過「美人魚」楊秀瓊的典型報導，《大公報》試圖希望一般國民尤其是女性能「打倒虛偽而尊重天然，打倒羅曼而注重實際」，激發起通過體育鍛鍊以獲得健美身材的興趣。

圖表8　楊秀瓊抵贛及游泳表演攝影

楊秀瓊及家人抵南昌時之攝影
（1934年7月27日第四版）

楊秀瓊在南昌新生活俱樂部水上運動會表演
（1934年7月1日第八版《每日畫刊》）

〔註54〕南昌水上運動會　美人魚表演記〔N〕，大公報天津版，1934-8-1。

本章小結

在新生活運動的設計者那裡，為保證國民遠離「污穢」的舊生活、實行「清潔」的新生活，《新生活運動綱要》及《新生活須知》在個人方面、家庭方面、公共場所方面描繪了十分全面的衛生藍圖。之所以在新運發軔之初便把「清潔」運動列為開展的重點工作，源於蔣介石對國民衛生清潔重要性的清醒認識：「既適衛生，又合習慣，民族復興，但看此舉」，講究衛生才能利於防疫，力求清潔整齊才能塑造強健身體、外禦強敵。〔註55〕《大公報》十分認同國民應過一種「健康的」好生活，除了在消極的方面杜絕各種損害身體健康的不清潔的習慣，積極的方面也把普及社會體育、鼓勵民眾鍛鍊身體作為建構國民衛生健康觀的重要內容。但不同於在體育鍛鍊土洋結合、「普及地提倡國民健康」的態度，在衛生清潔觀念的建構中潛藏於《大公報》同人思維中的是「以公共衛生促進個人清潔」的邏輯特點。

根據《新生活運動綱要》及《新生活須知》，新運官方在個人、家庭、公共場所及社會各層面都為國民描繪了一幅清潔衛生藍圖。就「衛生」的現代涵義而言，政府提供有保障的公共衛生體系是其重要的標誌，甚至「衛生」概念在很大程度上與「公共衛生」相近，城市公共衛生一度成為定義歐洲城市文明的標準。〔註56〕民國時期社會接納了「公共性」作為現代衛生的最重要特徵，把個人衛生習慣與國家、社會聯繫起來，中國文化傳統中更注重內修的「衛生」邁向了現代。〔註57〕這也是已有關於《大公報》與衛生觀念傳播研究的一般視界。新生活運動中，官民雙方在其政治文化意義上達成共識，但新運推動者採取了「應從小處、近處、易處發端，不可由大處、遠處、難處入手」〔註58〕的指導策略，這或許是在國難語境中急於收效的迫切心理作祟，但把改造目標完全建立在「難、易」實效的判斷上，使得新運在推行過程中過於強調個人的衛生與清潔習慣。原則上《大公報》同人對一般國民生活之不夠整齊清潔、甚至存著許多野蠻落後的生活習慣並不諱言，「對於改革個人

〔註55〕孫語聖，新生活運動再審視——從衛生防疫角度〔J〕，安徽大學學報（哲學社會科學版），2005（3）。

〔註56〕陳佳麗，傳播與流變：媒介視野下西方衛生知識在近代中國的流通（1840~1937）〔D〕，華中科技大學，2018：10~11。

〔註57〕夏晶，「衛生」概念在近代東亞的變遷和流轉〔J〕，人文論叢，2017（1）。

〔註58〕上海新生活運動促進會籌備會，新生活運動指導綱要〔N〕，晨報二周紀念冊新生活運動專刊，1934。

生活之必要，實抱同感」。但相比而言，那些違背民族經濟的原則而消費的「社會上較有地位的人」，縱然做到了清潔衛生（事實上他們是很容易做到的），也不能算實行了「新生活」。《大公報》對於國民急需一種質樸清新的新生活是表示同情的，但對發起新生活運動的官方在一定程度上忽視了當下民眾的實際需要和現實困境，也保留著自身的看法。尤其在一般中國社會尚在為求生奮力掙扎之際，《大公報》堅持認為「此種運動之主要對象，為所謂中上流社會，而非一般鄉民，蓋私人生活之最需改革者，為中上流社會，而一般鄉民所最需者，應為求生運動，尚談不到新生活運動。」主要對象既確定，則知此種運動成功之前提，尤在於最高級社會之首先實行，否則感化之效不彰，縱推行全國，亦表面而已。但「衛生的」原則為《大公報》同人「新生活觀」中一重要內容，「健康的」生活是國民實行新生活的重要目標，新運之主要對象，雖為中上流社會，「而最終目的，則應在普及於一般人民，使中國民族整個的實現革命國家應有之新生活。」體現在衛生健康觀建構過程中，便是「以公共衛生促進個人清潔」，通過對公共場所「大掃除」、「清潔檢查」、「衛生運動宣傳周」等工作的重點報導，增加一般國人的公共衛生知識，「知道公共衛生的重要，然後個人方面才能感覺到衛生的需要。」

　　需要指出，官方話語同樣強調「各界領袖」以身作則，但新運推行的核心邏輯在於，從個人衛生等習慣入手，「由外形訓練促起內心變化」，特別當運動的目的本就不在於提升個人內心修養，而在於動員群體、規訓國民的政治意味，其重點不在於灌輸衛生知識，而在於養成身體性的習慣，這種思維在本質上繼承了儒家用「禮」來控制和教化百姓的傳統。〔註59〕在這個意義上，新生活運動是福柯所談的近代身體規訓與傳統「風行草偃」的感化式道德薰陶兩者奇異的組合，〔註60〕其中權力者的位置必須同時具有身體與道德的優勢，這要求「各界領袖」在實際上而非話語上具有比一般民眾更高的道德覺悟和更好的生活規範，雖然蔣介石屢次強調新運領導者必須以身作則，但在推行中真正運用的不是他們的道德感召力而是手中的實權，〔註61〕甚至

〔註59〕Jennifer Lee Oldstone-Moore, "The New Life Movement of Nationalist China: Confucianism, State Authority and Moral Formation," pp. 182～211.

〔註60〕雷祥麟，習慣成四維：新生活運動與肺結核防治中的倫理、家庭與身體〔J〕，「中央」研究院近代史研究所集刊，2011（74）：133～177。

〔註61〕劉文楠，蔣介石和汪精衛在新生活運動發軔期的分歧〔J〕，近代史研究，2011（5）。

「沿街行人中違反新生活規定者，即多佩戴新生活證章之人」。〔註62〕《大公報》同人固然認同「轉移社會的風氣在政府，在文武大官」，但亦知「一部分高官的生活狀況並不見改良」，〔註63〕遑論其為一般國民之示範。

〔註62〕陳世鴻，實行新生活運動的幾點希望〔N〕，新生活運動週報，1934（1）。
〔註63〕季鸞，我之新生活運動觀〔N〕，國聞週報，1934（15）。

第四章　國民社會交往觀建構

　　如前所述,「經濟的」與「衛生的」是張季鸞《我之新生活運動觀》中認為國民新生活應該依歸的兩大原則。與新生活運動官方設定的六大標準——整齊、清潔、簡單、樸素、迅速、確實——相對照,不難看出,這六條準則在《大公報》主持者眼中尤以「簡單、樸素」和「清潔」為優先。但在官方設定的六個關鍵詞中,張季鸞並不是不能體會到占第一位的「整齊」的分量。據他觀察,「新生活運動是蔣介石先生所倡導,他的本意,簡單說,是希望全國民軍事紀律化。記得他最初的講演,曾有此意。這種希望,我甚表同情」。張氏所指蔣「最初的講演」,當指 1934 年 2 月 19 日發起新運的《新生活運動之要義》。在這次演講中,蔣介石表達了發起新生活運動、試圖以「禮義廉恥」入於「衣食住行」來改革國民日常生活的直接刺激因素:外國人無論吃飯、住房子、走路、和一切的行動,統統合乎現代國民的要求,表現愛國家和忠於民族的精神。總而言之,統統合乎禮義廉恥,不要廉恥的飯他們不吃,不要廉恥的衣他們不穿,不合禮義的事情他們不做,他們無論起居食息,一言一動,統統有規律合乎做人的道理。反觀中國,一般國民無論衣食住行都不能如同我們的古人或現在的外國人一樣合乎禮義廉恥。一般國民不必講,只就現在一般準備要做國家和社會中堅人物的青年學生來講就可以明白,比如江西的中學生「幾乎無一個不是蓬頭散髮,有扣子不扣,穿衣服要穿紅穿綠,和野蠻人一個樣子,在街上步行或者坐車,都沒有一個走路坐車的規矩」。所以「我現在提倡的新生活運動是什麼,簡單的講,就是要使全國國民的生活能夠徹底軍事化,能夠養成勇敢迅速、刻苦耐勞,尤其是共同一致的習性和本能」。《大公報》在九一八事變後提倡「明恥教戰」,當然第一時間感知蔣介

石要使全國國民都能過「軍事化的共同一致的新生活」的企圖。1934 年 3 月
1 日至 10 日該報連載演講全文，並自 2 日起即以「全國國民軍事化」為每日
所載內容的主標題。

　　毋庸諱言，結合當時的歷史環境，蔣介石發動新生活運動確有借四維八
德來整治民眾思想、禁錮民眾的言論行動，使之擺脫共產主義影響，以維護
國民黨反動統治的意圖，甚至是配合軍事「圍剿」共產黨力量的政治輔助。
即使從現代化範式出發，把新生活運動放在中國近現代史的脈絡中，也帶有
濃重的「規訓」民眾、「管理身體」的色彩。總之，這兩派關於新生活運動的
觀點——法西斯主義的觀點和國家建設觀點——都指出了此運動的基本特
徵，即國家對民眾日常生活行為的介入。〔註 1〕作為一家正與國民黨政府處於
「良性互動」關係之中，尤其在 1933 年後依附政府傾向愈加明顯的媒體機
構，〔註 2〕《大公報》對新生活運動「守秩序」「重團體」的目標毫無疑問進
行了很大程度上的詮釋，尤其是在亡國滅種之禍迫在眉睫的國難之中，《大公
報》主持人認定要抵禦敵寇侵略就必須有一個堅定的「國家中心」。因此對於
「禮，是規規矩矩的態度」、「義，是正正當當的行為」等關於新生活運動的
官方釋義，《大公報》「甚表同情」，亦在新聞報導中以此為底板，在對民眾日
常行為的關懷中建構國民的社會交往觀。

第一節　正當休閒與交際

　　新生活運動著眼於國民日常生活的「衣食住行」。其中「衣食住」都有較
明確的所指，且有更堅實的物質指向性，如《大公報》社評就直接有「衣食住
限用國貨之提議」。但對於「行」，就其本義來說，不僅有「出行」、「行走」的
含義，也包括更廣義的各種「交往行為」。不僅言談舉止要守規矩、合禮儀，
鍛造「共同一致的習性與本能」，一般所謂休閒交際亦應符合「正正當當的行
為」之義，合於「長夜漫漫的民族掙扎」的「國難」環境。以名義上結合休閒
與交際功能最具一般性者——跳舞來說，《大公報》同人向來不待見這一「洋
化交際」，《大公報》以「上海化生活」為靶子，新生活運動發軔之初，上海的

〔註 1〕劉文楠，規訓日常生活：新生活運動與現代國家的治理〔J〕，南京大學學報
　　　　（哲學·人文科學·社會科學），2013（5）。
〔註 2〕俞凡，新記《大公報》再研究〔M〕，北京：中國社會科學出版社，2016：425
　　　　～426。

「舞場異常繁盛」、「舞風盛極一時」就被該報批評為「淞滬劫灰中之淫樂狂」。尤其是在抗戰爆發後，國民政府有「正當娛樂」之倡，《大公報》認為在「物質生活應簡單至最低限度，精神生活應充實到最高限度」的抗戰新生活中，民眾的正當娛樂即為其樞紐。要之，在《大公報》的交往生活觀建構中，一方面力圖與糜爛狹邪的「西洋資本主義文明中最劣最俗的一部分」相區隔，一方面則通過新聞、副刊、廣告等為國民創造符合《大公報》同人所認同之「文明風尚」的社會交往觀念。

一、區隔消極墮落型休閒

「違背新生活運動之最大惡習，如煙如賭如狹邪」，「鑒於新生活運動之促進，首先應將煙賭娼三害加以剷除」。建構國民應有之正當休閒，定要與消極墮落型的休閒方式相區隔。初期新生活運動疾風勁吹，南昌行營頒布《嚴禁烈性毒品暫行條例》《懲治特種賭博暫行條例》，並「取締娼妓，勒令檢查」。《大公報》通過報導各地對「三害」的嚴厲打擊警示社會，如福建省府「訂懲治特種賭博暫行條例，凡開設花會者，無分首從，一律槍決，猜壓者處二年以上徒刑。」〔註3〕《大公報》駐南昌記者查訪街巷，「此間近日無一軍人乘人力車者，茶樓、妓院、娛樂場所公務人員均告絕跡」，似皆為實行新生活運動之成效。〔註4〕旅館業「三害」最深，《大公報》亦注意為其樹立行業標準，如1935年3月18日，漢口通信稱公安局方面極力注意於旅館之惡習慣的取締，如關於煙、賭、妓三項，決定：1. 旅館不論有無執照，不得開燈供客吸煙。2. 旅館不得聚賭抽頭，如違查出，依法處罰。3. 妓女不得在旅館中開房間，如違即行拘捕。1935年5月11日，於西北旅行的本報特派記者報告包頭飯店主持人段繩武為「謀一般生活之改造」，「以下棋鼓琴代替狹邪之笙歌，球藝武術代替酒食之征逐」，飯店之建設管理，均較合於現代。各地簡訊亦不斷有妓僚及秘密之鹹肉莊「門庭冷落」、「各旅社妓家不得打牌」而自動停業者。

但社會積習非一日之寒，「這些糜爛了的現都市社會的產物，究竟非片言之取締，所能濟事」。《大公報》記者記述在南京夫子廟附近住宿旅館不僅被私娼騷擾，而且「一進門，撲鼻一陣鴉片煙味，掀簾一看，正有人在那裡『吞雲吐霧』」，「煙娼都有了，當然賭不能不來，驟然間，劈劈拍拍麻將聲也起來

〔註3〕閩省禁賭　開設花會者一律槍決〔N〕，大公報天津版，1934-9-5。
〔註4〕南昌新氣象〔N〕，大公報天津版，1934-4-2。

了」，儘管他「除三害」的標語貼在門外面。〔註5〕還有公職人員頂風作案者，尤為堅持新生活應首先革新政界風氣的《大公報》所不齒，凡被記者探知之醜聞必披露於報端。尤其是1936年3月21日《大公報》刊登駐南昌記者的新聞通信，批評「高等法院檢察官張如澄，偕同本市律師徐維藩，女律師程印及交通部特派查帳專員朱心如等，在本市李家巷四十一號蘇妓雪飛家，狎妓取樂」，嚴重破壞了新生活運動打造之「模範南昌」形象，律師與檢察官「往來酬酢」、「同入娼僚」的不當交遊違背新生活條件，「實屬敗壞風紀」。上海甚至有一些變相的淫邪活動，如「嚮導社」「按摩院」大行其道，「這種嚮導社以舒服愉快做廣告，試問嚮導何事？舒服何事？一般男子呢，也以家花不及野花香，都去嘗這嚮導的舒服了」，並且與此有關的廣告在報刊上盛極一時、琳琅滿目。1936年11月1日上海《大公報》為此特刊登社會局關於禁止報紙登載相關廣告的通告，向讀者表明此種「嚮導社」下開展之「出門伴舞」「出門按摩」等「交際服務」與新生活運動之不合：

> 查近日本市復有變相嚮導社之設立、如「伴舞社」、「交際服務社」、「導遊社」、「舞社」等，在大小日夜各報，刊載「出門伴舞」、「出門按摩」等廣告，措詞淫猥，殊屬有傷風化。值此新生活運動之推行甫有成傚之際，斷不容此類淫猥廣告，貽害社會，特再函請貴報館查照，自函到之日起，對於前項變相之嚮導社及按摩院廣告，一併拒絕刊載。

與「三害」不同，「跳舞」作為一種娛樂和交際形式，並非中國本土產物，而是伴隨著近代以來歐風美雨的侵襲而傳入中國的。但發展至民國時期，「跳舞」卻又異化為帶有一定色情性質的活動，「酒紅燈綠之間，左擁右抱，悉逞豪華，揮霍無量之金錢，換得暫時之肉感」，甚至有「某某舞場跳舞時，衣服完全脫光，電燈完全息滅」，誘人墮落，莫此為甚。在社會生活高度政治化和倫理化的國度，「跳舞」這種新式娛樂方式始終與禮教和社會風化問題糾纏在一起，〔註6〕「跳舞」與「禁舞」之爭屢屢成為當時的公共事件。早在1927年天津爆發的社會名流倡導禁舞引發的社會風波中，《大公報》便對各方意見予以了充分報導，並在社評《跳舞與禮教》中認為，近年來以提倡禮教者，往往為躬行奢靡之人，或大有力者，已身荒淫無度，而偏以禮教責青年，更何

〔註5〕自上海到全椒（一）〔N〕，大公報天津版，1934-7-15。
〔註6〕左玉河，跳舞與禮教：1927年天津禁舞風波〔J〕，河北學刊，2005（5）。

況「廢跳舞即可正風俗」、「流行跳舞即壞禮教大防」本屬觀察之誤，「蓋風俗敗壞，其原因別有在也」。但《大公報》社評的這種不以為然僅是就其禁舞方式層面就事論事，對於「跳舞」這一「西俗」本身，中國則「本無提倡必要」，中國所應學西洋者甚多，若此等奢靡之俗，費時耗財，一無所益，本可不必也。〔註7〕張季鸞在其「新桃花源記」中借古人視角，對跳舞的認識也是「在一種淫蕩的樂聲之中，看見對對男女，擁抱而行」，既非先周之舞，也非唐代之舞，「一問這又是外國來的」。

1934年，上海高校中爆發「禁舞」與反對風潮，並開始與新生活運動發生關聯。在《申報》對此風波報導二十餘天後，上海大學生「禁舞」逐漸溢出本埠範圍而引起全國注意。天津《大公報》在11月22日要聞版刊登駐上海記者通信，梳理禁舞動議經過，從對禁舞方法的懷疑中可以看出《大公報》記者對大學生「跳舞」本身的反對立場：認為學校方面的稽查措施是雷聲大、雨點小，甚至抱持「家醜不可外揚」的態度。〔註8〕11月27日和29日，《大公報》分兩期刊登了上海大學生復興運動促進會的「禁舞問題宣言」，除了歷數現今禁舞措施諸多不切實際後，提出了四個方面的具體的禁舞方法，如希望社會名流、政要教授等以身作則；建議教育部盡早制定統一的學生制服；建議學校當局豐富校園生活，增進學校的學術水準吸引學生，並提供正當之娛樂如「映演教育電影，舉行音樂會、展覽會，組織旅行團、參觀團等」，以調劑學生身心，解除青年煩悶；建議學生家長控制好給予子弟的生活費用，讓大學生無餘錢去舞廳消遣等。

「跳舞」本非《大公報》所提倡的交際行為，但在對「禁舞」的質疑中，其實潛藏著對民眾休閒與交際方式貧乏的關懷，正所謂「或謂跳舞足以健身，而健身之道正多，若謂交際公開，則交際何須一抱。」不僅在大學生關於禁舞的宣言中有提供正當娛樂的呼籲，《大公報》上也經常有市民對城市休閒空間過少的抱怨：天津市內缺少廣場，公園更少，「貧孩子們的運動場是馬路，婦女們的消遣是站在十字街頭（參觀出殯的或娶媳婦的），社交的工具是煙是賭，天津市裏，實在還找不出新生活運動的精神」。〔註9〕在介於道德與政治

〔註7〕社評，跳舞與禮教〔N〕，大公報天津版，1927-5-23。
〔註8〕唐小兵，象牙塔與百樂門：民國上海大學生「禁舞」事件考述〔J〕，開放時代，2007（3）。
〔註9〕天津市裏　急待興革的幾件事〔N〕，大公報天津版，1934-12-2。

的邏輯中,《大公報》同人在報紙編排中為國人建構了如下幾種主要的休閒與交際方式。

二、居家休閒:社會交遊的起點

上海是近代中國的摩登之都,其休閒娛樂方式常引風氣之先。但在《大公報》以墮落的「上海化」生活為新生活運動靶子的語境中,是需要「站在教育的意義上,對娛樂應該加以選擇的」。家庭是「一般有職業者」之港灣,孩童耳濡目染之園地,也是休閒交際的起點。在新生活的名義下,《大公報》試圖為讀者建構諸如誦吟歌詩、養花遛鳥、集郵換郵、圍棋象棋、收聽有意義之廣播等既適合居家娛樂,又有可能引向體面社會交際的休閒觀念。

1936 年 9、10 月間,上海《大公報》曾聯合上海職業教育社召開的「家庭問題討論會」,便對什麼是正當的家庭休閒娛樂方式多有討論。胡政之、黃炎培、何清儒等參加者都同意家庭中應廢除不良娛樂,「家長應施娛樂管理,務須根絕不良娛樂,提倡正當的娛樂。」〔註 10〕座談會參加者之一的陳鶴琴便介紹了南京一個「很可以供我們效法的」基督徒家庭的日常休閒:1. 清早起來很快活地唱歌。「中國人向來是啞吧,不會唱歌的,可是不知道一唱歌,便什麼心思也沒有了,使憂愁化為快活,再沒有比唱歌有效的了」。2. 吃飯之前一定做一次禱告。中國人雖不必做禱告,但可取其形式而代之,「在吃飯前讀一點怡養性情的詩歌文章」。3. 每天大笑三次。4. 吃飯時做遊戲、說笑話、講故事,「中國人把吃飯當做一種工作,彷彿快快完工似的要催兒童快快吃完。外國人把吃飯也當作遊戲的」。

此外也有讀者投書,認為提倡家庭新生活,除了「花草果木」的裝點,還可以把「養鳥」作為一種高雅怡情的消遣。「提鷹架鳥,不是好老」等俗語暗示「養鳥」「遛鳥」十足為下賤勾當,但實際上鳥兒「肢體玲瓏」「歌聲清脆」,既可以在人工作完畢之時「用極清脆的聲音向你安慰,使你那疲倦之神,躲到九霄雲外」,又是音樂的知己,「當你撫披亞諾(piano)或奏樂華令(violin)的時候,往往缺少知音,而不免感到寂寞,若是養著一籠小鳥,掛在音樂室的窗外。牠很能附合你的琴聲,而婉囀抑揚的唱歌起來,那又是何等的有趣呢?」所以家庭中是很可以養幾隻,以供消遣的。

「集郵」是一種有意義的個人休閒,也可藉此實現小範圍的私人交遊。

〔註 10〕家庭問題座談會(下)〔N〕,大公報上海版,1936-10-2。

1936 年 1 月 1 日，國民政府郵政總局曾發行一套 4 枚的新生活運動紀念郵票。在熱愛集郵者看來，「票面的花紋，足以代表一國的精神」，流行的棋牌等家庭消遣多帶賭博性質，「惟獨集郵一道，有利而無弊」：不用約對手，不定時間，並且也沒有行坐的限制，可稱起是一種最自由的消遣之道。1936 年 3 月至 5 月間，天津《大公報》分十數期在家庭版連載了署名「法天」的《集郵小識》，向讀者介紹集郵在「美術」、「工藝」、「史」、「地」四方面的價值，並獲得讀者的共鳴。「伯江」便激動言道，「倘我們將集郵的消遣提倡起來，以博浪費之資，移作集郵的代價，實是一件美善的消閒途徑」！並以自己為例，經過數年的集郵興趣，「把原有的不良嗜好，漸歸摒棄；早先的酒博之資，悉付於大不盈寸的郵票當中！並得到廣大的常識和見解，這不能不歸功於小小郵票的賞賜！」這之後一兩個月，報上又「有很多集郵的紀事發表」，但該作者不僅停留在引起國人集郵的興趣，還積極為國人搭建集郵的途徑：「一是交換郵識，二是購售郵識」，一為友誼的，一為交易的。並繼續給讀者介紹北平郵票社及其出版的環球郵票三月刊，為集郵者普及購售、交換郵票的經驗教訓以防止受騙等，〔註 11〕將這一「有意義的家庭消遣」引向體面的社會交際。

　　圍棋、象棋等可以陶冶性情、增益智慧，原其理更為處世接物之大綱。《大公報》常有文章以對弈為正當之娛樂，如《世運代表團隨徵記》曾記載中國代表團成員在船艙的娛樂生活：船上娛樂設備雖是「絕無僅有」，「所幸選手中有的自己帶著書籍畫報的，有的帶著圍棋象棋的，也有帶作紙牌的，於是各求其樂，歡笑之聲，幾無時稍輟。」1936 年 9 月 28 日起，上海《大公報》的副刊《大公園地》還專闢一個小專欄「圍棋欄」，供豳風社每日刊登近代名人棋譜及入門研究等項，並附設奕事問答，與各地讀者就弈事互動。在第一期中，該社力陳假《大公報》設「圍棋欄」之初衷：嫻習圍棋，在「公餘之暇以為消遣，不特怡情養性，且可開發智慧源泉，較賭博、跳舞等不良嗜好高出萬倍。本社有望於此，更以政府方勵行新生活運動，為發揚國粹並願一般人士得有高尚娛樂起見，故創本欄，提倡圍棋。」〔註 12〕不僅如此，該欄還報導一些市民積極參與圍棋活動的消息，如 1936 年 10 月 9 日報導上海銀錢業成立圍棋研究社，「在充溢著浮華氣息的上海中，能聽見這個消息，實

〔註 11〕法天，集郵小識（續前）〔N〕，大公報天津版，1936-7-23。
〔註 12〕豳風社，圍棋欄獻詞〔N〕，大公報上海版，1936-9-28。

在是值得欣快的一件事」，並「希望上海再有類似的弈社出現」。「圍棋欄」一直持續到 1937 年 7 月，共出 163 期，成為《大公報》提倡國民以弈棋為正當休閒的重要渠道。

　　20 世紀 30 年代也是廣播逐步進入城市家庭的階段。廣播逐漸佔據了家庭生活的時間與空間，成為家庭中核心的娛樂媒介，一定程度上建構起了圍繞廣播的家庭休閒生活。〔註 13〕《大公報》通過電臺節目預報，成為一般市民家庭通達合於新生活運動精神之正當娛樂的節點之一。除了各地新運促進會派出幹事或邀請專家利用電臺演講新生活運動意義、衛生常識等，《大公報》刊登的各電臺節目預告亦經常包含《新生活運動歌》、「新生活」八角鼓、「新生活」大鼓詞等的節目單。如 1935 年 2 月 19 日時值新運一週年紀念日，該報預告仁昌電臺上午將有曲藝改良社劉文彬先生唱新生活八角鼓，下午則有春合體育用品製造廠歌詠團合唱《新生活運動歌》及其他新生活節目。關於電臺中之「故事播音」，則「須力避神怪淫污等稿本，發揚三民主義，提倡新生活」。其他音樂歌曲，則須「歌詞典雅，可以陶情養性，可供新生活運動聲中之正當娛樂」，如該報附刊一則書目介紹中曾提及，黎錦暉近作之譜曲，如結集之「幽默之歌」、「黎明之聲」、「清風曲集」、「隨便哼哼集」、「甜歌五打」、「小寶貝的歌」、「勇士豪歌」、「農村唱和」、「少女低吟曲」、「小黃鶯」等，足供「海內各大播音臺，每日播音歌唱」。〔註 14〕1936 年 7 月 4 日，《大公報》公布的一則上海市教育局對無線電播音材料的審查結果，便以「准許者」、「姑準者」、「應刪者」、「不准者」等類型，詳細列出居家者得以通過收音機所能享受之家庭消遣的內容，根據這一審查結果，都會社之「良辰美景」，元昌電臺之「富貴貧賤」，芙蓉團之「風化萬歲」、「閨房之樂」、「電影院中」、「我需麻醉」，胡一笑之「哭王虎臣」、「哭洋錢」等不被獲准播音，而上海歌劇社之「回春之曲」、「無冤帝王」、「光明之路」，華麗麗與蘭隱之「飛機祝壽」、「拒毒運動」、「百善孝為先」、「新生活寶卷」、「勸用國貨」，孫仲伯之「新生活運動」、「赤壁賦」、「劉備」等等則通過審查，得以借助無線電波進入市民家庭。

三、戶外觀光：「去過太陽、空氣、水之生活」

　　此處的「戶外觀光」指稱較寬泛的戶外旅遊活動，不在離家距離之遠近

〔註 13〕李暄，民國廣播與上海市民新式家庭生活〔J〕，新聞與傳播研究，2018（2）。
〔註 14〕同聲歌曲集　銷路暢旺〔N〕，大公報天津版，1934-6-14。

或交遊同伴之多寡，重在走出居室，感受自然界之「空氣、日光和水」，以愉悅身心、消遣閑暇。既包括長途旅行，也可指郊遊野餐、騎車兜風、逛公園等。發起新生活運動之前，蔣介石便十分推崇德國人接近「太陽、空氣、水」的生活，將這一原則用於要求軍人鍛鍊健康的體魄。「現在德國、意大利、土耳其，各國有一個鍛鍊體格的共同口號，就是『空氣、日光、水』。意思就是說我們要時時與自然環境相接觸，和一切自然的壓力抗爭，以鍛鍊成功我們鋼鐵般的身體和精神！」〔註15〕並在新生活運動中延續這一口號，《新生活運動綱要（初稿）》開篇便言道，「擬以規矩、清潔二項為首倡，如施行有效，乃進而為禮樂射御書數之六藝運動，及做到自然，去過太陽、空氣、水之生活，最後不難使國民循序漸進於勞動創造武力之習練與準備。」〔註16〕與自然環境接觸，接近「太陽、空氣、水」，不獨為軍人鍛鍊體格所必需，也是一般國民循序漸進於新生活之前提。這種自然主義美學也是向來推崇樸素、提倡「天然的真美」的《大公報》同人所認可的。「在南京居住的人們，有職業的多，一個星期做六天工作，遇到星期日這天，總要好休息一下，或是找一些娛樂，消遣消遣」；「久困在繁華都會生活中的人，一旦能得這樣的短時間的旅行，來調劑苦悶的精神，來恢復疲倦的身心，該是很寫意的。」《大公報》記者常於不經意間將類似觀念分享於一般「有職業之國人」，勸其改變「在家千日好出外一時難」的成見，利用節假日或於公園放風箏，親近海濱浴場，或利用腳踏車、汽車等作郊外之旅行，「滿足心身之快慰」。

　　對於一般市民來說，選擇近郊、公園是成本最低的接近自然的方式，也是《大公報》提及較多的。如1934年5月2日，《大公報》報導青島港務局之員工參加春郊旅行團體育協進會發起之郊外旅行團，擇一風和日暖、櫻花盛開之星期假日，騎乘腳踏車前往中山公園「領略野外新生活」。1935年3月27日的駐南京記者通信稱，行政院秘書長褚民誼發起的風箏比賽於星期日在雨花臺舉行，同時「天公作美」，十足地表現初春天氣，對於城內各機關工作的人們來說，「郊外踏青，是再適宜沒有的了」。記者雖然不能完全休息，但「蹲在屋子裏是不行的」，也要勻出時間「到城外湊湊熱鬧」。雖然最後因風

〔註15〕蔣介石，《黨政工作人員須知（二）》（1933年9月22日），見秦孝儀，總統蔣公思想言論總集卷十一〔G〕，臺北：國民黨中央黨史委員會，1984：472。

〔註16〕新生活運動綱要（初稿），見南昌新生活運動促進總會，民國二十三年新生活運動總報告〔R〕，1935：106。

力過小比賽延期至下週日，但記者所見，晴朗的天空下，滿是青草的山上布滿遊人，「越往高處跑，太陽曬得越烈害」，下山時候但見「幾位金陵大學的女生，穿著獵服，策騎入城，丰姿健美，惹得行人佇足以觀，真是風頭極了。」〔註17〕上海《大公報》還把「自由車」、「逛公園」、「拍照熱」稱作女學生們的「春日三部曲」：江灣道上，滿眼都是××女校的蜜絲（即英文 Miss，筆者注）們駕著自由車來去飛馳，「在春陽施威之下，踏地香汗淋漓，氣喘如虎」，平時不肯輕易露面的小姐們「也都總動員令下似的學起自由車來」，街頭巷尾處處可見學車身影，以致車行生意大好，「在星期六或是星期日，到自由車行裏去想租部車子，莫不空空如也」；春日的公園也格外熱鬧，「法國公園，外灘公園，虹口公園，一到休假日，三五成群的女學生，散步於綠草如氈的草地上」，嬉笑談天，吹奏口琴；此外「每在逛公園或出外遊行之時，人手一支蔡司依康」（ZEISS IKON，照相機品牌，筆者注），成為上海女學生戶外生活的重要元素。〔註18〕

郊外野餐、露營是親朋好友或學生團體聯絡感情的重要戶外活動。1936年10月8日，上海《大公報》曾報導「中國童子軍第二次大檢閱大露營」在南京舉行，「擇中山陵園新村為營地」，各團營地布置，均利用天然環境，作各種準備，「所有路線均以童軍信號命名之，曰誠實路，忠孝路，助人路，仁愛路，禮節路，公平路，服從路，勤儉路，公德路，勇敢路，清潔路，快樂路等，並於路端各設路名門一，以示童軍具有服務精神而隨時隨地奉行新生活之意義」。從媒體上雖可見如此有組織的露營、野餐活動，但在一般市民中並不普及。上海《大公報》與中華職業教育社舉辦的「家庭問題座談會」上陳鶴琴在分享了自己的野餐經歷後，抱怨國人對野餐的熱情亟需提倡。他提及自己上禮拜帶了食物在虹橋一個工部局的免費公園裏與孩子們野餐，「孩子們都很高興，很快活」，還可見到很多外國人在那裡野餐，「但中國人幾乎沒有」。這種郊遊野餐「可以增加夫婦間的感情、增加戶外的樂趣」，是應該提倡的，「有錢的話，還可以舉行長距離的野宴」。〔註19〕考慮到公園收費可能成為一般市民戶外選擇的影響因素，若有公園逢新運紀念日（2月19日）或其他假期免費開放的消息，《大公報》亦加以登載，告知市民，鼓勵

〔註17〕風箏比賽　雨花臺盛會〔N〕，大公報天津版，1935-3-27。
〔註18〕春日三部曲〔N〕，大公報上海版，1936-5-1。
〔註19〕家庭問題座談會〔N〕，大公報上海版，1936-10-24。

民眾「去過太陽、空氣、水之生活」。

　　關於長途旅行，正如上文家庭問題座談會上發言者建議的，如果「有錢的話」，當然可以比近郊踏青更進一步。儘管 20 世紀 30 年代，出國旅遊對部分上層階級來說並不罕見，上海《新聞報》即有大量旅遊廣告向市民宣揚異域風情的遐想，「到檀香山去旅遊」，「日本風景夙著盛名」，「坐飛機去倫敦，舒適安全」，〔註 20〕對於《大公報》來說顯然已大大逾越新生活運動所鼓勵的「接近自然」的範疇，其經濟成本也不是一般國民所能負擔的。加上民國時期全國的公路網並不完善，即使汽車旅行對於大多數民眾亦是力有未逮。至 1937 年，中國公路建設漸出成績，橫亙南部國土的「京滇公路」初步告成，建設廳發起「京滇公路周覽會」，約集各院部會代表工商界領袖及京滬新聞界人士共同組織，以為公路建設宣傳。《大公報》津、滬兩館皆連載本報特派記者「木公」的《京滇周遊記》，報告沿途風光見聞。記者深知國人一向囿於「在家千日好出外一時難」之成見，故視出門為苦，在家為樂。然消閒生活之目的尤在滿足心身之快慰。「移風易俗，在改變其環境」，京滇公路建成後，南京近郊「公路交織，別墅相接，天然及人為之風景已大足流連。汽車一日可達者，則東通錫鎮，西趨皖南，山水之幽奇清麗，均足引人入勝。際茲草長鶯飛之候，實結伴尋幽之大好季節。」鼓勵久居都市之人，可偷一二日之閑暇，作百里內遊息，「近數年來，因奉行新生活之故，京市居民娛樂方法已趨向另一途徑，試觀郊外旅行汽車之多，即證明久慣戶內生活之仕女，已步趨歐美，享受戶外生活。」〔註 21〕

四、公共休閒：知識導向型

　　民國時期，大量西方的大眾休閒方式如電影、音樂會、展覽不斷塑造著中國人的閑暇時光的同時，傳統的民間曲藝仍然是國人業餘生活的重要選擇。新生活運動發起後，無論是屬於西式還是中式的大眾娛樂形式，都成為新運推行者藉以宣傳的形式。遊行遊藝、電影戲劇、各娛樂場所，都被應用到新生活運動的宣傳中，或以新生活運動的名義開展起來。〔註 22〕地方縣市則定

〔註 20〕楊朕宇，《新聞報》廣告與近代上海休閒生活的建構〔D〕，上海：復旦大學，2009：72。
〔註 21〕本報特派員木公，京滇周遊記（一）〔N〕，大公報天津版，1937-4-13。
〔註 22〕向芬，新生活運動宣傳：全民道德運動的幻夢〔J〕，青年記者，2015（12）上。

一大會場，「表演舊劇二日，表演高蹺旱船小車龍燈等遊藝」，都是藉以引起各界民眾參加此項運動之興趣的手段。〔註23〕《大公報》在建構國民的休閒與交際生活過程中，除了居家的怡情養性、戶外的接近自然，當時流行的娛樂與文化場所如電影院、小劇場、博物館、展覽會等，也是可供一般市民選擇的休閒空間，一種重要的公共交往活動。如1937年《大公報》上一則對南京娛樂場所的統計顯示，全市公共娛樂場所種類分十二項，「室內方面有京劇、徽劇、大鼓各三所，電影院十所，說書三所，清唱八所，道情劇、古裝、彈詞、平劇各一所，露天方面有說書十七所，雜要七所，座位總共二萬六千零四十九隻。」〔註24〕但是在新生活運動的語境下，《大公報》堅持在對「民間耗費時間、精神、物資之不正常娛樂」予以抵制的前提下，提倡能「鼓舞人民之精神，增進人民之創造生產能力之正常娛樂」，注重國民所參與之娛樂休閒的「價值」與「意義」，是否有教育意義，簡言之，即以知識導向型的公共休閒形式為重。

　　傳統曲藝和戲劇是在平頭百姓中具有廣泛接受基礎的娛樂休閒活動，且一般以具有勸導意義的歷史題材為主，在新生活運動提倡「舊道德」的口號下崑曲、京戲等更以「恢復國樂」招徠顧客。對於身處「曲藝之鄉」天津的《大公報》來說，推動一般民眾在業餘時間選擇傳統曲藝、遊藝活動，處身戲園、廟會接受具有教育意義的戲曲表演，寓教於樂，具有文化心理及地理上的天然接近性。在新生活運動的風行之下，「各戲園演唱淫戲」被取締，傳統曲藝如評書、京韻大鼓、八角鼓等也「拼命地改良」，既為新生活運動宣傳自身所利用，也利用新生活的名義試圖影響民眾的休閒交往選擇。如1935年4月21日天津《大公報》一則介紹大鼓源流的文章，提及現在唱滑稽大鼓最著名的共有四人，「大茄子，老倭瓜，架東瓜，山藥旦」，較比著最受人歡迎的，就是山藥旦，「今在上海獻技，他所唱的都是近二三年新編的，如誇陽曆，馬占山詐降，新生活運動，東北痛史，三民主義，中國革命化等」。1935年5月11日，天津《大公報》在本市附刊介紹天津曲藝改良社「近以城隍廟正在廟會之期，特由劉恩慶、張誠潤、孫伯珍諸人，發起在廟內隙地，搭設席棚，當眾宣講新生活運動要義，並預備各項遊藝唱曲助興」，此外還有劉萬遠、劉文彬演唱教育家李琴湘所編之「新生活八角鼓」、「勸夫大鼓書」等。本市附

〔註23〕新生活運動　各地熱烈舉行〔N〕，大公報天津版，1934-5-16。
〔註24〕京市娛樂場所統計〔N〕，大公報上海版，1937-2-19。

刊上對戲曲的有關介紹，也多側重其對民眾的教育意義，如橫歧調戲班「多關於忠、孝、節、義等史實，於提倡我國固有道德，挽回人心，不無裨益」，當此實行新生活運動高潮中，有益之歷史劇，自有提倡之必要；〔註25〕辭藻絕麗、腔調動聽之崑曲則「為吾國最有歷史價值之歌劇」，「想當此新生活運動中，我政府似亦應予提倡，以期國樂之中興」。而落於「私定終身後花園」等俗套的說書彈唱則應加以改良，「（一）可以把猥褻的唱篇及詞句刪改，（二）可以添加含有忠孝節義的詞句，（三）可以儘量描寫種種黑暗情形，（四）可以不致有陳舊的詞句及思想。」在現在實行新生活的時代，淫污的如《倭袍》「都是無關緊要而沒有意義的」，「把個堂堂通政千金刁劉氏私通王文堂樓成奸調情等，一舉一動，卻彈唱表現著，是不是有傷風化呢？」〔註26〕

電影於19世紀末傳入我國，但在很長一段時間內並未成為中國人生活的一部分。而到了20世紀30年代，電影逐漸擺脫了戲劇或其他娛樂活動的附庸地位，成為一種獨立的現代娛樂活動形式。〔註27〕以1935年的天津為例，在天津繁盛的中心南市，「到處全是電影院，尤其是平民化的電影園子，觸目皆是」，「從前的樂子館，現在亦都改了平民化的電影園子」。〔註28〕隨著電影的「平民化」，政界人物與知識精英逐漸認識到，「電影為教育與宣傳之一重要工作，當特加注意」，〔註29〕因此在新生活運動中《大公報》一方面報導取締「有傷風化之電影」，一方面介紹對讀者具有「警世」意義的影片。尤其到了抗戰時期，取締「只顧一己利益，置社會國家於腦後，迎合低級趣味」的「毒素電影」，推進「抗戰電影」、「建國電影」之工作更為《大公報》所重視，以教育大眾導入生活藝術化之境地，故其題材，須要適合現實，把握時代重心，使能抓住大眾之心靈，而指示其向上之途徑。〔註30〕以《大公報》曾重點介紹的電影為例，如1935年6月2日，影星阮玲玉的遺作《國風》在天津上映時，《大公報》本市附刊在顯著位置闢欄告知讀者「此片今日起在光明大戲院開演」，配以電影畫面圖片一張，並對劇中人物和劇情做了簡要介紹。在

〔註25〕橫歧調　舊都戲曲界又一新發現〔N〕，大公報天津版，1934-12-10。

〔註26〕周鼎彝，看了『改革說書的我見』的感想〔N〕，大公報上海版，1936-10-16。

〔註27〕樓嘉軍，上海城市娛樂研究（1930～1939）〔D〕，上海：華東師範大學，2004：47。

〔註28〕王珊，南市滄桑錄〔N〕，大公報天津版，1935-1-16。

〔註29〕「國史館」，蔣中正「總統」檔案·事略稿本（17）〔A〕，臺北：「國史館」，2006：134，527；展雲，新生活運動與電影教育〔N〕，民眾教育通訊，1934（10）。

〔註30〕取締毒素電影〔N〕，大公報香港版，1938-9-19。

《「國風」吹到天津》中，附刊編者興奮言道，「藉新生活學說的力量挽救國風，這是編劇者的宗旨，演出的成功增強了劇力更是出乎創作者意外的收穫」，這「風」人不但不躲它，反而歡喜它，親近它，趨之若鶩。對國外影片的推薦，《大公報》也側重從對國人的教育價值出發，如美國電影《小婦人》刊登的廣告，標榜其為「新生活運動下促進女德驚人第一炮」；對 1936 年 6 月 19 日起在上海上映的蘇聯影片《蘇俄新青年》，《大公報》稱其對於蘇俄現代青年怎樣的生活、娛樂、戀愛、失戀、覺悟、埋頭苦幹、發明，終於得著最後勝利的情形，「很透澈的描寫得活龍活現，全片充滿著青春的朝氣，新氣象，新生活」，為中國青年所需要的良好模範，「的確是一部十足道地指示青年應具的一種百折不回懸崖勒馬孜孜不倦奮鬥惡環境的警世巨片，青年們非看不可的名作」，並詳細報告其票價優惠及場次情況，「以期普及」。〔註31〕

圖表 9　《大公報》所刊之電影《國風》一幕（1935 年 6 月 2 日）

今日在光明公院公映之『國風』一幕

展覽是一種重要的教育發展類公共休閒，是國民增長知識、開闊眼界、提升修為的重要選擇。尤其是新生活運動名義下，民國時期各地的國貨展覽、物產展覽、科學展覽、衛生展覽、市政展覽、兒童繪畫展、郵票展覽，以及新運會舉辦的新生活展覽等更是不計其數，借助當地的博物館、圖書館、民眾教育館、勵志社（軍人俱樂部）、新生活俱樂部等公共場所展開。從天津時期到上

〔註31〕上海大戲院最新驚人貢獻〔N〕，大公報上海版，1936-6-19。

海、漢口、重慶及至戰後，《大公報》始終保持著對各種展覽的報導，潛移默化地塑造著各展覽會上「民眾絡繹不絕」的場景，為一般國民建構一種知識導向性最為明顯的公共交往活動。與新生活運動核心內容緊密相關的衛生展覽、國貨展覽，是《大公報》上報導數量極多的展覽類型，如 1934 年 6 月 22 日報導之德縣土布展覽會，「搜集土布樣品五百餘種，到場參觀者達四千餘人」；6 月 29 日報導之無錫新生活運動展覽，在城中縣圖書館開幕，閉幕後還將分期在西門外工人教育館、新瀆橋暘莊農民教育館、廟庵農教館、玉祁齊家社農教、鮑家莊農教館等舉行，所展出材料包括合於新生活精神之衣服、飲食、住宅、行動、娛樂等十組，「每組均有模型及彩色圖照暨說明」。1936 年 6 月，全國兒童繪畫展覽會在上海舉行期間，《大公報》津、滬兩館均於 6 月 6 日第 12 版出「全國兒童繪畫展覽會特刊」，介紹展覽會籌備之經過、旨趣，鼓勵少年兒童「活潑天真自由表現」、參加此具有「新生活教育意義或民族思想之表現」的盛會。抗戰時期，此類展覽的教育意義也「配合著抗戰」，激發民氣，使人民從鬆懈走上緊張。如對國民政府西遷重慶後借第一個新運紀念舉行的新運展覽，該報記者彭子岡在特寫報導中介紹道，有反映敵人猖狂進攻、百姓流離失所的寫真，有激勵精忠報國的岳母刺字圖畫，還有遊廊裏是各商家的樣品展覽，「這告訴大家：要用國貨」。新生活婦女指委會的生產事業組獨闢一室，陳列著一些紗布、毛巾、絲、繩線、白布、殺蟲劑等，在大門口還放著幾架織布機搖紗機，並當眾織造，以鼓勵「後方姐妹揮汗做工」。一個抗戰形勢的模型也是發人深省，美麗河山上「日本的膏藥旗這兒那兒地插著，小孩子看了也會憤怒」。總之「看完這個展覽會，至少每個人會增添一分恨敵抗戰的意念」。〔註 32〕

第二節　行為規範與社交禮儀

　　休閒交際活動能夠調節我們一日工作的疲勞，促進我們精神的積極，造成我們心靈的愉快，但「娛樂的解釋，不是以有益身心，有益社會為限，要從娛樂中兼收教育的作用，要從娛樂中長養道德的行為。」而國人通病，「娛樂場所不僅非養成守秩序、教育人民之所，反之，實為破壞社會秩序以及教授破壞社會秩序之所」。〔註 33〕

〔註 32〕子岡，新運展覽一瞥〔N〕，大公報重慶版，1939-2-19。
〔註 33〕楊綽庵，民生七件事（下）〔N〕，大公報天津版，1945-12-30。

一、「秩序應為第一」

在對國民社會交往觀的建構中，引導民眾正當休閒與交際，僅僅是在中觀層面對國民在日常生活中應進入何種交往空間的現實規劃與期許。進入交往空間之後，微觀層面的行為規範與社交禮儀，是否「守規矩」、「遵秩序」也是《大公報》十分關注的，甚至是「秩序應為第一」的。

新運第一期重點實施的「規矩」運動明確指出，「本運動包括禮貌儀容，行為態度，社會秩序，辦事條理各項，以矯正一般言語粗暴，行為鄙野，服裝怪異，日用奢華，辦事凌亂，秩序紛擾等現狀，養成重禮儀，守規律的良好習慣，整齊劃一的社會秩序，有條不紊的辦事方法為目的。」它還要求公務人員、學生、軍人、市民必須遵守最低限度的公約，即「服裝整齊，寶貴時間，習禮儀，守規矩」。對於國民之行為舉止、待人接物，「概須出以莊正誠實之儀容態度，並養成勤勞簡樸之習慣」。公共場所進出，「必須依照達到先後，按次進出，不得擁擠或爭先恐後。講究肅靜，切戒喧嘩」，社交禮儀方面進一步規定了「語言須有禮貌，不得出口罵人。老少婦女應注重禮讓愛護，衣服務求整潔，扣帶不准放鬆，不許歪帽拖鞋，不准行路吸煙。交接應對，須有禮節，辦事約會，須守時間。戒決嫖賭吸煙與酗酒。」〔註34〕

雖然初期《大公報》在「星期論文」上刊登胡適的《為新生活運動進一解》，認為不可誇張這種「新生活」的效能，這裡面沒有什麼救國靈方，也不會有什麼復興民族的奇蹟：「紐扣要扣好，鞋子要穿好，飯屑不亂拋，碗筷要擺好，喝嚼不出聲，不嫖不賭，不吃鴉片煙……」做到了這九十六條，也不過是學會了一個最低限度的人樣子，我們現在所以要提倡這些人樣子，只是因為我們這個民族裏還有許多人不夠這種人樣子。……「救國與復興民族，都得靠智識與技能，都得靠最高等的智識與最高等的技能，和紐扣碗筷的形式絕不相干。」實際上，關於新生活運動長久以來無論是學界還是社會輿論一直存在一個根本性的疑問──國難之中何故掀起如此略帶膚淺、瑣碎之嫌的運動，並大規模地持續了很長時間？〔註35〕胡適的疑慮代表了絕大部分社會輿論對新生活運動的觀感，《大公報》一方面表達了這種疑慮，一方面也在自

〔註34〕溫波，南昌市新生活運動研究（1934～1935）〔D〕，上海：復旦大學，2003：75。

〔註35〕深町英夫，教養身體的政治──中國國民黨的新生活運動〔M〕，北京：生活·讀書·新知三聯書店，2017：6。

我合理化。1934 年 4 月 28 日《大公報》的社評便提到，中國社會向來侈談高深，鄙夷淺薄，對於此種似乎無甚深長意味之社會運動「不免有若干微諷冷語反映其間」，但「吾人以為社會的群眾運動苟不需要則已，如有必要，勢須含有淺近的戲劇的麻醉的性質」，故新生活運動之口號淺近到「紐扣要扣好，鞋子要穿好」，蓋因群眾運動非淺露到可笑程度，難以發揮刺激之力，藉收普及之效也。並以同樣「可笑之至」的「墨索里尼之黑衫、希特拉之鋼盔、羅斯福之藍鷹、乃至如甘地之手提紡機背負鹽鍋」等形形色色之運動相比擬，論證國難日亟，以救亡根本論，國民反有「真正改造自己生活之必要」。〔註36〕縱然如胡適，其批評新生活運動也是基於這一認識前提，即《須知》小冊子上的九十六條，不過是一個文明人最低限度的常識生活，我們現在所以要提倡這些人樣子，「只是因為我們這個民族裏還有許多人不夠這種人樣子。」

　　在蔣介石方面，國民生活之「不合規律」既然是刺激他發起新生活運動的最直接因素，他必是對國民各種日常惡習批評最力者，也是對各種矯正途徑宣揚最多者。甚至有時過於分心極細微的事情，被批評這種「一日萬機」的幹法於個人是浪費精力，於國家是不合治體。〔註37〕不過基於「社會的運動固不妨淺近化、戲劇化、麻醉化」之認知，《大公報》在新聞報導中頻繁摘錄蔣介石關於新生活運動之講話，作為國民舉止行為之軌範，並借其「新生活運動的實行家」地位勸導民眾，「人人都可以和我一樣，能夠做到這種生活」。在 1934 年 2 月 19 日南昌行營的《新生活運動之要義》演講中，蔣介石嚴詞批評過新生活的人「絕對不是吸香煙、拍香水、隨地吐痰、蓬著頭髮、拖著鞋子、扣子不扣、帽子帶歪這一類的人」，並在之後歷次提倡新生活的演講、總理紀念周、包括其他開會的場合都會細緻告解聽眾，如何規範自己的日常行為。如 1934 年 3 月 17 日《大公報》報導蔣在南昌新生活運動市民大會述說自己幼時「要掃地要擦地板，也要燒飯和洗鍋碗，吃飯的時候，有時偶然掉下幾粒飯來，穿衣的時候如果有一兩個紐扣沒有扣上，一定要受父母和師長的責罰」；〔註38〕1934 年 7 月 4 日《大公報》報導蔣在南昌行營演講，強調實行新生活除了注意衣冠整潔，還要注意做到「迅速」「確實」，「比方講罷，我們的帽子戴得很正，衣服也穿得整潔，但是駝了背彎了腰，

〔註36〕社評，衣食住限用國貨之提議〔N〕，大公報天津版，1934-4-28。
〔註37〕胡適，新年的幾個期望〔N〕，大公報天津版，1937-1-3。
〔註38〕南昌市民大會盛況〔N〕，大公報天津版，1934-3-17。

立正沒有立正的姿勢，走路不成走路的樣子」，亦不算完全的新生活，必須注意「走路時候頭一定要抬起，兩個眼睛一定要向前平視，胸膛一定要挺出，腳步一定要踏著實地，若有兩個人以上一道走路，更要步調整齊，不可前後參差行」。〔註39〕1936 年 1 月 7 日，《大公報》在報導蔣介石在南京出席中央紀念周時，因注意到與會人員皆衣著整潔、很有秩序而「心裏覺得很快感」，並稱如果有一兩位同志衣服雖然穿得整齊，而鞋子卻沒有檢點，隨便穿著平常在寢室裏穿的鞋子，走進大禮堂來，出席總理紀念周，這實在是有些失檢，「便是顧上不顧下了，不合規矩了。」並一再強調，一切事業都要注意本身的修養，服裝更是時時穿著，緊隨此身的，「所以一定要求由裏而外，從上至下，真正整齊清潔」。〔註40〕

不僅如此，通過不斷刊登南昌、天津、南京、上海、漢口等地有關「規矩」運動的規章或目標，《大公報》試圖將「正衣冠」、「行路靠左邊」、「路上不吸煙」等立為社會公認的「規規矩矩的行為」規範。下表為新生活運動第一年內以推行「規矩」運動為重點時期，天津《大公報》部分與此有關的短訊、專電。與蔣介石的演講詞不同，這些短小的文字言簡意賅，把關於「守規矩」「講秩序」的相關行為準則簡明扼要地投放到報紙版面，重點更突出。即使到抗戰勝利，新生活運動在國統區部分城市重新開始實施後，也把維持公共場所的秩序作為重要的內容，如 1948 年天津市為紀念新運十四週年而舉辦的「新生活運動周」，便仍致力於「督導各國人士及各種車輛遵守行路之秩序」、「督導各娛樂場所觀眾，購票務須排列成行，依序購取」、「督導火車站、輪船碼頭乘客，購票須排列成行，依序前進購取」、「督導電車汽車乘客，於候車時應排列成行，依序上車」。〔註41〕

圖表 10 《大公報》關於各地推行「規矩」運動報導簡表（1934～1935）

報導日期	內　容
1934.3.12	（南昌）蔣以「衣服不整齊、行動不端正者，不准過行營門首。」並須白布書字於其上。
1934.5.6	（漢口）五五紀念會，新生活運動會分十一隊出發各街市糾察，遇有吸煙及衣冠不整者，立行糾正。

〔註39〕蔣解釋新生活運動意義〔N〕，大公報天津版，1934-4-7。
〔註40〕做人革命與建國之大道〔N〕，大公報天津版，1936-1-7。
〔註41〕紀念新運十四週年〔N〕，大公報天津版，1948-2-17。

1934.6.5	五十一軍于學忠部，為養成良好軍紀起見，準備實行新生活……第一步先使軍民人等養成「行路靠左邊走」、「行路不吸煙」、「行路不亂喊」、「行路不吃食物」之習慣云。
1934.6.22	（南京）各軍事機關自蔣歸後，奉行新生活甚力，憲兵遇有衣冠不整者，即嚴斥糾正。
1934.9.1	（南京）新生活運動促進會一日起由憲警勸導人員在太平朱雀路實行勸導遵守秩序，其目標為 1. 行路靠左邊，2. 路上不吸煙，3. 整齊服裝。
1934.10.8	（天津）新生活運動昨日起試行，「全市童子軍六百餘人，在東馬路、金鋼橋、河北大經路一帶，依照新運規條指示行人，整理衣帽，車馬一律靠左邊走，秩序頗為整肅。」
1934.10.13	（天津）本屆華北運動會開幕以來，河北大經路旁，有不少童子軍維持秩序……男女童子軍施行新生活運動甚嚴。每當洋車夫敞襟過其身旁，輒伸臂指曰：「快扣上你的扣子！」
1934.11.15	（張家口）蔣介石考察察哈爾省行政之手諭公布，在公共秩序方面應「走路靠左，與爭先頭，尤須注重人力車與馬車為要，並注重不得高聲喧嘩」。
1935.1.21	（德縣）本縣新生活運動促進會決議成立巡迴演講團，關於城市之交通以及禁止在街上吸煙等，則由公安局負責施行。
1935.3.11	（上海）新生活運動會青年服務團十日集萬餘人，分在各馬路代行人整衣冠。
1935.3.27	（天津）近日本市推行新生活運動，全市學校童子軍全體參加服務，糾正路人之陋習，連日每屆夕陽西落，街面則見數步一位之童子軍，指揮路人，干涉上下道，衣紐等事，行人莫不遵行，井然有序。
1935.4.16	（北平）物產展覽會，「全會場已規定出入路線，並為厲行新生活起見，參觀者，一律靠左行走，不准吸煙及吐痰云。」
1935.6.2	（長沙）程硯秋劇團在民樂劇院表演，每日院中人山人海。後至者，摩肩抵踵，擁塞不堪，時起口角，喧嚷終場，新運會特召集緊急會議，指定遵守辦法。

其中，時間管理意識是《大公報》在塑造國人社交規範過程中著力尤深之處。《新生活須知》明確規定「約會要守時刻」、「要早起早睡」，新運總會創行「對表禮」，各大城市紛紛在交通要道設立「標準鐘」，這些旨在樹立國人守時觀念的舉措皆為《大公報》著力報導，把遵守時間列為國人社會交往生活中理應包含的良好社交習慣。

最後，《大公報》的旅行記者發來的各地通訊以及副刊上的一些軟性文章，亦在潛移默化中為讀者渲染著符合「現代」社會風尚的行為規範與社交禮儀。從一些旅行記者的字裏行間，可以感受到《大公報》同人對在新生活運動語境下敦促民眾「規矩」行為的敏感，如 1934 年夏，該報一記者將回鄉見聞連

載報端，記述到其坐公共機車進南京城時，「每人必定要由軍警糾正一下，使你衣冠齊整。如遇有吸香煙的朋友，那麼更要碰了一鼻子的灰，旅客經他們這番的整理，頓時精神便覺得嚴肅了一些。」〔註42〕署名梟公的作者在《西行零札》中記述其船至南昌，「上岸時有憲兵注意行人的領扣，此為新生活運動之一」。此外還有對行路習慣、交通秩序的關注，這尤其體現在交通紊亂、秩序大壞的情況下，對新生活條約「失靈」的感慨中。如本市附刊一則描寫過年期間天津民眾參拜娘娘宮的文章，因為人們不曉得「新生活」、守秩序，以致「亂出亂進，打頭磕臉，在一個門上有出的，有進的，結果是出進不得，到防礙了各自的行路，強擠了山門。」〔註43〕1935年春，駐南京記者報導參觀風箏比賽，經過太平路白下路一帶熱鬧的街市時，「走到中華路的南半，邊道上的行人和街心中的洋車汽車擠得黑壓壓的一片，交通警察滿頭大汗」，到中華門內擠得更不成話，車子只能慢騰騰的往前挪動，走路的人卻比坐車子的還快，而且洋車汽車常常撞在一起，車夫謾罵聲，人們喊叫聲，吵成一片。中華門左右還有兩個門，出城的車子必須從左邊城門走，進城的從正門走，「可是秩序仍是一塌糊塗，前擁後擠」，總之「靠左邊走的新生活規律，在這裡是完全失去效力」。〔註44〕對符合新生活秩序要求或足資借鑒者，當然為《大公報》所網羅，如隨中國代表團出征1936年世界奧林匹克運動會的中央社特派記者馮有真在其《世運隨徵記》中曾在途徑香港時盛讚輪渡秩序，及管理方法之巧妙。「輪渡棧建很大，但是只用一個人就把它管理下來，由入口到渡輪上去，裝了一個輪齒式的門，必須依次一個一個的進去。這輪齒式的門，是由售票的人管理的，你向他納了費，他就把機關撥動，讓你進去，所以輪渡棧上，永遠是靜悄悄的鴉雀無聲，絕無紛擾混亂的現象」，並立馬關照到新生活運動的推行，「這一點，我想是值得我們提倡新生活運動負責的人參考的」。

二、「現代社交的禮貌問題」

「行人靠左走」，是秩序和紀律的問題；「紐扣要扣好」，是禮貌的問題。《大公報》除了借官方人士如徐慶譽（新運視察員）勸諭一般國民「社會生

〔註42〕自上海到全椒（一）〔N〕，大公報天津版，1934-7-15。
〔註43〕岩，娘娘宮素描〔N〕，大公報天津版，1935-2-13。
〔註44〕風箏比賽　雨花臺盛會〔N〕，大公報天津版，1935-3-27。

活不是一個人的生活，乃是大眾的共同生活」，並以記者在通訊報導中對此一問題的敏感佐之，還通過擁有較好修養的社會名流，提請民眾注意到比「紐扣要扣好」還要細緻入微的社交禮儀。1934 年 10 月 31 日，該報一則「北平通信」記錄唐寶潮夫人（裕容齡）在北平財商學校之演講《社交公開青年應有之禮貌》，如：一，遵守中國傳統的見面禮節。「現在人們，彼此見面常愛握手，可是作地很笨。常常見到有些太太們，很羞怯的拿出手來，拿五個手指給人家握。還有一些很惹人笑的人，一面拿出手來，一面可又鞠躬。有些人不看對方的眼，而看對方的手。」因此「我要勸你們作揖，這才是中國的禮節。」二，養成高雅的行路習慣，對「青年男女馬路上走，男的攬著女的膀臂」的現象嗤之以鼻，「在歐洲只有下等社會才這樣作」。三，宴會上要有良好的禮貌。應學些外國吃飯的禮節，「英國人剔牙，從來不被人看見的」；宴會上要坐直，「斜著坐，把股肱橫著」則是不禮貌的；進食時「不要叉一大塊麵包吃，吃肉也要用刀割一塊吃一塊，不要先割成許多小塊然後再吃」。另一篇強調宴會禮儀的文章還引名媛賽金花為援，作者講述與其友曾於宴會邂逅賽氏，對其宴飲姿態之優雅印象頗深，「時賽氏方進牛尾湯，端坐舉勺，態度安詳，其進湯姿勢，極為美觀」，並聯想至當茲新生活開始之際，規矩極關緊要，深願有識之士，莫以其事微末，漠然視之。〔註 45〕

更有細極入微者，副刊還曾刊文專門討論「現代社交」中「關於嘴巴應該注意的禮貌問題」，如咳嗽和吐痰，打噴嚏呵欠和剔牙，吃喝時的聲響，以及發笑或靜止時的姿態等。該文認為研究「社交的方法和技術」是生活在現代社會中的人自然應該注意的，如欲使自己「適合新生活運動的整齊原則」，使自己成為一個有禮貌及高尚風度的交際家，對自己嘴的姿態的關注是「最不被注意也是最切要的」表情管理內容，主要包括：

咳嗽和吐痰。這是最常見，最不雅的惡習。作者認為除偶有疾病，大多數「完全是由於習慣而成」，而在公共場合大肆咳嗽、甚至公然吐在人面前，是極嘔心的。因此要矯正這種惡習，切實注意改正，「在可能限度內，得忍著不咳嗽就不去咳嗽。假使不得已非咳嗽不可，亦請用手絹擋著嘴，使聲音減低。或是離開眾人，先找到痰盂，然後再咳嗽或吐痰。沒有痰盂的地方，只得往自己手絹裏吐。總以不使被人聽見或看見為要。」

噴嚏、呵欠和剔牙。作者稱「往往看見有人在大眾面前張著大嘴打呵，

〔註 45〕大菜小言〔N〕，大公報天津版，1935-6-4。

打之不足，還要補充一聲悠然的長嘯。還有人在大庭廣眾之中，裂著嘴，一個挨著一個，井井有條的大剔其牙縫。每剔完一個，把穢物從牙籤上取下來，用手指拈了拈，結果送到鼻孔上聞聞。」這樣「骯髒」的行為在西洋社會是登懸賞廣告都找不到的，「但是在我們上等社會裏，這是很普通的事」。在作者看來，噴嚏雖是不自主的事，但當你覺得要噴嚏時，急用手指橫在鼻孔上，輕輕的呼吸，這樣就可以使噴嚏中止。倘若非噴不可，亦請用手絹擋著鼻孔及嘴，免得像「清明時節雨紛紛」似的噴得滿室零金碎玉。「呵欠和剔牙根本就可以不必打，亦不必剔，等到沒有人的時候再辦。不得已時就請用手擋著點，但亦以少為妙。」

吃喝時的聲響。作者繪聲繪色道，當吃東西或喝水的時候，總有百分之八十作出些刺耳的怪聲，咀嚼時唇與舌及口腔互相拍擊而發出一種「狗舐屎盆子」的聲音。或喝水的時候發出「唏唏的」或「抽嘍、抽嘍」的聲音。這種習慣在西洋社會是見不到的，矯正卻也簡單，「當咀嚼時只要把嘴唇閉上，不使稍留際縫，就沒有聲音了。喝水時不把空氣和水同時吸，亦就沒有聲音了。」

笑的時候嘴的姿態。這是女子很在意而男子不常注意的，男子雖不必維持櫻桃小口的姿態，「但是裂著大嘴，嗤著黃牙，向著人面前傻笑，亦的確不大雅觀，」總以「笑得莊重而得體，才不致傷雅」。

靜止時嘴的姿態。作者同樣以西洋人為榜樣，除了談話、吃、喝時嘴巴都能恰到好處之外，「在靜止的時候，嘴唇時時是在緊閉著，牙齒時時在緊咬著。不用嘴的時候，絕不故意動它，時時教它莊嚴的靜止著，」無疑表現著「有思想、有毅力，富於感情的人物的神態」。而另一極端便是一般國人「仰著臉，張弛著嘴唇，向四外呆望，不知道他內心在表演什麼。有時不是咬唇，就是伸舌頭，甚至指甲，啃手裏隨便拿著的東西。」是絕對不符合新生活運動的。

作者還建議避免打嗝，雖然是「吃完東西，質與量雙方面都滿意的表示」，但「在生理學上解釋」，是胃食物化氣而衝出，和大腸裏的東西化氣而放屁是一樣的道理。並認為，在宴會上只要保持精神上的興奮，便可以加以避免。此外，作者還提及吃蔥蒜韭菜而致嘴裏發出惡臭，「妨礙社交」，為維持自己高尚的風度，「這三種東西是必須打倒的。」〔註46〕

〔註46〕宜棠，關於嘴的幾件事〔N〕，大公報天津版，1936-4-9。

第三節　團體化與紀律化

　　無論是字裏行間還是耳提面命，《大公報》對國民在公共場所與娛樂休閒應「守規矩」、注重行為規範與社交禮儀的強調，不是僅僅止於「淺近化、戲劇化、麻醉化」之表面工作，對蔣介石「希望全國民軍事紀律化」的「本意」，《大公報》同人心知肚明。「全國國民軍事化」可說是新生活運動發起的終極目標，《大公報》在連載蔣介石發起新運的演講「新生活運動之要義」時明文刊載，「新生活運動是什麼？簡單地講，就是要使全國國民的生活能夠徹底軍事化，能夠養成勇敢迅速、刻苦耐勞，尤其是共同一致的習性和本能」，如此才能合乎禮義廉恥適於現代生存，配做一個現代的國民。其他黨政高層在關於新生活運動的終極目標與推行方式上或許有所歧異，〔註47〕但從《大公報》對這些「領袖階級」人物關於新生活運動的言行報導來看，其側重點無一不是「造成團體化、紀律化之民族社會」，並將其提升到民族存亡的高度。新生活運動中《大公報》對交通規則、衣冠風紀、公共秩序等淺薄處的強調，皆非止於就事論事，所謂「唯其使娛樂場所愈表現其尊嚴，則人民始能守其秩序，人民如能在娛樂場所習於守秩序，則愈在其他場所嚴守秩序，其中皆有深意存焉。」〔註48〕在此，學生軍訓問題和市民大會及遊行秩序是《大公報》著力建構國民團體化、紀律化行為觀念的兩個切口。

一、「謀群性的發展」：學生軍訓的秩序層面

　　對於新生活運動欲使國民軍事紀律化的目標，《大公報》刊登的一篇文章指出，新生活運動的宣傳只是為國人提供了一個行為上的標準，而「與其勸他守紀律，不如用一種力量，規範領導他使他守紀律，更不如根本就養成他，使他自動達到守紀律的一種優美偉大的個性。」因此最好先從一個團體環境裏用訓練作手段，而在學校中進行軍事訓練便是這樣一種手段。通過軍訓，養成個人的「服從性、團體性、勇敢性、進取性」，「養成團體紀律上的習慣」。〔註49〕

〔註47〕如汪精衛認為新生活運動的終極目標不應選擇「往後看」去恢復固有美德，而應該「往前看」去養成現代道德、紀律，推行方式上不應依靠警察等行政力量，而應該訴諸社會制裁。參見劉文楠，蔣介石和汪精衛在新生活運動發軔期的分歧〔J〕，近代史研究，2011（5）。

〔註48〕楊綽庵，民生七件事（下）〔N〕，大公報天津版，1945-12-30。

〔註49〕馬漠湖，對於高中以上學校軍事訓練的檢討〔N〕，大公報天津版，1934-8-17。

在 1934 年 3 月 10 日第一篇關於新生活運動的社評《新生活運動成功之前提》的文末,《大公報》便注意到,「讀蔣委員長講演,頗注重學生生活」。的確,在蔣介石的《新生活運動的要義》中,各種「舊生活」的案例都是取自他在江西所觀察到的中小學生的不良習慣,如在街上吸紙煙的小學生,蓬頭散髮、沒有行路坐車規矩、看到師長不曉得敬禮的「和野蠻人一個樣子」的中學生,「這種學生,可以說完全不明禮義不知廉恥,這樣的學生,這樣的國民,如何不要亡國?」在《大公報》主持者看來,新生活運動僅就對一般社會者而言,至於學校則為另一問題,因為新生活運動提出的目標對於國家教育來說遠遠超過普通社會的需要程度,「吾人於此,贊同中小學校之軍事紀律化」,並通過廣泛刊登教育界人士的言論,主張對學生採嚴格訓練主義,以「謀群性的發展,為紀律的生活」。〔註50〕

1934 年 6 月,國民政府教育部轉令全國高中以上學校,在暑假期間舉行三星期嚴格之軍事訓練,並將練習實彈射擊。《大公報》特發社評,提出在學校開展軍事訓練的兩個實際問題並貢獻意見,一個是供教育者當局嚴重注意、也是供學生自己深刻反省的問題,即學生對學校軍訓的玩忽態度。「這些學生根本以為軍事訓練是無謂的。他們也明白國家興亡匹夫有責的話,他們也曉得人人有捍禦疆土的義務,他們同時也知道重文輕武的觀念是錯的,他們更懂得『好人不當兵』的話是無意義的,但在感情上,在潛意識中,他們仍對軍事訓練持一種蔑視甚至譏嘲的態度。」這是一個最基本而又最嚴重的問題,除非這問題得到澈底解決,軍訓永不易收實效的。另一個即是在現有處境下如何讓軍事訓練在學生中收實效,以及期收何種實效?對此,《大公報》提出應改善學生軍訓的興趣化問題。既有的學生軍訓「所用的方法太呆板、太枯燥,恐怕是不容諱言的。操練的課程,大體永不外開步走、成隊、分隊等機械程序,這實是使學生對軍訓失去興趣的大原故。現在當炎炎烈日之下,學生受那些單調的訓練,當然更容易發生反感」。並進一步建議學校開展軍訓應多採用紮野營的辦法,以十五人或二十人編成一隊,帶著帳篷、行裝、食物、家具旗號槍枝,由一個正式軍隊裏的下級官佐指揮軍事訓練,由一個洋籍教員或青年會的幹員領導社會生活,一直開到北戴河、青島、威海衛、或西山、明陵等地,以一個月以上的工夫駐紮野營。嚴格仿學軍隊,起臥要有定規,動作須有準程,按部就班做一些軍事操練。然後抽出較多時間,揀選適當地點作野戰演習。學聽

〔註50〕陳青之,今後教育之出路〔N〕,大公報天津版,1935-3-19。

發號令，學乘機進攻退守，學聯絡陣線，學補充掩護，學掘壕，學打靶，學一切戰鬥技術，「在這軍事的方面，務要養成服從領袖，恪守規紀的精神」，在社會生活方面「須養成互助精神，過極端融樂的團體生活」。〔註51〕

《大公報》謀求在校學生軍事紀律化的態度為教育界、軍界人士所支持，也通過其中部分知名人士的來稿獲得強化，在社會產生影響。1934 年 7 月 13 日，軍人張佛千便在《關於軍訓的一個提議》中「不僅贊同暑期軍事訓練利用紮野營的辦法，並且主張平時各校的軍事訓練，也儘量節省操場上訓練的時間，多多到野外紮營，學習實際軍事知識，徹底養成軍中生活，改革不良習慣」，此外各地新生活運動促進會應也可以在社會上「組織野營的團體，擇定幾個名勝的地點，任人參加，更可以代替旅行的組織」，對於使國民生活軍事化的新生活目標「一定有很大的功效」。教育家謝樹英參觀各地學校，感慨中國學校的軍訓尚未施以嚴格的訓練，深羨德國將軍訓灌輸於體育的方法，「每逢假日，無論冬夏，青年男女組織所謂『徒步旅行團』遠足郊野，露宿山林，那種赤腿袒臂挺胸闊步，成行結隊，歌聲震天，嚴如行軍，一種有組織有紀律的生活，一種慷慨激昂的精神，實在令人望而起敬！」並希望中國學生的軍訓能從質的方面改進，要練成有勤勞的，服務的，團體的，忠義勇敢的精神，「就是要養成如同軍隊中有紀律的生活」，這實在是健全國民的基本條件。〔註52〕

總之，《大公報》認為學生軍訓是增強國民團體生活習慣，加強紀律性的重要方面，甚至「軍隊精神應擴張到學生的整個私生活」。軍訓「也許不能教青年成為一個現代武士，不能殺敵，不能禦侮，然而若能使學生稍微窺得嚴密團體組織的奧秘，使學生一變輕蔑權威的心理，那麼軍訓便不是兒戲！」〔註53〕

二、「為紀律的生活」：市民大會與遊行報導中的秩序層面

對於一般民眾，在新生活名義下參與性較高的集體活動其實是市民大會及提燈遊行。尤其是在 1934 至 1935 年間，新生活運動「風行全國」，各地方新生活運動促進會成立、新生活運動宣傳最常見的便是召開市民大會、舉行

〔註51〕社評，暑期軍事訓練問題〔N〕，大公報天津版，1934-6-29。
〔註52〕謝樹英，大學生與國難（續）〔N〕，大公報天津版，1935-4-28。
〔註53〕社評，由軍訓風潮談到軍訓問題〔N〕，大公報天津版，1934-12-11。

遊行宣傳，所謂「成立必召各界大會，宣傳首賴提燈遊行」，在此之外則定有「群眾圍觀」。下表為天津《大公報》在 1934 年 2 月至 1935 年 3 月新生活運動推行第一年中對各地類似活動的報導，除了少量中央社稿件，大部分為各駐地記者拍發的專電及長篇通訊，「每日畫刊」還登載了少量各地市民大會或遊行的攝影。可以看出「大會」、「遊行」集合了各當地的機關、團體、學校、軍隊及一般群眾，參加者動輒「三四千人」乃至「萬餘人」，規模堪稱當地「開已往所未有」。一些大都會如南昌的遊行彙集群眾可達二十萬人，遊行隊列可綿亙十餘里。

圖表 11 《大公報》關於各地市民大會及遊行報導概況（1934～1935）

報導日期	內　　容
1934.2.26	南昌專電，新生活運動促進會，省垣各界定二十八日隨同提倡國貨運動會舉行擴大遊行宣傳。
1934.3.1	南昌專電，省垣各界提燈會二十七日晚試演，極鬧，所有軍警出動維持市面，二十八日晚正式遊行，更有可觀。
1934.3.2	南昌專電，二十八日舉行擴大遊行宣傳，晚復賽提燈會。
1934.3.3	南昌專電，市民大會後，十八日晚「並再度舉行擴大提燈會」。
1934.3.12	南昌專電，新生活運動市民大會十一日上午十時在公共體育場舉行、各界領袖暨各機關、團體、學校、市民等均參加。
1934.3.15	兗州通信，駐兗之二十師黨部，「並擬提燈遊行，俾新生活運動能切實深入民間」。
1934.3.16	每日畫刊，十一日上午南昌新生活運動市民大會。
1934.3.17	南昌通訊，新生活運動市民大會，於昨上午十二時許在公共體育場舉行。
1934.3.17	中央社鎮江電，蘇省黨部定於二十二日舉行新生活運動大會，並遊行及燈彩化妝表演。
1934.3.19	南昌專電，新生活提燈大會，到十萬人，行列長十五里……連觀眾約二十萬人，如潮如蟻，整齊熱烈，足為新生活之象徵。
1934.4.1	鎮江通信，江蘇省新生活運動民眾大會在縣立公共體育場召開。
1934.4.2	西安專電，西安新生活運動會定四日舉行提燈大會。
1934.4.3	西安專電，提燈大會四日舉行。
1934.4.5	每日畫刊，徐州各界舉行新生活運動大會。
1934.4.6	彰德通信，二日上午在民眾大會場召集各機關各團體、及省立私立中學校全體師生共約三千餘人，舉行新生活運動大會。
1934.4.9	四月二日西安各界舉行新生活運動大會，到會群眾兩萬人。

1934.4.9	長沙專電，湖南各界人民八日上午十時，在經武門外協操坪舉行新生活運動大會，到會人數甚眾，各界整隊入場，步伐排列，均極整肅。下午舉行各種遊藝，晚間提燈大會，預先報到提燈者逾萬人。
1934.4.10	保定通信，保定新生活運動促進會，四月八日假南關外中山公園門前開市民大會，各機關各法團、公私立各男女學校全體皆出席。繼演說，全體呼口號，結隊遊行，各執小旗一面，書寫各標語，軍警亦參加遊行，沿街散放新生活須知小冊。
1934.4.12	福州通信，定於二十日夜間舉行提燈會。
1934.4.16	上海專電，滬各界為屬行新生活運動，十五日晨在市商會舉行市民大會，到千餘人。晚六時在南市舉行提燈大會，四十餘團體，參加約萬餘人。
1934.4.19	每日畫刊，湘省提倡新生活大會。
1934.4.20	每日畫刊，四月十五日晚滬市民舉行新生活提燈大會。
1934.4.26	每日畫刊，宜昌各界月四月六日舉行新生活運動大會，參加提燈會。
1934.4.27	南京專電，首都新生活運動促進會定一日晨舉行全市清潔運動大遊行。
1934.4.28	福州專電，二十六日晚新生活運動會補行提燈會，各界參加者三萬餘人，民眾圍觀者十萬餘人。
1934.4.30	泰安縣黨部提倡新生活運動，二十八日召開大會，惟天公不作美，細雨紛紛，提前散會，大會遊行因之取消。
1934.5.1	開封專電，新生活運動促進會宣傳隊，三十晨分赴各處宣傳，定一日晚舉行提燈大遊行。
1934.5.8	每日畫刊，福州市新生活運動市民大會四月二十四日在公共體育場舉行，到會者五萬餘人。
1934.5.10	大名通信，本縣新生活運動大會於五日上午八時半，在關帝廟與革命政府成立紀念同時舉行，推郭師長為臨時主席，十二時許出發遊行，排列長約三里，觀眾擁塞於途，頗稱盛況。
1934.5.10	滁縣通信，本縣昨晨九時，假公共體育場舉行新生活運動大會，參加者萬餘人。是晚舉行提燈遊行，各機關及民眾，於下午七時仍集合會場，提燈約八千餘盞，五光十色，燦爛奪目，八時整隊出發。
1934.5.11	邵陽本地各界於四日晨九時半在公共體育場舉行新生活及五四學生兩運動大會，到會人數逾萬。由晏玉濤司令主席，蘇守耕司儀。會後整隊遊行，頗具盛況。
1934.5.13	潼關各界於九日午假公共體育場開新生活運動，及五五、五七、五九等紀念大會，下午二鐘遊行。
1934.5.16	德縣通信，本縣亦於十三日舉行民眾大會，並有民教舘、十二中學等之新生活化裝演講，下午六時半並舉行提燈會，軍政各機關均參加，情況極為熱烈。
1934.5.17	廈門電，十六晚各界補行新生活運動化裝提燈會。

1934.5.20	洛陽通信，洛陽新生活運動促進會於十五日上午在城中西北運動場舉行市民大會，參加軍隊機關團體學校約三十單位以上，民眾約千人。由中央軍校洛陽分校派員指揮並糾察會場秩序。洛陽師範學校軍樂隊奏新生活運動歌，呼口號，隨即魚貫遊行。
1934.5.23	石門各界於（二十日）晨九時，在同樂街遊藝場舉行新生活運動市民大會，到約三千人，公推騎兵第三師王師長主席，會後遊行，至十二時許始散。
1934.5.24	通縣通信，各界發起之新生活及衛生兩運動，同於今日在東倉舉行。到各機關各團體首領及各中小學學生共約三千人，十時起遊行，遊行序列樂隊先導，清道夫荷清潔具繼之，次為學生、公務員、商人、民眾等，行列長數里……
1934.6.7	歸化專電，綏各界昨開新生活運動大會，各機關學校均放假一日，全市懸旗，各報停刊，晨九時在舍利圖召開會，參加者萬餘人。建設廳長馮曦主席、省監委紀守光、民廳長袁慶曾等先後致詞，嗣全體列隊在新舊城分別遊行，綿亙數里，秩序甚佳。
1934.6.7	徐州電，徐州新生活運動促進會十日舉行市民大會。
1934.6.10	每日畫刊，杭州新生活運動大遊行。
1934.6.14	徐州新生活運動促進會，於十日上午七時在雲龍山下之公共體育場開市民大會，是日各機關團體及全市三十七鎮一千二百六十閭長，各執旗幟到場，數達三萬餘人，會後遊行，其整齊熱烈情況，開已往所未有。
1934.6.20	每日畫刊，六月四日綏遠各界舉行新生活運動大會。
1934.6.22	煙臺新生活運動市民大會，定明晨八時，在奇山所南門外公共體育場舉行，並由各市民團體籌辦各項遊藝，遊行全市，俾喚起民眾厲行。
1934.6.24	煙臺通信，煙臺新生活運動市民大會，於十八日晨八時半，在奇山所南門外，公共體育場內舉行，參加者約二萬餘人。主席張書平報告開會宗旨，公安局長張奎文、青年會總幹事王震東、煙臺中學校長鄧璞珊等先後演講，全體唱新生活運動歌，呼口號攝影後，即全體出發遊行，至十二時半始散。
1934.6.27	霸縣通信，縣黨部發起組織霸縣新生活運動促進會，第一次宣傳大會於本日在宣傳政令場舉行，民眾參加者甚為踴躍，十時全體遊行，沿途散佈傳單，宣喊口號，極一時之盛云。
1934.7.6	晉縣通信，新生活運動宣傳大會，於三十日十時，乘城內廟會之期，假縣府大堂舉行，除各機關及各校學生外，參加民眾約三四千人。
1934.10.12	中央社蘭州電，十日晨八時朱紹良在東教場檢閱駐軍，九時開國慶紀念及新運會，到萬餘人，各界分隊宣傳新生活並表演新舊劇，晚提燈慶祝。
1934.10.24	滄縣通信，滄縣新生活運動促進會二十一日舉行遊行大宣傳，參加者，計有各機關學校各界代表，與軍警團、及民眾二三萬人，由指導員李學謨主席駐滄特警第二總隊總隊長張硯田為總指揮，十一時開會，主席報告開會意義後，即高呼口號，出發遊行，隊長四五里，沿途由童子軍維持秩序，備極熱烈，萬人空巷，盛極一時，至下午三時，遊行終止。

1935.1.3	濟南專電，一日晨省府舉行團拜禮，韓復榘出席報告一年軍政，勖勉未來，各機關人員到約三千人，省黨部慶祝會張葦村主席，到各界代表五百餘人。午韓在進德會宴各界，到千餘人，並演戲助興。晚新生活運動舉行提燈會，各界參加遊行，盛極一時。
1935.2.13	本市消息，新運紀念日津市決開市民大會。
1935.2.17	本市消息，河北省新運促進會定本月十九日上午九時在河北省體育場舉行市民大會。
1935.2.18	南昌專電，新運週年紀念轉瞬即屆，南昌正籌開市民大會。
1935.2.20	中央社南京電，首都各界十九日在中大禮堂舉行新運週年紀念大會。會場空氣緊張，秩序井然。
1935.2.20	中央社南昌電，南昌市十九日在省立體育場舉行紀念大會，各界民眾共萬餘人。大會準時開幕，會場空氣整齊嚴肅……出發遊行，至午返體育場散會。
1935.2.20	北平通信，全市民眾舉行週年紀念大會，各界民眾亦結隊由東西華門及天安門魚貫而入、按照規定區域集合、極有秩序、除不准隨意穿行外、且不准吸咽吐痰及高聲談話、到會者以各校學生為多、各機關代表到者亦不少、總計達萬餘人。
1935.2.20	本市消息，冀新運會在省體育場召開市民大會，到會各機關團體職員及各校學生約二萬人。
1935.2.20	長沙專電，各界紀念會。
1935.3.2	每日畫刊，南昌紀念大會攝影，蔣訓話之姿勢、群眾列隊遊行。

　　市民大會與各類提燈、化裝遊行，在官方層面是推行、宣傳新生活運動的重要形式，藉以使新生活運動「深入民心」。《大公報》記者在對此種活動的例行報導外，有意將「市民大會」「群眾遊行」視為檢驗一般民眾能否踐行新生活基本精神、養成團體生活、增強紀律觀念的手段，因此在相關報導中著力突出的便是會場與遊行秩序。如在對 1934 年 3 月 12 日南昌新生活運動市民大會的報導中，記者記述參加市民「九時後魚貫入場，到會人數達十餘萬人之多，會場秩序之佳、參加人員之整齊，處處表現新生活之實行」，從今天運動這種精神、這種秩序來看來，南昌民眾可以做中華民族模範。〔註 54〕又如《大公報》記者在鎮江新生活運動民眾大會會場，「巡行各處，見有一人，始終站在一定地位未曾移動，且腰骨挺直，神乎其神，殊足為全場之模範」，對比而言，主席臺下者「多三五成群，高談闊論」，或討論新生活運動標誌之規範，或討論新生活運動之意義，雖有議論之價值，「惜又老脾氣不改，又違

〔註 54〕提倡新生活運動　南昌市民大會盛況〔N〕，大公報天津版，1934-3-17。

反『開會看戲要靜肅』一條之規定」。〔註55〕對於各地參加市民大會者應注意事項,如「參加人員服裝要整齊」、「入場出場時,各機關團體須編成四人縱隊」、「不准隨意穿行」、「不准吸咽吐痰及高聲談話」等,該報也會在要聞版面刊出。如河北省新生活運動促進會擬定於 1935 年 2 月 19 日新運發起二週年之際舉行市民大會,前此兩天,2 月 17 日《大公報》即在第四版將「大會秩序」十六項與「參加市民注意事項」十六條全文刊載,俾使一般民眾盡可能習得參加公共活動之「規矩」。

除了塑造各市民大會會場「空氣整齊嚴肅」、「秩序井然」的應有狀態,《大公報》記者對群眾遊行的關注也不僅停留在其向沿途市民「散發傳單」「宣傳新生活」,常常綿亙數里的群眾遊行隊伍本身即是記者拿來與「整齊」「規矩」等新生活原則對照的樣本。遊行群眾是「如潮如蟻,整齊熱烈」,「魚貫遊行,秩序甚佳」,還是「秩序大亂」、「壅塞於途」,皆在記者的銳眼觀察之中,犀利筆鋒之上。如記者批評鎮江新生活運動大會後擬定的群眾遊行,由於秩序事先未排好,「觀眾又多擠在馬路中間,秩序大亂」,依賴警察與童子軍沿途維持,方不致肇事。

本章小結

張季鸞的《我之新生活運動觀》以「經濟的」、「衛生的」兩大原則作為國民新生活的標準,「凡合於經濟與衛生者,就是合於道德,就是新生活」。上列二原則是《大公報》同人在建構國民生活觀過程中最重要的兩個切入點,但顯然不可能囊括新生活運動試圖塑造的「現代國民」的全部內涵。張季鸞在提出「經濟的」與「衛生的」二原則之時亦有前提交代:國民實在需要一種普遍的新生活運動,而我腦筋所感觸的以為政府當局的意見,似乎還要補充。〔註56〕政府當局的意見為何?據張氏觀察,便是蔣介石發起新生活運動的本意——「簡單說,是希望全國國民軍事紀律化」。對於新生活運動「國民軍事化」的目標,《大公報》在新運發軔之初便已敏感地在新聞版面上有所體現,對蔣介石多次演講辭的刊登皆以「軍事化」等字眼製作大標題。對於倡導「明恥教戰」的《大公報》而言,「生活軍事化」非欲國民皆訓練有素戰場衝殺,

---

〔註55〕鎮江新生活運動民眾大會素描〔N〕,大公報天津版,1934-4-1。
〔註56〕季鸞,我之新生活運動觀〔N〕,國聞週報,1934(15)。

「乃繼承我們祖先所遺留下之禮義廉恥美好德性,使成一現代人、一好國民」,
尤其是軍人「團體化」、「紀律化」的特徵。體現在國民生活觀建構中,便是
《大公報》在國民社會交往的各個層面對「規矩」、「秩序」、「紀律」、「禮
儀」的注重。首先是中觀層面,對國民在日常生活中參與的社會交往行為的報導,
包括區隔消極墮落的娛樂交際活動,以怡情養性的居家休閒形式、接近自然
的戶外生活形式和知識導向的公共休閒方式為理想的社會交往生活。其次是
進入特定的交往空間後的微觀層面,養成具有現代風尚的行為規範和社交禮
儀,其最後的歸依,乃在於「造成團體化、紀律化之民族社會」。

　　由於受到西方思想的影響,這一時期的知識分子普遍認識到「公共精神」
的缺乏為二十世紀國人之一大缺陷,《大公報》認識到欲建構一種道德理想的
國民新生活,最薄弱處或許即為收效最明顯處,所以從團體生活之改革入手,
帶動一般個人之生活觀念的更新,或為推行新生活運動之捷徑。「蓋一般人之
生活,大抵皆隸屬於某種團體,或官或教或工商,皆有業有群者也。團體生
活之改革,易於個人自動,蓋兼感化與強制之義。群眾所趨,個人自為所化,
此最有傚之方法也。」並以「最有提倡新生活之必要之都市」上海為例,「假
定上海健全之事業或機關,先求得一千處,共代表萬人,此十萬人能為向上
革新之生活,其影響全市力量大矣。由機關團體而及於家庭,以逐漸推廣焉,
全市風氣變矣」。〔註57〕

　　不可否認的是,對於國民正當休閒交際觀念的建構,《大公報》基本是立
足於當時的城市居民生活,尤其是在以社會名流為榜樣介紹「現代文明風尚」
的社交禮儀時不可避免帶有較濃厚的小資產階級色彩。整體上,《大公報》仍
認為環境因素是促進社會改良的先決條件,「移風易俗,在改變其環境」,以
公共場合下社交規範的養成作為帶動一般社會成員良好社交禮儀的重要途
徑。比如「隨地吐痰」一事不僅關乎公共衛生,亦不合文明的行為規範,「新
生活運動教人不要隨地吐痰,人們在污穢的場所依然亂吐,但走進了整齊清
潔的客廳或戲院,就不好意思將痰吐在地上。可見要做到不隨地吐痰,先得
改善衛生環境。」〔註58〕再如欲使國民更多地參與正當休閒活動,則政府亦
應保證提供適當的交往空間和基礎設施,而非官方強調的依靠國民「克制自
身修為」的工夫便可收新生活之效。

〔註57〕社評,新生活運動與上海〔N〕,大公報上海版,1936-4-26。
〔註58〕社評,道德與生存〔N〕,大公報重慶版,1948-2-19。

圖表 12　南昌新生活運動市民大會（1934 年 3 月 16 日每日畫刊）

圖表 13　徐州新生活運動大會會場全景（1934 年 4 月 5 日每日畫刊）

圖表 14　宜昌新運市民大會及遊行（1934 年 4 月 26 日每日畫刊）

圖表 15　福州新運市民大會會場（1934 年 5 月 8 日每日畫刊）

圖表 16　綏遠各界新運大會會場（1934 年 6 月 10 日每日畫刊）

第五章 《大公報》國民生活觀的「複雜」現代性

　　經過二十世紀初葉的社會變革和思潮激盪，尋求國家「現代化」成為中國社會上下尤其是知識分子普遍認同的發展抉擇，現代性話語取得了無可挑戰的合法化地位。在「今天競為物質之學」的救國急迫感中，《大公報》以工業現代化為核心，在二十世紀上半葉的現代化思潮中建言獻策，其地位「堪稱中國現代化進程謀劃者」、「中國現代化的社會雷達」（賈曉慧語），在提倡科學救國、發展民族工業、促進國民經濟建設等方面發揮了重要作用。與此同時《大公報》的現代化方案並未忽視國民生活、道德習俗或價值理念方面的「刷新」，其對國民改造議題的關注承接了近代以來中國知識分子對國民性問題的探討，延續著救亡圖存環境中知識分子們啟蒙現代國民的使命。新生活運動以塑造「現代國民」的幌子，試圖規訓國民生活、壓制共產主義等其他社會思潮，重構國民黨政權的政治合法性。然而在二十世紀三四十年代國民黨政權的實際影響下，新生活運動的社會改良圖景對《大公報》等媒體是有一定的吸引力的，蔣介石對中國社會「事事都是暮氣沉沉奄奄一息的樣子，絕對不像一個朝氣勃勃的現代的人和一個生動向上的現代社會」的不滿與《大公報》同人的關切是共通的，無論官方還是民間對中國被外國人嘲笑為「遠東病夫」、「老大帝國」而深感恥辱。「現代國民」雖是新生活運動提出的光鮮口號，在當時的歷史語境下對知識分子來說無疑具有一定的號召力。但是新生活運動的思想來源卻是十分複雜的，在其理論建構中，蔣介石將外國的「現代文明」視為反映中國「禮義廉恥」等傳統精神的鏡象，在實際推行中既要

求民眾行為西化和現代化,又要求復興民族固有道德。〔註1〕既然塑造「現代國民」是官方與媒體的共同努力目標,那麼《大公報》在國民生活觀建構的是一幅怎樣的「現代」面孔呢?

以外國為「鑒」是新生活運動的明顯特徵,在其設計者眼中,「外國」不僅僅是一個地理概念,代表著德國、日本、美國等列強,也是一個時間概念,代表著「現代」。「外國」是中國步入現代文明的榜樣,但「現代文明」並非一個無文化屬性的概念。目前常常論及的現代性的基本價值是在法國大革命後得以確立的,按照著名社會學家吉登斯對現代性的制度性分析,「現代性」指的一種社會生活或組織模式,大約十七世紀出現在歐洲,並且隨後程度不同地在全世界產生影響。〔註2〕揆諸《大公報》的國民生活觀建構,如何認識媒體在當時社會環境中對一個理想的「現代國民」的界定?如果說發起新生活運動的蔣介石傚仿「外國」榜樣時只是用外國做一個虛懸的目標,而後在其中注入中國本土的元素,那麼《大公報》同人以新生活運動為中心為「現代國民」賦予了什麼樣的現代性價值呢?

關於「現代性」的內涵與外延,其實眾說紛紜,直至目前學界也未達成一致的理解。思想史學者金觀濤認為「現代性」一般包含工具理性、個人權利和基於個人的民族認同三個基本要素。這是他在中國歷史研究的新進展往往重提「現代社會為什麼起源於西方」這一問題意識中,從「人的價值系統」角度對現代性本質進行分析的結果。他認為,無論是從之前的經濟形態和生產方式、民主制度及生產力發達程度,還是從二十世紀新出現的全球化,即市場經濟的無限制和生產力水平的超增長角度來界定傳統與現代的分野,在歷史研究中都存在與史實不符之處。「人的任何行動都是在某種價值觀支配下發生的,並受到道德和正當性框架的限定」,因此「欲理解現代性的本質,還必須返回到人的價值系統,特別是社會制度及其正當性根據上來」。〔註3〕從「價值系統」出發研究中國傳統社會現代轉型,這一切入視角與新生活運動的道德重建意圖以及《大公報》關切的「現代國民」建構

〔註1〕劉文楠,以「外國」為鑒:新生活運動中蔣介石的外國想像〔J〕,清華大學學報(哲學社會科學版),2017(3)。

〔註2〕安東尼·吉登斯,現代性的後果〔M〕,田禾譯,南京:譯林出版社,2011:1。

〔註3〕金觀濤,歷史的巨鏡〔M〕,北京:法律出版社,2015:4~8。

議題存在一定程度的吻合，從《大公報》對新生活運動的實際報導來看，其「工具理性—個人權利—民族主義」的現代性框架具有較貼切的適用性。因此本章擬從上述現代性的三個維度對《大公報》國民生活觀建構的現代性價值問題加以討論。

第一節 工具理性維度

韋伯把現代化稱為工具理性的擴張。工具理性作為現代性的重要維度，指的是它成為社會行動正當性的最終根據。所謂「工具理性」意指在社會實踐中確認手段（工具）的有用性，從而追求事物的最大功效，為人的某種功利的實現服務，也稱「效率理性」。依照一般的現代化經驗，工具理性意味著理性精神可以相當穩定地成為政治經濟文化發展的基礎，而不會對道德和信仰造成顛覆。17 世紀後，工具理性奠定了西方國家在工業文明時代的長足進步。

反觀中國，長期的封建統治雖已終結，新文化運動也在思想界擎起「民主」與「科學」的旗幟，但傳統文化為中國社會留下的強大惰性實難消除，社會生產力進步依賴的理性精神與功利主義在一般民眾中的確立面臨一定困難。1934 年 10 月 27 日，《大公報》刊登了蕭乾翻譯的一篇文章《創造精神在中國》，這篇文章指出，與西方人相比，中國人成熟得早，個性的激動消沉地也早，常常年方四十即做了祖父，「四十五歲後，在西方人正是頭腦豐富精神爆發的時期，中國人卻淪入暮年了」，而「根本的原因在於中國智識者不曾找到生活真實的意義與價值」。國人精神的「怠惰」、「落沒」、「浪漫」，尤其是青年人的苦悶彷徨情緒，是刺激蔣介石發起新生活運動的非常重要的因素，其願望之急切，直以全國國民「軍事化」為呼籲，以「迅速」「確實」為行動之準則。《大公報》對國民亟需一種新生活「實抱同感」，因為「我們這一個老大的民族，在任何一方面都充分表現著落沒、消沉、死灰」，到處「暮氣沉沉烏煙瘴氣」。在此，《大公報》把國人的時間觀念、自我對功利的追求視為工具理性（效率理性）的集中體現，一是倡導國人樹立時間管理意識，如按時早起、約會守時，二是解除生活的「苦悶」情緒，保有對「較好生活的熱烈希望」和進取精神；而人生終極關懷與理性精神的二元關係則體現於《大公報》對科學精神與迷信活動二者的討論。

一、樹立時間管理意識

時間是新生活運動追求的「規律生活」的基本刻度，時間意識也是現代文明的基本要素。芒福德即言道，現代工業時代的關鍵機器不是蒸汽機，而是時鐘。資本主義生產方式正是利用了基督徒遵守時間和按時辦事的習慣。〔註4〕「約會要守時刻」、「要早起早睡」本是《新生活須知》之條文，但要在一個暮氣沉沉的社會真正確立時間觀念則困難重重。

《小公園》的主持者曾講述自己親身經歷的兩件「極小的事情」：第一件為 1933 年夏在北平參加飯局，「鐘點寫明的是下午四時，我是準時去了，守時間是我惟一的信條。坐到六點鐘，客人才來，七點鐘還沒有到齊。我因為另有事情，向主人請辭，主人堅絕的不放我走；我仔細看了看客人的名單，都是些闊人，都是站在革命立場的闊人，使我不好意思走了。結果是八點鐘開始吃飯，九點半鐘席散，我應該作的事情，完全是耽誤了。」第二件為數日前至某要人處公幹，「九點鐘跑到公署去，十一點鐘還沒有見著，據傳達說是還沒有起床，我有點不信，他是負著很重責任的一個新人物，不會也染成了這種惡習，怎奈事實給了我的證明，十二點才出來見了面，衣服是剛剛的穿完。我以為來就可以見面，三言兩句話就可以說完，誰想這一個上午寶貴的光陰在他的客廳裏便悄悄的浪費了呢？」作者稱在要人們看來「不這樣似乎不足以表示他們的尊榮與高貴，然而事實上正不知因此而誤了幾多的事情」，並呼籲提倡新生活運動的人們「應該立刻的改正了這兩個很小的惡習」。〔註5〕

不獨《大公報》編者，報紙讀者對當時社會中時間意識的淡薄進而影響社會工作效率也時有抱怨，「機關的笑話有明七暗八九簽到，開會的通知是九時，十時打鈴，十一時人未到齊，十二時吃飯、留會，下午再開」；「結婚請帖上寫現四時行禮六時入席，實際上總要搞到六時行禮，八時入席。習慣了，客人們總是有意的遲到兩點鐘，免得苦坐，守時的賓客們可就苦了。雖然漸漸學乖，傻頭傻腦的人總是有的」。〔註6〕1934 年 9 月 26 日，署名馮棣的作者講述在天津法尚學院禮堂觀看電影而數度拖延放映時間的經歷：入場悶坐

〔註4〕劉易斯・芒福德，技術與文明〔M〕，陳允明等校，北京：中國建築工業出版社，2009：15。

〔註5〕夢，編餘新生活運動（六）〔N〕，大公報天津版，1934-4-1。

〔註6〕使者，標準鐘〔N〕，大公報上海版，1946-9-13。

等候約半餘小時尚未開演，無法中只得往操場散步，又約三十四分鐘後，始回至原座位坐下，仍未開映，本定時刻為四鐘演放，但竟延至五點有餘尚云「片子未到」。使大家不得不慨而歎之：「嗚呼！新生活！」甚至副刊連載的虛構性小說也以刻板印象之形式，訴說城市中一般中產者家庭的生活起居：「李少爺」由於在一家某國人開設的洋行裏當行員，某國人對於時間非常的愛惜，無論是多麼冷的天氣，都要準時到班辦公。「雖然李少爺是經理的一個紅人，但他晚去一會兒或偷懶一些是不敢的」。然而，與「某國人」惜時守時觀念對比之下，「小姐在一個職業學校裏念書，早去晚去，沒多大關係，老爺九點半鐘起身，抽半小時的大煙，十點鐘才到辦公處去畫到。太太因為沒有事可做，起身最遲。」〔註7〕

「厲行新生活運動，遵守時間，尤為重要」，新運之初，新運總會創行「對表禮」，規定在各種公共集會開幕之先，由主席依標準鐘糾正各人時表，以養成守時刻之風。〔註8〕各城市掀起在中心區設立「標準鐘」熱潮，每有新設《大公報》記者便專電報告，以「劃一民眾起居時刻」。從下表可以看出《大公報》對天津本市設立標準鐘一事從動議到購置以至落成，全程保持了關注的態勢。中山公園之標準鐘竣工後，1934年11月9日《大公報》還在第六版刊登了一張該標準鐘的攝影圖片，宣告其「裝置竣事」。天津標準鐘之裝置還引發了一些讀者的討論，如在「大眾信箱」欄，有讀者便云「經過該處而又帶著表的人，一定要取出來對一對是否正確」，還有的讀者反映北門之標準鐘「反倒不標準」之事。這位讀者稱其曾與市內各工廠的汽笛時刻報告，廣播電臺時刻報告及各鐘錶行的鍾來比較，「標準鐘」竟慢四十五分之多，並提醒其他人道，「中國人對於時間向來不注意，但觀瞻所係，『標準鐘』似乎能標準才好。」〔註9〕到了抗戰之後，「標準鐘」仍是恢復市政的任務之一。1946年11月22日《大公報》曾報導天津市府鑒於各區標準鐘多在淪陷期間年久失修，「今為實行新生活，養成市民守時刻之良好習慣」，決定修理全市舊有標準鐘，並於各街口，增添新鐘。

〔註7〕一樣新年〔N〕，大公報天津版，1935-1-1。
〔註8〕對表〔N〕，大公報天津版，1934-11-24。
〔註9〕聞柄，大眾信箱 標準鐘〔N〕，大公報天津版，1935-5-10。

圖表 17　天津《大公報》對各地設立「標準鐘」之報導概況（1934～1937）

報導日期	報導內容
1934.3.3	（南昌）南昌市中心區將設一巨大標準鐘。
1934.5.12	（太原）閻錫山令特製大銅鐘一口，重六百餘斤，聲聞十餘里，擬在並市適中地點懸掛，劃一民眾起居時刻，實現新生活，定名為醒鐘。
1934.9.12	（天津）市府以現在厲行新生活運動，遵守時間，尤為重要，決定在津市衝要地點，設立標準時計，為一般民眾之便利。
1934.10.7	（天津）市政府在河北大經路中山公園大門前修建之標準鐘，刻基座均已築妥，即將裝設鐘錶，定國慶日落成。
1934.10.10	（天津）關於市府設置中山公園前之標準鐘，經前周興工築造鐘基，昨已完全工竣。該鍾今晨即可裝上。市府定今晨十時，舉行落成典禮。
1934.10.19	（天津）津市府前為市民便利遵守時間計，經決定在市內衝要地點汐設立標準時計，並經公開招標購運六尺見方兩面電鐘三座……市府以華北水利委員會每日與上海徐家匯天文臺及菲律濱馬列拉天文臺，用無線電校對兩次，時刻極為正確，嗣後本市標準電鐘，擬即依照該會時刻校對。
1934.11.24	（石門）特種公安局，新購到大鐵鐘一口，懸於該局瞭望樓上，自本月二十一日起，每日正午及夜半，各擊十二聲，以示標準。昨已通知各區所及街長副，轉知市民一體周知。
1934.12.4	（天津）廣播無線電臺節目預告，青年會無線電臺安裝標準鐘一架，於今日起始報告標準時刻。
1935.2.23	（天津）北門標準鐘，日內即可完成。
1936.2.14	（北平）本市衝要地點，將設多數標準鐘，市府已令社會局迅速籌辦。
1936.7.20	（玉田）近更於鼓樓裝設標準鐘，每日分鳴三次，以報時刻。
1936.10.31	（北平）北平市政府、為便利行旅、養成遵守時間之習慣、決就市內衝要地點設立標準鐘七處、計東西單牌樓、新街口、交道口、崇文門外、宣武門外、及地安門外。
1937.2.3	（保定）冀省二十六年（1937）施政計劃：（五）繁榮省會，先開挖府河、通暢津保航運、次設無線電臺、標準鐘、展修路面。

「時間為一切事業與生命之母，遵守時間，為寶貴時間之第一要道」，提請市民注意標準鐘，意在使「守時」「早起」觀念成為「新生活精神」的重要內容。《新生活須知》有「約會要守時刻」、「要早起早睡」的倡議，部分地方新運會特函全市各機關團體學校，於召集各種會議時，「務須遵守時間，並印發報告表請隨時填報在案」，雖然往往在一些地方被機械地執行，如魯滌平在杭州為厲行新生活運動，「規定各職員會客時間為五分鐘」（1934 年 3 月 16 日

杭州專電）；清江浦各界以決議的形式要求「市民每日六時起身」（1934 年 5 月 6 日清江浦專電），但總體上《大公報》對「人民實習新生活，由守時早起等做起」的觀念是具積極的建設傾向的，尤其是對公務人員的約束。如 1934 年 8 月 5 日報導冀省主席于學忠訓話，要求公務員每日上班時間要上下劃一，均務須做到早八點一律畫到；1935 年 5 月 28 日報導新運總會視察團團長徐慶譽在山東新運會的談話會，稱讚山東公務員「能早起，守時刻，是很可欽佩的」；1936 年 4 月 8 日報導清明節南京各官員祭掃中山陵，特記道「還沒有到九點，林主席蔣院長及各部長官，都到齊了，」並稱由於受了新生活的影響，「近年來京中每有盛大集會，莫不按時到齊的」。此外旅行記者也注意觀察所到之處民眾的起居作息，「大眾信箱」讀者來信所言之「中國人對於時間向來不注意」，在當時民間確為一大痼疾，《大公報》成都特派員在通信報導中亦謂「時間觀念，在此間尚未養成。以前成都有兵工廠，每屆十二點放汽笛一次，一般人有所約，在白晝則約放工前或後，放工汽笛前後均有五六小時之差別。晚間有所約，則定一更二更，因入夜各街均有一鳴鑼報更，更與更之差亦有兩三小時，以此為準，其浪費時間可知。故與人訂約在五小時內過往，從無以失約見責者，如準時而往或使對方異常詫異。社會之惰性如此，故到處暮氣沉沉，甚少活潑進取之氣象」，因此現在「宣傳新生活不遺餘力」。〔註 10〕1936 年 5 月 22 日的成都航信中，在川北旅行的記者稱早起風氣在鄉下本不用提倡，農民皆能日出而作，「惟在城市，非提倡不可」，例如劍閣縣專署每晨放催醒炮，「居民都聞炮聲即起床，有時專員還要親自去喚起。」旅行記者徐盈亦對南昌城中「十二點鐘的新生活標準汽笛響時，還在作著好夢」〔註 11〕的人投以揶揄之詞。

甚至《大公報》刊登的鐘錶廣告也以新生活運動的背景，刻意為民眾營造一種上班應「準時到位」、時間應「分毫不爽」的時間管理觀念。如 1936 年 6 月至 1937 年 3 月《大公報》多次刊登的天津「亨得利鐘錶行」的廣告詞所描繪的：

> 甲乙二君同於某機關供職，每晨甲準按時到位，而乙時以遲到聞，因之屢遭上峰申斥。甲乃問乙曰，君何故竟常遲到，乙曰余被表所誤耳，甲曰君表既不準確，盍不往亨得利鐘錶行修理，緣余表

〔註 10〕蔣禁川軍造運嗎啡〔N〕，大公報天津版，1935-7-19。
〔註 11〕本報旅行記者徐盈，南昌新影〔N〕，大公報天津版，1937-3-21。

昔日亦與君同病，旋經亨得利修理後，煥然若新，準確非常，因該
行技師藝術精良材料齊全故耳。乙從甲言，乃往修之，修後果然分
毫不爽，於是昔日之遲到者今亦按時到位矣。

圖表 18 《大公報》所刊天津中山公園標準鐘攝影及鐘錶行廣告

天津市中山公園之標準鐘　　　　　亨得利鐘錶行之廣告
（1934 年 11 月 9 日）　　　　　　（1936 年 6 月 28 日）

二、培育進取和功利精神

「行動由追求功利的動機所驅使」，這是工具理性維度下「現代的」個人
或社會組織「合理化」的行動。然而在 20 世紀 30 年代的中國，社會動盪不

安，黑暗的現實令民眾，尤其是廣大青年處於苦悶與彷徨之中。中國傳統上又是一個以農事立國的封建國家，重農而抑商的觀念根深蒂固，「夫登壟斷以左右望而罔利市者，謂之賤丈夫」，〔註12〕講求「安」、「知足」、「謙讓」的精神氣質。兩相交織，「青天白日都可隨處遇著魑魅魍魎，初入世途的青年碰著這樣的環境，如何能不煩悶，如何能不苦惱」。因此國人的情緒苦悶成為效率理性這一維度在中國特定歷史時期的一種問題呈現方式。

　　1934 年《小公園》編者曾做過一統計，給其投稿的一千九百幾十個作者的作品裏，「幾乎百分之九十五以上是灰色的吟」。〔註13〕在此之前的 1931 年，該報服務於青年讀者的《摩登》專刊，也曾坦言「本欄的投稿，有許多是頹廢的，悲觀的。」〔註14〕但氣短流淚並不能解除苦悶，本著服務青年的精神，《大公報》同人一直希望「使用出一點力量來實現我們所認為的光明」。但自《摩登》專刊 1931 年 9 月 20 日停刊後，《大公報》同人希望青年從討論「個人的煩悶」轉向「救國家救民族的至誠」的改版願望非但未能實現，反而連討論青年苦悶問題的平臺都失去了。在「國難臨頭，還講什麼個人煩悶」的情緒中，甚至有意見認為「本欄所載之事，根本上就不應討論」。但即使到 1934 年，吳鼎昌也無法迴避「中國現代的青年，十九皆感覺煩悶，感覺苦惱」〔註15〕這一問題。

　　1935 年 2 月 25 日、3 月 31 日，《小公園》刊登了李士魁的《論苦悶》《論快樂》，在讀者中引起關於這一話題的討論。這兩篇文章一改以往認為情緒問題「空虛無內容」而從不提出公開討論的做法，認為人應該正視自己生活中的苦悶情緒。《論苦悶》開篇即謂「人生雖是向上的追求，但消極無聊的苦悶生活，卻斷續地在每個人的生命史上出現」，任何人既不能逃避苦悶生活，那麼一般人認為其「空虛無內容」而從不提出公開討論的做法便「是天大的錯誤」。這篇文章認為人應該正視自己生活中的苦悶情緒，才能「尖銳地把握現實生活，理智地、認真地處理一切事件，」進一步克服苦悶情緒，並在苦悶的刺激下，「英勇地和現實生活決鬥」。《論快樂》一文則在積極創造快樂生活的議題下討論「物質享受」與「精神欣賞」的關係。他認為人除了消極的克服苦

〔註12〕出自《孟子・公孫丑下》。
〔註13〕夢，編餘新生活運動（四）〔N〕，大公報天津版，1934-3-29。
〔註14〕告本欄投稿諸君讀者〔N〕，大公報天津版，1931-9-20。
〔註15〕林緒武，邱少君，吳鼎昌文集〔G〕，天津：南開大學出版社，2012：166。

悶襲擊,更應該積極地創造快樂生活。而且,人生真的快樂,不是純精神的欣賞,「沒有最低限度物質享受的人,清高的精神快樂,永沒有真實獲得的可能」,但物質享受也不常常是人生的快樂,「無論在怎樣快樂環境生長的人,只要是長期的,便感不到生活的怎樣幸福」,所以如此的原因,那便由於人生根本是一個較好生活的無限追求,在他豐美的生活中,更有再好的理想生活,最後便又切中《論苦悶》的立意,「沒有嘗著人生苦味的人,永遠嘗不著人生的快樂,」快樂生活的真諦即在於對「較好生活的熱烈希望」。

　　值得一提的是,《大公報》主持者更是認識到作為新生活理論資源的儒家倫理與時下所需要之「政治教育」的衝突之處,「孔教育倫理中之『讓』及『斯文』等概念,與三民主義中之革命奮鬥的精神不能充分調和。」〔註16〕加上佛教的消極作用,中國人往往偏於「知足常樂」而缺乏奮鬥進取精神。蕭乾翻譯的《創造精神在中國》指出,中國人「容易滑入夢境,在那裡去享樂,春日桃花,夏日荷花,秋菊,冬日竹雪。如果他是富人,其財富就用於桌上一盤珍羞,手裏一塊碧玉;如果他是窮人,希望便在於賭場一注,日光下一睡眼。」吳鼎昌論及中國傳統的民族精神,亦認為其注重一個「安」字,不是注重一個「強」字,即個人注重在「自安」,人與人之間注重在「相安」,整個之國家,注重在「治安」,與個人注重在「自強」,人與人之間注重在「互強」,整個之國家,注重在「強盛」之民族精神迥異。〔註17〕因此通過新生活運動的意義闡釋,《大公報》立足於「培養向上奮鬥精神」。抗戰爆發的大時代中,更是「必然要有新的人生觀,要有新的生活。這種人生觀當然是朝氣發旺的,勇邁前進的,如像大海巨鵬,振翮翱翔,開始他九萬里成功的飛行。他唱出的歌聲是無比的雄壯,充滿了勝利的自信,其調子則是歡樂的,愉快的。」〔註18〕以此觀之,各團體學校開展之「整齊清潔競賽」不獨為一種方便行政機關考核的事項,也是為「培養向上奮鬥之精神」;傳統之龍舟競賽、風箏競賽等不獨為一種正當娛樂,也是意在「鼓舞人民之精神,增進人民之創造生產能力」的;戒掉奢靡享樂的生活方式,不獨因其符合「民族經濟」的原則,也是因為這種少數人的豪華闊綽法是「民族走向黃昏末路」的一種症狀,而在校園中開展軍訓,力求全國國民之軍事化,「吃冷飯」「洗冷水臉」的刻苦

〔註16〕溝通倫理教育與政治教育之必要〔N〕,大公報天津版,1934-11-21。
〔註17〕林緒武,邱少君,吳鼎昌文集〔G〕,天津:南開大學出版社,2012:173～174。
〔註18〕社評,論提倡正當娛樂〔N〕,《大公報》重慶版,1939-1-13。

耐勞習慣則孕育著「精神奮發」、「復興民族」的可能；甚至極力向國人引薦某部電影，也是因其宣揚著一種百折不回、孜孜不倦奮鬥惡環境的精神，這恰是中國青年缺少的，應該引以為模範的。

《小公園》一篇小文總結道：知足的話是從前的古訓，但是知足並不完全是人生的目的。因為一個人對於自己的取用方面，要知足而後始可不辱，而對於自然界的征服和事業的建設卻不能抱知足的心，因為這是進取而不是貪求饕餮。衣食住行算是最平常的事，然而人們每把這平常的事忽略了。所謂新生活的目的，也無非要把這些平常的事模範起來，在他上面表現出禮義廉恥。「貧窮是人們的光榮」，這句話很少有人能把他奉行；因為人們總認為貧窮是恥辱。君子安貧也並不是恥辱工作，他是要在貧窮生活中成就他的偉大，並不是全沒有致富和高攀的可能。〔註 19〕

三、科學與迷信犬牙交錯

由於一般國人「不曾找到生活真實的意義與價值」，又在灰暗的現實中看不到分毫希望，「信仰落空，迷信之舉，因時興起」。民國時期，民間的迎神賽會等封建迷信活動仍是普遍的現象。新記《大公報》提倡科學救國，新生活運動意欲移風易俗，似乎民間的封建迷信活動首當其衝。從《大公報》的報導中，也可看到一些區縣黨部「到處宣傳新生活及破除迷信」的簡訊，一般民眾「進廟拈香、迷信木偶之陋習」固與「新生活」觀念之建構不合，但細究《大公報》有關民間迎神賽會的報導以及報社同人對「迷信」活動的態度，可以看到新生活運動與迎神賽會等「迷信」活動的微妙關係。

一方面，《大公報》從科學的常識意義言，試圖解構一般民眾拜神祈雨、燒香拜佛等活動的生活意義寄託。如記者描寫天津民眾春節拜娘娘宮，「人們茫茫然的帶著滿懷希望，來拜佛燒香」，默祈「救苦救難，逢凶化吉，慈航普渡的觀世音菩薩」，「肉體成神，有靈有驗的黃五姑」，「一年順遂的白老太太」，再看王三奶奶神像前人們非常擁擠，「在摸什麼似的，進前一看，原來是摸完了王奶奶的泥手之後，再摸自己的眼。據說可以清心明目，一年平安，心目清涼了，便沒有疾病」。但話鋒一轉，又反問道「神究竟會補助了人們什麼？誰也不會想到這裡來的！」〔註 20〕又如報導通縣科學運動宣傳周所設立之展

〔註 19〕吹雪碎語〔N〕，大公報天津版，1935-2-14。
〔註 20〕岩，娘娘宮素描〔N〕，大公報天津版，1935-2-13。

覽，通過「人體模型及胎兒標本，與泥塑之菩薩對比陳列」，「一切反科學之卜筮星相、經咒符籙等迷信物品以及紙人紙錢金箔香燭等，與一切科學掛圖標本相互比較」，以期一般婦孺能得科學之啟蒙，辨迷信之荒誕。

但另一方面，《大公報》又在不經意間，有時甚至是意氣用事間，維持了民眾參與迷信活動的意義。如一篇批評河南的水利失修以致造成災情的短評，「老百姓們急得沒法，捉著一條小蛇，便奉它為龍王，焚香禮拜，唱戲酬神，人們笑他迷信，我們說他可憐，因為政府不足賴，官廳不足信，他們不迷信，還有什麼可以安慰的？」〔註21〕實際上新生活運動在各地的推行，有的即帶有「借迷信行教化」的色彩，如靜海縣便利用每年舊曆五月二十四日至三十日城隍廟廟會「商賈雲集、香火極盛」之期，來宣傳新生活；天津曲藝改良社也是借迎神賽會之期「在廟內隙地，搭設席棚，當眾宣講新生活運動要義」；1936 年常熟的城隍賽會，「在表面上穿起一件民眾新生活遊藝會」的軍袍。而民眾參加迎神賽會「人山人海」，「火神會之紅男綠女，擁擠不堪」的「盛況」，在《大公報》基本都以客觀描述的筆法表現出來，彷彿皆屬尋常事。

以 1936 年 6 月 18 日《大公報》記者對常熟城隍廟「盛大賽會」的通信報導為例。在廟會依照往年習慣籌備過程中，縣黨部曾以「賽會之舉，耗人民財力，且事屬迷信」之理由要求取締此次廟會，但在接受「減少迷信的儀仗和禁止城隍偶像出巡」之條件後，此次迎神賽會以「民眾新生活遊藝會」的名義照常進行。「於廟門上張起新生活旗幟標語，騰出暖閣，掛起黨國旗，內供中山先生遺像，香煙繚繞，軍樂悠揚，一切似乎變成新生活了」，雖然《大公報》記者加以強調，這「實際上終究是迷信的活動」，但「吾們卻不可忽略」這個迷信活動「是受全體民眾擁護的，與會的人物統是民眾自願參加的，經費是民眾自願捐輸的，沒有絲毫強迫和假借的」，政府當局的禁止也不過「是個表面」，實際上「自縣長以下和眷屬，無不邀親攜眷，來看盛會」。不僅如此，記者還剖析「群眾迷信的根源」：傳統的農業社會中「希望風調雨順國泰民安」，而今之社會情勢則「極度不景氣」，「過去十二年來的確風不調雨不順國不泰民不安，現實社會沒有做到民眾的希望的一分一毫」，因此這次空前盛大的賽會「發生的力量自然非政治力量一時所可折服」。

應該說《大公報》記者對迎神賽會活動的類似「同情」並非偶然。《大公報》提倡科學救國，並以經濟建設的設計者自居為中國的經濟現代化出謀劃

〔註21〕民眾只好信賴龍王！〔N〕，大公報天津版，1933-8-14。

策，總編輯張季鸞亦言：「日本維新比中國學西方晚，而現在我們在科學、經濟、國力等方面，比日本落後二三十年，若不再急起直追，真是民族罪人！我們這代人救國的擔子很重，報人是社會先導，國人提倡科學，注重知識，我們的責任尤為重大。」〔註 22〕話雖如此，但在個人層面，作為「報人」的《大公報》同人未必完全在文化自覺意義上做到拒迷信於千里之外。據孔昭愷所書，1937 年初張季鸞曾委託其從上海送一包膏藥到溪口交給陳布雷，「此時蔣介石正在溪口養傷，不言而喻，這包膏藥是送給蔣的」。事後得知這包膏藥來自一個自稱已過 200 歲的「劉神仙」，「張先生迷信這位『神仙』，自然也迷信『神仙』的膏藥」。〔註 23〕

　　《大公報》固然是倡導科學的，堅信救國與復興民族「都得靠最高等的智識與最高等的技能」的，但「在新陳代謝的歷史進程裏，最落後的東西又總是最頑固的東西，」不科學的東西又總通過相信科學的人來表現出來。〔註 24〕以陳旭麓先生此語或許最能解釋張季鸞這一提倡科學救國之報人身上的某些「不科學的東西」。加之，國民黨政權雖在意識形態上有現代化和理性化的「反迷信」意圖，但在實際操作中往往從傳統民間宗教和習俗中汲取文化資源，鞏固其統治而並非絕對否定「迷信」，〔註 25〕處此政治與社會文化環境中，《大公報》在推行「新生活」與「反迷信」之間遂有此矛盾的面相。在西方資本主義發展過程中工具理性獲得擴張的表現是，人們在追求人生目的過程中「宗教的動力開始喪失，物質和金錢成為追求的直接目的」。〔註 26〕但在《大公報》上科學精神與迷信的犬牙交錯狀態中，科學被提倡的同時迷信的文化意義亦得以維持。

第二節　個人權利維度

　　僅有理性精神尚不足以把握現代社會在價值和制度上的全部特點。現代性還包含另一個核心維度：個人權利。何為個人權利？「權利」（right）這個

〔註 22〕周雨，大公報人憶舊〔M〕，北京：中國文史出版社，1991：53。

〔註 23〕孔昭愷，舊大公報坐科記〔M〕，北京：中國文史出版社，1991：71～72。

〔註 24〕陳旭麓，中國歷史的新陳代謝〔M〕，上海：上海人民出版社，1992：371。

〔註 25〕劉文楠，借迷信行教化：西山萬壽宮朝香與新生活運動〔J〕，近代史研究，2016（1）。

〔註 26〕吳小爽，試論新公共管理的工具理性〔J〕，遼寧廣播電視大學學報，2010（2）。

詞在西方古已有之，指符合尺度，如直線、直角。九世紀開始，它逐漸轉化為「應當」、「理應」的意思。簡單而言，個人權利可以定義為個人的自主性為正當，一方面人有權在法律限定下做他想做的事情，同時這種正當不等於道德（一種行為可能道德上是不「好」的，但個人依然有權利去做）。個人自主性為正當這種觀念，在十七世紀前是不存在的，它完全代表著現代性的價值。〔註27〕

值得注意的是，在某種程度上被默認的個人權利自古就存在，正如市場經濟未嘗不曾存在於傳統社會中。中國傳統文化中基於私人的家族制、民與官之間的關係等議題的討論在「現代」語境中也與個人權利有一定相關性。本節便從《大公報》在新生活運動報導中對官民關係、家族制問題以及延續自清末的女性解放問題等方面，探析其關於個人權利的現代性價值。

一、國民的政治意識與官民關係認知

「此次新生活運動之性質，雖非官辦，然籌備及推行者，官吏方面必多參加，黨部雖不能與官吏並論，然亦政府機關，自一種解釋言，是亦官也。」在《大公報》刊出的第一篇關於新生活運動的社評中，即對這一在短期內「有流行全國之可能」的「政治上社會上最轟動全國之問題」的性質做出判斷。新生活運動以「生活革命」、「社會改良」的面目推出，在胡適等自由主義知識分子看來，其「應該」是一個教育的運動，而不是一個政治的運動，〔註28〕但實際上，新生活運動的發動者與推行者是有著明顯的官方色彩的，與其說新生活為一「社會的運動」，毋寧視其為一項「政府的政策」可能更符合《大公報》同人乃至社會輿論對「推行新運」的認知，如果不僅是一種「有若干敷衍附和性質之官樣文章」的話。〔註29〕新生活運動在全國的「推行」必然會挑動《大公報》同人對在「現代」社會中政府應如何施政、這一過程中官方與民眾應處於一種怎樣的關係這一問題的神經。其中析出的「現代」政治意識毫無疑問是「以公民之地位發表意見」的《大公報》著力為一般公民培養的「政治知識」。

被譽為近代中國文人論政最高峰的新記《大公報》，繼承了中國傳統士大

〔註27〕金觀濤，歷史的巨鏡〔M〕，北京：法律出版社，2015：17～18。
〔註28〕胡適，為新生活運動進一解〔N〕，大公報天津版，1934-3-25。
〔註29〕社評，新生活運動成功之前提〔N〕，大公報天津版，1934-3-10；社評，衣食住限用國貨之提議〔N〕，大公報天津版，1934-4-28。

夫以天下為己任、敢於批評當政者的傳統，也吸收了假道日本的英美式的自由主義理想，試圖以文筆引導社會、國家和民族在精神層面的進步，以「報人報國」。李金銓謂《大公報》和張季鸞的辦報思想從「儒家自由主義」（或有自由傾向的儒家社群主義）慢慢結合西方的自由主義，前者為體，後者為用。〔註30〕「文人論政」代表著 1905 年清廷廢除科舉後知識分子重新進入政治舞臺的可能，同時以《大公報》同人為代表的中國知識分子也不忘「報紙的任務，應是民眾政治教育的工具」（胡政之語）。〔註31〕吳鼎昌在 1934 年曾言，「我認為救中國的第一要著，是養成一般人的政治知識。」他認為並不是人人要當政治家，大家盡可當各行各業的科學家事業家，但「世界政治的大勢，中國政治的大勢，要隨時關心，中央及地方政治的人物及設施，大體的是非要粗有辨別」，一般人「必須各個都要具有政治的公民資格，中國國家民族的將來，方能有整個的建設希望」。〔註32〕從 1934 年新運發起到 1949 年隨著國民黨政權在大陸土崩瓦解而歸於沈寂，《大公報》除了通過本報專電、記者通訊以及各種簡訊報導新生活運動在各地的面貌，還經常以社評、短評、編者按等就新生活運動在各地的政策推行發表意見與建議，如《大公報》老報人唐振常所說的，「本人民的立場，是其所是，非其所非」。〔註33〕尤其是在抗戰全面爆發之前，《大公報》對新運實施的方式、成效經常提出一些批評性意見，並藉此提出不少革新政治的主張。〔註34〕老成謀國的吉光片羽之間，《大公報》同人為一般國民建構的「政治知識」主要有以下幾點：

首先，為政者應為「轉移社會風氣的樞紐」，並置於「清議制裁」之下。這可說是《大公報》的一種輿論觀，一種「文人論政」的本分，也是對政治人物操持的一種態度。張季鸞等《大公報》同人在論述這一觀點時，不僅是從自由主義新聞思想出發，站在「第四等級」的立場上行輿論監督之權，更是出於中國傳統文化中士大夫對當政者的糾彈臧否之責。「中國人在官治下二千餘年，對大官特別尊重，所以對大官的行動，也特別注意，報紙儘管不登，社

〔註30〕李金銓，回顧《大公報》和張季鸞的文人論政〔J〕，新聞記者，2015（11）。
〔註31〕黃瑚，「文人論政」說的形成與發展，黃瑚，新聞與傳播論衡〔M〕，上海：復旦大學出版社，2019：103。
〔註32〕林緒武，邱少君，吳鼎昌文集〔G〕，天津：南開大學出版社，2012：164。
〔註33〕傅國湧，「文人論政」：一個已中斷的傳統〔J〕，社會科學論壇，2003（5）。
〔註34〕陳建云，《大公報》與國民政府新生活運動〔J〕，蘭州大學學報（社會科學版），2018（6）。

會自有清議。中國先民傳統的習慣，是歌頌清廉淡泊之政治家，同時假若政治不能澄清，社會風氣，定然隨之而陷於污濁。」〔註35〕在中國「上行下效、風隨草偃」的傳統中，《大公報》認為欲在全社會提倡新生活運動必須自政界實行「新生活」為始，才能真正在全社會收得實效。「國民政府成立以來，各種群眾運動不少，吾人記憶中之口號不一而足，然往往舉國若狂一哄而散者，其故不可不深長思之，無乃希望於被治者太多實行於治者太少也」。〔註36〕所以在第一篇關於新生活運動的社評《新生活運動成功之前提》中即云，「苟欲新生活運動之切實收效，則必須一般官吏，尤其高級官吏一致實行。吾人以為此種運動，原則上不應強迫一般人，但對官吏，尤其高級官吏，須具強迫性。」若一方勸人民重廉恥，尚簡樸，而一方文武高官，挾多金而放蕩奢侈，則新生活運動之收效難矣。十日之後《大公報》又在社評《新生活運動之前途》中言道，新運初期南昌能「全市氣象，為之一新」，乃因為「蔣委員長駐彼甚久，一般市民，易受其言行之感動。此次彼所提倡之新生活運動，又為彼平日躬行實踐之事，故一經發起，全市翕然」，此外其他一般都會，也應該先有軍政界一般中心人物，自成團體，表示模範，令一般市民觀感所及，相信彼等確實俱已實行新生活，才能喚起一般國民真誠之自覺。否則新生活運動必將流為表面粉飾工作。再如前述，《大公報》在倡用國貨這一議題上，尤為堅決地在社評《衣食住限用國貨之提議》中提出《新生活須知》的整個精神，應該先從「凡公務員衣食住所需限用國貨」一點做起，更斷言「此點做得到，新生活運動至少已成功十之八九，此點做不到，新生活運動縱使有若干成功，亦於國計民生無大關係」。此外還有在高級官吏中樹立新生活模範，監督新生活宴會能否在領袖人物公私生活中落實等，都是《大公報》在新生活運動推行中對政治人物「情有獨鍾」的顯證。這與新運發起者、推行者在演講詞中宣傳的公務人員應「以身作則」是有微妙區別的。

推行新運的官員雖然在各種場合亦侃侃而談在民眾中推行新生活，公務人員尤應以身作則，但其內核是基於一套「革命先要革心」（孫中山語）的「克己復禮」的論述，是試圖從內心克制修為。在蔣介石的最初設計中，自上而下的精英色彩十分明顯，政治精英或社會上層人物對一般民眾負有天然的教育指導責任，這是由精英的社會地位決定的，至於真的有無資格領導新運則

〔註35〕季鸞，我之新生活運動觀〔N〕，國聞週報，1934（15）。
〔註36〕社評，衣食住限用國貨之提議〔N〕，大公報天津版，1934-4-28。

並不是問題。然而，這一依靠「各界領袖」為榜樣教導民眾的模式有個預設前提，即要求「各界領袖」在實際上而非在話語上具有比一般民眾更高的道德覺悟和更好的生活規範。如果實際情況並非如此，那麼新運的正當性和權威都會大打折扣。〔註37〕《大公報》強調公務人員尤其高級官吏「以身作則」，正是站在為政者必須接受輿論監督和外在約束這一角度，是把各地的「文武大官」視為一般民眾所耳濡目染的一種「社會環境」，不僅在一項政策推行的物理時間上，更在政治邏輯和官民關係的合理性上存在次序之別。1936 年 4 月 27 日新運總會視察團蒞滬，總編輯張季鸞即在視察團的報界招待會上申述報界應對公務人員奉行新生活原則享有更大的加以監視之權力。因為公務人員對於新生活是忠實奉行，抑或仍有迷醉於舊生活中，「此實非在表面上所能得著者，如本市仍為五光十色之區，一切不規則生活之淵藪，我人必須至此種地方去視察，方可有所發見。」而對於報界，「如有發見，應給以有保障之披露」。〔註38〕不然「主持者無信望素著之領袖，聽從者為向無組織之大群，漫然號召，旦夕成會，雖形式堂皇，而精誠有缺」，雖從表面上一時普及，斷不能喚起真誠之自覺。

其次，政府施政應不使人民感到壓迫，而對政令生怨懟之心。正如第一點所提及，在蔣介石的最初設計中，雖然強調各界領袖「以身作則」來推行新運，但在新運的實際推行中採取的主要方式卻是對民眾自上而下的直接監督和糾正。「各界領袖」尤其是黨政軍首腦，手中掌握著國家機器的權力，在推行新運的過程中，真正發揮作用的往往不是他們的道德感召力，而是他們控制民眾生活的實權。〔註39〕這也是新生活運動之前各種「運動」的通病，「中國積習，凡經官辦之事，輒失其固有之精神」，要麼「動成強迫」，要麼「過重形式之整齊劃一」，結果甚遭民怨。正是因為對這一點深有感觸，在社評《新生活運動成功之前提》中，《大公報》同人即認為「此種運動，原則上不應強迫一般人」。「一般衣食住行上習慣之改良，只有因勢利導，不可陷於高壓。從前有因強迫放足，而使婦女含羞自盡者矣。此次宣傳各項運動時，應限於勸導獎勵，使人民自動參加，而勸導亦勿過繁，惟有樹立模範，使之

〔註37〕劉文楠，蔣介石和汪精衛在新生活運動發軔期的分歧〔J〕，近代史研究，2011（5）。
〔註38〕新運視察團 昨招待報界〔N〕，大公報上海版，1936-4-28。
〔註39〕劉文楠，蔣介石和汪精衛在新生活運動發軔期的分歧〔J〕，近代史研究，2011（5）。

欣然來歸」，對於後來引起極大爭議與風波的取締婦女奇裝異服、染髮燙髮，也早有先見之預言，「近年來往往有干涉人民穿衣之官吏，吾望此次無之。衣勸其皆潔皆簡則可，式樣不必一致也。除有制服規定人員外，一切聽人民自便。獎勵布衣則可，限定布衣則不可。」

但是一語成讖，《大公報》希望「此次無之」的借新生活運動名義干涉人民穿衣甚至頭髮樣式的情況還是發生了。尤其是 1935 年 1 月 17 日一則中央社的簡短電訊引起了《大公報》的強烈反應。這則簡訊電文甚略，只云「行營奉諭，將通令禁止婦女散髮燙髮」。《大公報》認為這則電訊所言「事似瑣細，窒礙甚大」，在該項命令正式由官方頒布前，於次日隆重刊發了一篇社評《髮髻問題》，專門討論其中政府施政應注意到的問題，從法律上之不可、政治上之不利、事實上之不需三方面論證此種禁令對官民關係的消極影響。這篇社評認為，凡禁令皆具強制性。（1）若以命令通禁，則須處處干涉，干涉不聽，則須強制，強制不聽，則須處罰。然而婦女短髮久成風氣，不但適法，且不違警。強制與處罰，皆無法律根據。「政府施政，非萬不得已，以不使人民感覺壓迫為原則。就短髮問題，倘欲矯正風俗，事屬政策範圍，非禁煙禁賭執行法律之比」，反不如用獎勵或勸導手段之有效。（2）加之全國短髮婦女何止千萬，此種禁令將特難貫徹，「倘不能強制，是徒失命令之尊嚴，僅見社會之紛擾耳」。紛擾之後，亦無法貫徹到底，不然，則將演成某某省區昔年強制放足之故事，「其招怨於民，將不可思議」，「今當局方欲領導全民，盡力國事，設無端故招一般有智識女性之怨謗，豈不等於自設障礙？」《大公報》這篇社評條分縷析，禁令之出否雖尚未確定，但「吾人鑒於各地官吏之執行政令往往埋沒當局真意」，社評從可能出現的最惡劣情況出發，將此種禁令對政府權威以及政府與民眾尤其是「有智識之女性」間關係可能造成的損害一一陳述，既為這種政策的制定者敲響警鐘，也通過一些假定情形，如「先獎勵軍人眷屬之蓄髮」構建了一種較為良性的官民關係與施政模式。

此外為盡量不使民眾對政令產生怨懟心理，《大公報》認為最重要也是很基本的一條，就是不可因注重表面排場而行攤派之事，使民眾增加用費。早在 1934 年 3 月 4 日的一則短評《新生活運動的前提》中，《大公報》便提出「凡所提倡之事，必須不使人民增加費用，換言之，總要省幾個錢，不可使人民因參加新生活運動之故，反而增加用度」。3 月 10 日在社評中又重申，官吏辦事，動喜鋪張，鋪張結果，增加耗費，而耗費誰任，仍為人民，以致各地

人民對於新政新俗，往往因增加用費而深惡痛絕之。所以各地新生活運動之推行，不可「使市民費錢，倘攤派各費，以為渲染，最初或樂輸，久則厭，終且怨矣。」

第三，人民所受政治轄制應有界限，政府施政應分輕重緩急。新生活運動發起初期，「各地響應，異常迅速」，《大公報》同人觀此現象卻「不禁一喜一憂」。所憂者何？「新生活運動，實為應辦之事，但各地主持之當局不得以此為萬能，而忽略本身政治上之固有職責。」具而言之，「乃近觀各處軍政當局，對於本職上應盡之重大責任，依然少積極革新之氣象，而獨聞響應新生活運動者乃極敏捷而普遍，此自一方言，固屬可喜，然根本探討，亦為可憂。誠恐市民心理，疑當局者避重就輕，是則倡導者之誠意與苦心，轉為形式的迅速發展所蔽矣」。不僅如此，《大公報》社評尚未點出的更深一層，乃在於國民黨內部的各派系為爭奪運動領導權，生生將新生活運動變成了黨政當局主導的運動，無論是擁蔣派（主要包括 CC 系、黃埔系、缺乏中央級人物的政學系）還是反蔣派（主要包括西山派、改組派），各派系都是抱著自己的算盤以積極參加新生活運動為掩護進而在各地「搶佔山頭」、「劃地盤」，如北平、上海、河南、浙江、江蘇、湖北、福建等地之蔣介石親信即是以積極投入新生活運動的方式向蔣表忠的。〔註40〕處在歷史現場的《大公報》主持者或許「只緣身在此山中」而不可能在當時即揭示其中更多的秘辛，但即使從一般人所能理解的「政治常識」一層，亦能及時發覺各地推行新運時的狡詐之處。「誠恐市民心理」對當局有疑，既是以良言規勸的口吻警醒新運推行者，也是在旁敲側擊提示一般公眾，該對新生活運動在各地風行的現象抱有如此這般之認知。

警醒當局明晰職責所在，不可「避重就輕」，因熱衷新運而忽略本身固有之職責，也體現在新生活運動本身各種事項的履行上。「觀南昌發表之小冊子，其所列新生活運動之事項甚多，然凡事有本末、輕重，糾正惡習，須先去其重且大者。舉例言之，整衣冠，端步趨，與夫戒煙戒賭戒狹邪，其輕重之差，直不可以道里計。」〔註41〕正是基於《新生活須知》小冊子所載「九十六事，

〔註40〕關於這一點，日本學者深町英夫有獨到的令人信服的論述。具體可參見深町英夫，教養身體的政治——中國國民黨的新生活運動〔M〕，北京：生活·讀書·新知三聯書店，2017：41～68。
〔註41〕社評，新生活運動之前途〔N〕，大公報天津版，1934-3-20。

吾人聞之，雖鮮有不同意者」，但欲期其成功「仍須提綱挈領，有著手之點」，《大公報》才以「凡公務員衣食住所需限用國貨」一點為新生活運動從口號條令落到實處的第一義。而對「整衣冠」、「端步趨」等情事，《大公報》雖不言反對，但也並非沒有微詞。1935 年 1 月 18 日社評《髮髻問題》即云，國家嚴重問題過多，當局者不宜過於分神瑣事，反有損威望，「若夫婦女髮髻問題之本身，則目前緊急事務之待討論者甚多，正無暇詳加研究矣」。1936 年 7 月長沙新運會與婦女會取締婦女奇裝異服風波中，《大公報》記者借管瑢梅女士之口亦稱，「現在婦女界應興革的事件太多，奇裝異服的問題，未免較小」，而應該注意「其大者遠者。」

對於政治人物應該認清自己的職權限制這一層，主要集中在新運的領導者蔣介石身上。1936 至 1937 元旦之交，當蔣介石剛剛從西安事變的處境中脫圍、尚心有餘悸，一干黨政要員還在稱頌蔣氏之「偉大人格之精誠感召」之時（1936 年 12 月 28 日《大公報》社評《一言興邦》亦逢迎道，「至此生死關頭，其行事居心完全大白，而其光明磊落之人格道德，國家領袖之偉大風度，乃於是表現矣」），1 月 3 日《大公報》刊登了胡適的署名社評《新年的幾個期望》，從西安事變以來「半個多月全國的焦慮」出發轉而討論政治領袖的職權限制問題。胡適認為，西安事變後國人的情緒波動，恰證明「現行政治制度太依賴領袖了」，這不是長久之計，也不是正常法治國家應有的精神。「一切軍事計劃，政治方針，外交籌略，都待決於一個人，甚至於瑣屑細目如新生活運動也都有人來則政舉、人去則鬆懈的事實。這都不是為政之道。世間沒有這樣全知全能的領袖，善做領袖的人也決不應該這樣浪費心思精力去躬親庶務。」胡適所指出的確實是新生活運動推行過程中一種事實性問題，另一位軍事領袖馮玉祥亦曾在講演中如是教育聽眾，「不要為了蔣先生來了才實行新生活，蔣先生走了又是八圈衛生麻將，新生活不是隨了蔣先生的飛機來去的！」〔註42〕可見胡適所言為世人對蔣介石領導新運的一種常有的觀感，接著他表明：國家今日需要的是從容優豫統籌全局的領袖，而不是千手千眼察察為明的庶務主任，「蔣先生在西安被困的經驗，應該使他明白他從前那樣『一日萬幾』（幾是極微細的東西）的幹法於個人是浪費精力，於國家是不合治體。我們盼望他慎選能擔負一方面專責的人才，把局部的事務付託給他們。職守明，付託專，然後人人能盡其職。軍事和政治都應該這樣做。他自己也

<hr>

〔註42〕為什麼抗戰必勝〔N〕，大公報重慶版，1939-2-6。

應該認清他自己的職權所在，專力去做他職權以內的統籌全局的事業。」只有如此才真符合憲政的精神──「情願造起法律來束縛自己。不但束縛自己不許做惡事，並且束縛自己不許在法定職權之外做好事」。並以「重為善，若重為暴」和「庖人雖不善庖，尸祝不越俎而代之」的古語例證法治的精神，〔註43〕「我們希望蔣介石先生能明白他的地位重要，希望他無論在憲政之前或憲政之下都能用他的地位來做一個實行法治的國家領袖。認清自己的職權的限制，嚴格的不做一點越俎代庖的事，然後人人有官可守，有職可盡，然後人人能盡其才，能忠其事。」〔註44〕實際上正是充當了「對政府提供『諍言』和意見」的諍友角色。

上列三項，均是《大公報》同人本公民之地位，對新生活運動之推行過程及領導者的婉言批評，其中不乏對一個「現代」國家理應涵養的政治意識與官民關係的有意識抒發。這些評論性的文字，主要見於抗戰全面爆發之前所刊登的社評，因為這一階段《大公報》同人對新生活運動的成效仍持觀望和保留態度，正是以某種「不以為然」為前提，以國民黨政府「諍友」的角色為建言主體，《大公報》尚有餘暇顧及新運的推行方式及其連帶的政府施政舉措的合理性，並藉以提出部分政治革新的主張。〔註45〕到了抗戰全面爆發，《大公報》對新生活運動的報導已經全部轉移到強調蔣介石發動新運來準備抗戰的「良苦用心」和新運在「抗戰建國」中所產生的功效。不過這並不影響前期相關探討中《大公報》建構的一種「理想型」的施政原則與官民關係的價值性。

二、由「私」及「公」：擴大的家族制

林語堂在《吾國與吾民》一書中，這樣精闢地描繪中國的社會形態：中

〔註43〕「重為善，若重為暴」，出自《淮南子》，即是不輕為善，要把不輕為善看作和不輕作惡一樣重要。「庖人雖不善庖，尸祝不越俎而代之」，出自《莊子・逍遙遊》，意為庖人即使不烹煮食物，主持祭祀的尸祝也不應該超越自己的職責去代替庖人做菜。「即使做得好菜，究竟是侵官，究竟是違法」。

〔註44〕胡適，新年的幾個期望〔N〕，大公報天津版，1937-1-3，1月5日又以「星期論文」刊於大公報上海版。

〔註45〕陳建云教授認為，新聞媒體成為政府的諍友，至少應具備三個前提與表現：第一，新聞媒體具有獨立地位，不是政府的「臣屬」；第二，新聞媒體擁護政府而非反政府；第三，新聞媒體勇於批評政府過失。以此衡量，《大公報》實際上正是充當了國民黨政府的「諍友」角色。可參見陳建云，《大公報》與國民政府新生活運動〔J〕，蘭州大學學報（社會科學版），2018（6）。

國人常自承自己的國家像一盤散沙，但每一粒沙屑不是一個個人而是一個家庭。社會學家費孝通在其名作《鄉土中國》中亦把「家族」作為分析中國社會的基本單位，一個差序格局的社會是由無數私人關係搭成的網絡，每一個結點都附著一種道德因素。〔註46〕因此基於家族制的私人道德與宗法精神，可稱為鞏固民族持續力的「最有價值」之文化力量，「中國人視為超越現世一切之珍寶，這樣的心理，實含有宗教意味，加以祖先崇拜之儀式，益增宗教之色彩，故其儀式已深入人心。」〔註47〕《大公報》總編輯張季鸞作為傳統中國文化環境薰陶出來的知識分子，亦有很真切的對家庭的感念，以及對家族主義的「贊成維持」。由於父母去世很早，張季鸞自稱是一個「老孤兒」，「罔極之恩，無法報答，加以家運甚壞，人口單薄，自己常感到嚴重的責任，與孤苦的悲哀」，所以他在《歸鄉記》一文中說自己對家庭的觀念很重。但另一方面，「也很輕」：「現在是什麼時代？中國不保，哪裏說到家庭？大家不得了，一家怎樣獨樂？」所以這種「既重也輕」的家庭觀念，在張季鸞這裡表現的不是傳統的為一家「治產求富」，不是損人利己地只求自家繁榮，而是要排斥只知自私的錯誤的家族主義。張季鸞對於家族制的思想，即是「贊成維持中國的家族主義，但是要把它擴大起來。擴大對父母對子弟的感情，愛大家的父母與子弟。從報答親恩，擴大而為報共同的民族祖先之恩」，這種思想才是「很對很需要的」。〔註48〕

「新生活運動以齊家為要務，進而建立民族復興的基礎」，「新生活運動首重孝義」，這些皆是在新生活運動中常見的宣傳口號；家庭衛生、家庭消遣，以至集團結婚、敬老會等活動，都在新生活的名義下組織實施。然而家庭作為新生活運動的重要一環，不僅體現在以家庭為單位促進新生活措施的推進，更重要的是在新生活運動提倡「舊道德」的範疇中，引起了不少關於作為中國倫理道德基本承載的「家族制」的探討。對於一意謀求「現代化」的急進者來說，或許會問：「這是宗法社會制度，我們不是已經進到了現代文明嗎？」《大公報》刊登的文章大致分兩類對這種疑慮進行回應。一是重新向讀者提示傳統宗法制度的現實意義。如1935年6月17日司法專家覃振的《民族復興運動中 對於家族制之回顧》一文，從司法角度出發、「從實際來探討」，

〔註46〕費孝通，鄉土中國〔M〕，北京：北京大學出版社，2012。
〔註47〕林語堂，吾國與吾民〔M〕，長沙：湖南文藝出版社，2018。
〔註48〕季鸞，歸鄉記〔N〕，國聞週報，1935（1）。

比對了時下忽視家族制問題對現行社會的影響：（1）司法本身得不到社會的
輔助。今日社會何以浮薄騷動？司法機關非不嚴，司法人員非不勤，然而威
信何以不立，民刑訴訟何以壅塞至此？「無他，從前有孝友之家族制為之防
範、為之調解，大半可以助司法之所不及，今則已占脫輻之象矣」。（2）民法
多與習慣相反引起社會騷動及解釋的困難。如家產繼承方面，只有財產承繼，
而去除其歷來之宗祧承繼，「家族制土崩瓦解，而社會狂瀾大作」。（3）農業
生產及消費之合作失其樞紐。「吾國農村社會多屬莊園，聚族而居，老幼有養，
有無相通，守望相助，疾病相扶持，一切生產及消費之合作均以家族為之調
度，是以農村經濟向以能均能安穩定原則，重勤儉而忌奢侈，重親睦而惡分
割，」現今社會失業者何止萬萬，社會尚不至於破產者，「無他，殘餘之家族
制猶有力於社會也」。（4）民事糾紛影響刑事，案件因而激增，已失其刑事之
預防作用。「禮寬而實嚴，刑嚴而實寬」，傳統社會以宗法為基礎，以倫理為
規範，「於是才構成有團結的一個大社會」，現今以民法代禮的趨勢增加訴訟
而失去調劑，破壞了中國刑法哲理中對刑事預防的注重。因此，作者認為「現
代任何一個主義的國家，任何一個努力的民族，都是有他的唯一的民族性，
都是能發揮他的文化優點」，中國的民族復興自然不能盲目仿傚他人，「割斷
自己的生命線」，而要重視「民族歷來之自然規律」。若「禮義廉恥」為新生活
大道之正軌，那麼「這個孝友家族制就是我中華國族偉大之倫理人生觀」。

　　二是在傳統基礎上擴展「家族」及於「社會」。「有人批評中國倫理，說
家族主義的色彩太重，無補於社會思潮澎湃的今日。殊不知其發端雖始於家
庭，而其應用則常及於社會。如『老吾老，以及人之老，幼吾幼，以及人之
幼』，如『刑于寡妻，至于兄弟，以御于家邦』。」這種觀點把以「孝」為核心
的家族倫理看作中國文化之特長，不可視為宗法社會的遺物而任意詆毀，是
富有社會性的，「由子弟事父母，惟而至於個人立身行道，以及人民對於國家
的義務，政府對於人民的寶任，都包括在孝的倫理中。所以說居處不莊，非
孝也。事君不忠，非孝也。蒞官不敬，非孝也。朋友不信，非孝也。戰陣無
勇，非孝也。」更簡潔而直白的觀點即謂，「舊的生活方式，就是以自我以及
家庭為中心的生活方式；新的生活方式，就是以自他以及社會為中心的生活
方式。」在舊的生活方式的社會中，人們生活範圍縮小到一個家庭之中，處
處以家為念，事事以家為先，從黃童到白叟，一生一世都在為衣食忙，為兒
女忙，其結果做了一家的牛馬而不自知。在所謂未來新的生活方式中，人們

不再以家庭為其生活的輻射線，而是以廣大的社會為其生活輻射線。即是說，人們的生活單位不再是家庭而是團體了，人們必以整個的社會利益為利益，人們的工作勞動都為的是這個社會或團體。〔註49〕尤其是抗戰的爆發，「使我們廣大的民眾，由沿海的漁民到窮山僻壤的山農，都從傳統的東方的家族主義的迷夢中驚醒了。大家都已認識，沒有國家的保護，誰也保不住祖宗的墳墓，家業的安全，妻女的貞潔，本身的生命。這廣大普遍澈底的覺醒，膠著於戰士的血，難民的苦淚，必將凝成鋼鐵般的國家意識，以至發展、成熟為社會的中心道德。」〔註50〕在1943年7月15日的社評《日新又新》中《大公報》明白言道，「我們以為在昔時政治社會制度之下，尚有所謂『獨善其身』的人生，降至今日，則任何個人，都是國家社會的構成分子，一方面不能遺世獨立，一方面也不許獨善其身，而必須貢獻其一切於國家社會。」從舊到新，由私及公，傳統家族制倫理下「只知有宗族不知有社會與國家」的思想特徵逐漸被代替。

但是《大公報》同人並未忽視這種「新的生活方式」是「所謂未來的」，是與農業社會到工業社會的過渡相適應的。《大公報》社評清醒認識到，中國具有悠久的農業社會與家族文化的氛圍，在「逐漸的部分工業化以後，最大部分的人尚未能獲得相當的適應」，未來一旦步入高度的工業化，「任何一個人都不復單純是家族的一員，而直接是社會的一員；不復能隱蔽在血緣相近的舊式的互助環境的家族中。維持這樣的關係的舊禮教與道德，也便成為無用。」〔註51〕經濟學家丁洪範在「經濟週刊」發表的論文即從農業社會向工業社會、傳統手工業向現代大機器生產過渡的發展趨勢論證，「人類生活的方式，綜合言之稱為文化，無不隨著經濟制度的變更而變更。文化各方面的變更也許有緩有速，可是經濟制度變更以後，人類生活的方式不跟著變更，那是必無的事實。」〔註52〕迄至1940年代的「抗戰建國」時期，《大公報》刊出的暨南大學商學院院長周憲文的文章亦強調，抗戰背景下不獨國防與政治的需要，社會建設亦須以工業化為前提，若想剷除乾淨中國人「愛家重過愛國」等陳舊觀念，「文字的宣傳，尤其如新生活運動及精神神總動員，固然是

〔註49〕李成蹊，向「世紀末」者進一言〔N〕，大公報上海版，1948-12-23。
〔註50〕雷嗣尚，從抗戰中產生新中國〔N〕，大公報漢口版，1938-3-14。
〔註51〕社評，談必要的道德條件〔N〕，大公報重慶版，1943-11-2。
〔註52〕丁洪範，經濟建設與文化建設〔N〕，大公報天津版，1935-8-14。

極其重要,如果不設法使中國走上工業化的道路,那麼這些宣傳與活動的效力,也就可想而知了」,並謂「這是鐵一般的事實」。〔註53〕

　　總之,《大公報》同人並非把傳統的家族制放在「現代文明」的對立面,而是「從實際出發」探討家族倫理的實用主義價值,另一方面並不否認此類「舊禮教」「舊道德」終將湮滅在世界潮流進於「嶄新生活」的可能,但這種道德倫理的變更相對於經濟制度也許是「有緩有速」的。

三、「促進女德」:國族主義敘事中的女性意識

　　1934年5月5月《大公報》廣告版一則天津蛺蝶影院為宣傳新到電影《小婦人》(Little Women)而刊登的廣告上,用了「新生活運動下促進女德驚人第一炮」的詞句招徠讀者注意,以「發洩女子甜愛的性能」吸引眼球。這部改編自露伊斯・梅・阿爾科特(Louisa May Alcott)同名小說的電影,以美國南北戰爭為背景,通過女主人公喬的故事展現了一個女孩的心態和理想,充分體現出她的堅強和自信,勇敢而善良的心靈。這部影片有「恬靜和平的人生觀,軟性暗示的戀愛觀,真摯熱情的倫理,敦厚純樸的友情」,其中的人物及其相互關係——父與子、朋友與愛人——都屬於永不過時的主題。可以說,在清末民初以來受歐美思潮影響,要求女子解放的社會環境中,這部影片的主題無疑是積極的。但無論是推出廣告的商家,還是提供版面的《大公報》,無意識中都把「女德」作為一種默會的知識,以「促進女德」為新生活運動下的當然內涵向社會推廣,不得不說《大公報》乃至整個社會的女性意識不是僅「婦女解放」或「男女平等」所能涵蓋。

　　新記《大公報》自續刊之初便創辦了《婦女與家庭》專刊,〔註54〕鼓勵婦女投稿,倡議婦女改變自己的生活,成為探討男女平等的重要輿論陣地,為推動婦女解放做出了積極的努力。〔註55〕新生活運動中,女性扮演了重要的角色。從《大公報》關於新生活運動的報導中可以看出,呼籲禁娼,倡用國貨,關於取締婦女奇裝異服的抗爭等都活躍著廣大女性的身影,尤其是宋美

〔註53〕周憲文,中國抗戰建國的一個基本問題〔N〕,大公報重慶版,1941-1-21。
〔註54〕1927年2月11日創刊時,初名《家庭與婦女》,以家庭為立足點,旨在幫助婦女認清自己的責任,以便建設好家庭。自1927年6月11日第9期開始改名為《婦女與家庭》,有關婦女解放的文章與討論越來越多,出版至1930年5月22日休刊。1933年9月3日復刊,至1934年12月30日終刊。
〔註55〕李秀雲,大公報專刊研究〔M〕,北京:新華出版社,2007:51~52。

齡領導的新運總會婦女指導委員會在抗戰期間發動廣大婦女群體從事後方生產、募捐、保育兒童、照顧傷兵等，這些「新女性」「不僅達成消極救濟任務，且能負起積極建國責任」，〔註56〕極大提高了婦女的地位。彭子岡等女記者讚揚戰時從事後方生產的婦女群眾為「可敬的靈魂」，「她們真是在揮汗做工，對得起前線流血殺敵的弟兄」。〔註57〕但與此同時，「社會與國家」始終是伴隨女性解放議題的一個重要維度。前文述及，《大公報》以不符合「民族經濟」原則為由，認為應對依賴外國之化妝品、香水、絲襪等女性用品的限制進口的態度。在引起極大爭議的婦女奇裝異服與染髮燙髮問題上，《大公報》雖有反映知識女性為維護尊嚴而發出的抗議聲音，如在1936年長沙新運會與婦女會爭議風波中，記者發表長沙婦女會的反對理由，大意為追求衣服藝術美化為物質文明與精神文明進步之必然，「現在新運會取締奇裝異服，婦女即並不著豔麗之服，行走街頭，倘袖不過肘，即遭崗警申斥。更有不肖之徒，在旁揶揄，侮辱女性，莫此為甚」。〔註58〕但是在更多報導中，則是從新生活應維持社會風化與民族經濟的維度對婦女奇裝異服、染髮燙髮行為的否定與矯正。《大公報》在社評中專論婦女的「髮髻問題」，認為無端干涉婦女髮膚之事，使之感覺壓迫，固為政府之非。但「中國女性，喜異鶩新，追逐洋化」，確是宜加矯正之事。即使在被譽為「倡言男女平等重要輿論陣地」的《婦女與家庭》專刊，也時有矮化婦女追求「摩登」衣著打扮的文字，如一篇提倡婦女實行新生活的文章所言，「一部分有錢的太太小姐生活浮華侈奢，十分荒淫放蕩，真是不懂得什麼叫羞恥！還有一些婦女，打扮得十分妖冶，奇服異裝，裝著十分誘惑的和肉感使得青年人墮落，他們去作暗娼，去作女招待，去作妓女，也真不懂什麼叫羞恥！」〔註59〕在「民族經濟」和「社會風化」的雙重意義上，女性對個人摩登的追求顯得不合時宜。

實際上，大部分知識女性內部也認為求得女性真正解放不在於私生活，而在於有獨立的能力與自尊的人格，不盲目地追求時髦。〔註60〕在長沙取締婦女奇裝異服風波中站在婦女會立場的新運視察員管梅瑤亦認為，奇裝異服一事未免過於瑣細，「若能注意其大者遠者，使婦女們建樹自立的精神和高尚

〔註56〕楊紀，廣東新女性 婦女生產工作團參觀記〔N〕，大公報重慶版，1939-9-17。

〔註57〕子岡，紗廠一日（下）〔N〕，大公報重慶版，1939-2-26。

〔註58〕湖南新運會 取締奇裝異服〔N〕，大公報天津版，1936-7-20。

〔註59〕媚，婦女的「新生活」〔N〕，大公報天津版，1934-6-24。

〔註60〕夏蓉，新生活運動與取締婦女奇裝異服〔J〕，社會科學研究，2004（6）。

的人格，那麼內心既然改造，形式上的奇裝異服也就不成問題了。」〔註61〕那麼，此「自立的精神與高尚的人格」導向何處？1936年5月30日，《大公報》報導宋美齡以新運總會婦女指導會指導長身份在南京報告婦女新運工作，指示婦女界實行新生活應以身作則，「中國國家基礎，建築在家庭上，故吾人實行新生活，應由家庭始，進而推廣至社會與國家」。《婦女與家庭》也有文章探討婦女從事家務與服務社會的關係，認為許多爭得自由的女性往往因為誤解「自由」而被「自由」所誤，「無論新舊的家庭主婦，都需要盡責於家務，才能建樹幸福的家庭。如果不屑於盡責，反認為盡責的人為獻媚，那是她的錯誤！須知主婦與家庭和國家及民族都有極密切的關係，服務於家庭，間接便是服務於社會，」所以新生活運動以「齊家」為建立復興民族的基礎，「絕不至於盡責於家庭，自由便被剝奪。」〔註62〕

「現行法律，男女平等。民國立國精神，以解放女性共同任國民任務為事，女學勃興，其意在此」。〔註63〕《大公報》同人在新文化運動以後女性解放呼聲高漲的社會空氣中，「又感覺到多數的女子太不擔負家庭的責任」。女性意識當應「促進」，卻又是以「女德」為外衣的。雖然「促進女德」只是《大公報》一則廣告的提法，但很能代表《大公報》同人及其所浸淫的社會文化網絡中的女性意識。正如在《婦女與家庭》的發刊詞中所說，「我們並不是盼望女子專做『賢妻良母』，我們是盼望女子不論在什麼時候，要記著她是家庭中的重要分子，不要忘記她的責任」，「我們不是說女子應當乖乖的做家庭的奴隸，我們是希望女子明白她們自身的地位，明白她們所擔負家庭間的責任和社會有什麼關係」。〔註64〕在此，近代中國女性解放運動鮮明的「國族主義」色彩淋漓盡致。自清末以來，無論是「廢纏足」還是「興女學」，無不與「保種強國」的話語聯繫起來。近代中國的婦女解放與國家建構之間的互動是一種確定無疑的歷史性的存在。〔註65〕梁啟超「婦學為保種之權輿也」〔註66〕的改良言論在近代中國的思想文化脈絡中順流而下，在新生活運動的語境中

〔註61〕湖南新運會　取締奇裝異服〔N〕，大公報天津版，1936-7-20。
〔註62〕一見，行動自由便是真自由嗎？〔N〕，大公報上海版，1937-4-15。
〔註63〕社評，髮髻問題〔N〕，大公報天津版，1935-1-18。
〔註64〕我們的旨趣〔N〕，大公報天津版，1927-2-11。
〔註65〕楊劍利，國家建構語境中的婦女解放——從歷史到歷史書寫〔J〕，近代史研究，2013（3）。
〔註66〕梁啟超，變法通議〔M〕，北京：華夏出版社，2002。

繼續成為服務於國家與社會的「勸世良言」。

不妨再舉兩例以為注解。其一為在湖南新運會與長沙婦女會取締婦女奇裝異服風波中，新運視察員管梅瑢女士接受《大公報》記者採訪時曾被問及女性在包辦婚姻中的悲劇性時說：「在婦女經濟不能獨立的現社會下，不說道德觀念，也應該有責任心。何況（必）因父母包辦的婚姻，而要使家庭發生悲劇呢？假如是我，絕不使年老的父母傷心！」顯見女性的婚姻平等權利是壓抑於傳統宗法社會的「孝道」之中的。其二為 1934 年 5 月，北平市長袁良約請各界名流及外賓於頤和園遊春，擬約請各大學女生擔任招待，引起燕京大學男生之抗議，認為此舉為「侮辱女性及民族人格」。《大公報》記者晤見燕大「某君」，據云本校男生本同學友愛立場，並鑒於國勢如斯，一般喪心病狂之輩仍玩弄女性，出賣國格，「當茲新生活運動之呼聲高唱入雲之際，本校同人站在三民主義國家國民一份子之立場」，此種媚外政策，「實不敢予以贊同」。〔註67〕在此，女大學生被約請「招待」外國駐華官員之所以引起如此抗議，除了女性人格遭侮辱，「媚外政策」連帶的國格受辱蓋為更根本之原因。

第三節　民族主義維度

基於個人的民族認同是現代國家的基本標誌，對內它將個人組織成社會，規定政治共同體的形態，對外為國家主權提供正當性。早在近代之前，中國思想文化中便形成並延續著基於「華夷」之分的傳統民族主義思想，隨著梁啟超等將西方近代民族主義思潮介紹到中國，二者在特定發歷史場景中匯合，並在 20 世紀初形成了中國近代的民族主義。〔註68〕至 30 年代，民族主義思潮在全社會高漲，尤其在「九一八事變」後，面對空前的民族危機，首要的工作是如何團結人心，激發民族意識，以抵抗日本侵略。〔註69〕在此思潮影響下，《大公報》的現代化觀一直期望國民借九一八後的國難，把潛在的民族意識，強烈的愛國精神煥發出來，使之成為中華民族復興的重大轉折時機。〔註70〕這一時期《大公報》的輿論宣傳強調國家意識、民族精神的特徵與新生活

〔註67〕頤和園遊春會〔N〕，大公報天津版，1934-5-5。
〔註68〕鄭大華，論中國近代民族主義的思想來源及形成〔J〕，浙江學刊，2007（1）。
〔註69〕鄭大華，中國近代民族主義的來源、演變及其他〔J〕，史學月刊，2006（6）。
〔註70〕賈曉慧，大公報新論──20 世紀 30 年代《大公報》與中國現代化〔M〕，天津：天津人民出版社，2002：126。

運動的表面的光鮮口號一拍即合。新生活運動發軔之初，蔣介石、汪精衛、陳立夫等黨政人員齊出動，在各種場合強調「新生活運動之意義」，「就是要使我們全國同胞，都能恢復我們中華民族固有的道德精神『禮義廉恥』而能首先實現於食衣住行等日常生活習慣之中。以禮義廉恥來樹立我們自己和整個國家民族的人格，洗刷我們個人和整個國家民族過去一切的恥辱。我們一個人必須有高尚自立的人格，才有現代國民的資格，不愧為一個現代的國民，國家也必須有尊榮獨立人格，才有現代國家的資格。」

一、「民族復興之基本」：新運的話語策略

　　1934 年 3 月 3 日，《大公報》記者南昌專電稱，教育部將通令全國各校習唱《新生活運動歌》，並漸次推及民間。在這首歌的歌詞中，將新生活運動的意義稱為「復興民族新基礎」，即是三十年代民族復興話語在中國社會盛行的一種表徵。

> 　　禮義廉恥，表現在衣食住行，這便是新生活運動之精神。整齊清潔，簡單樸素，以身作則，推己及人。轉移風氣，同聲相應，綱維正，教化明。復興民族新基礎，未來種譬如今日生。

——《新生活運動歌》

　　近代以來民族危機日益加深，使得民族復興思想興起並在九一八事變後發展成具有廣泛影響力的社會思潮，一般民眾的民族認同感和民族責任感大大提升。〔註71〕蔣介石在《新生活運動之要義》的演講中提到，「民族復興」當然是一件很困難的事，但「無論古今中外，一個社會要能改造進步，一個國家或民族要能復興，決不是一定要等到全體國民個人都有足夠的知識，然後才可能。如果一定要這樣，那麼，不僅是我們中國有如『俟河之清』，不曉得要等到什麼時能使全體國民都知識充足，可談復興，恐怕古今中外也沒有一個國家一個民族真正能夠復興的了。」在這種基調中，發起並推動新運的官方人士利用一般民眾的社會心理，在各種場合言必稱「民族復興」。如在《大公報》的版面上可看到，1934 年 3 月 12 日報導山西省主席邵力子決定仿照倡導新生活運動，因其「為目前我國救亡圖存民族復興之最良辦法」；1934 年

〔註71〕俞祖華，近現代中華民族復興思想研究述評〔J〕，晉陽學刊，2018（4）。

3月19日報導北平市黨務整理委員會主席邵元漢在革命紀念日做報告，稱新生活運動的發起正值民族復興之重要關頭，「我們必須努力去幹，不能只說而不幹，如新生活運動成功，則國家民族之復興可卜，否則無以挽救危亡也」；同日對北平市新生活運動促進會成立大會的報導中，張繼所致開會詞中亦云「新生活運動是民族復興運動、革命復興運動，因中國需要而發生，相信此運動能維護民族固有精神及自信力」。汪精衛甚至還為「新生活叢書」編寫的一本小冊子取名為《新生活與民族復興》。

　　《大公報》同人秉承了近代以來中國知識分子的愛國情懷，在民族危機加深的時代背景中更為看重任何一絲能夠復興民族的希望。1934 年 3 月 10 日，在關於新生活運動的第一篇社評《新生活運動成功之前提》中，《大公報》對蔣介石在南昌之數度演辭言簡意賅地總結道，新生活運動之意義，乃主張「民族復興之基本，在從人民自身生活改革起，在於衣食住行上養成整齊清潔簡單樸素之習慣，尊重禮義廉恥之精神」，報社同人對改革個人生活之必要「實抱同感，且亦深信其有宏大之效果」。副刊《小公園》的編者也看到「我們這一個老大的民族，在任何一方面都充分的表現著落沒、消沉、灰死」，是實在需要一種新的生活來加以挽救和復興的，「新生活的運動，已相繼在各地熱烈的舉行，參加的群眾是異常踴躍，這是在落沒裏、在消沉裏、在灰死裏，顯然的昭示我們一線民族復興的新機。」〔註 72〕「民族復興」作為與新生活運動密切聯繫的標籤，貫穿在《大公報》的新聞報導之中。並與「五三」、「五九」、「九一八」等國恥紀念的旨意一脈相承，為「促進民眾實行新生活為今後對日復仇雪恥之有效工作」的話語提供了邏輯前提。1938 年新運四週年紀念日上蔣介石更是直言，「新生活運動提倡禮義廉恥，現在我們幾千年禮義之邦，給敵寇來這樣的蹂躪糟蹋，敵軍的殘酷禽獸行為污辱了我們莊嚴的國土，殘害了我們多少的同胞，我們生在這一個時代的國民，每一個人都擔著無窮的恥辱，到今天來談新生活運動，還有比『雪恥復仇』更重要的嗎？」〔註 73〕

二、新運推行中的民族主義色彩

　　民族主義不僅被作為新生活運動終極而縹緲的意義歸宿，從《大公報》在國民生活觀建構的過程來看，它也在各方面滲透到具體推行的各項工作中。

〔註 72〕夢，編餘新生活運動（一）〔N〕，大公報天津版，1934-3-23。
〔註 73〕新運四週年紀念〔N〕，大公報漢口版，1938-2-20。

首先在《大公報》極力支持的「倡用國貨」中，民族主義屬性得到自然彰顯，即它是符合「民族經濟」之原則的。張季鸞明言道「新生活運動之第一原則，應該是『中國人的自覺』運動」，中國人應該明白中國自己的生產情形而「作中國人相宜的消費」，「苟有國貨可代，務必用國貨，洋架子一概打倒」。譬如坐汽車，「中國既不造汽車，又不出汽油，私人擺架子，有什麼體面？」〔註74〕《大公報》在倡用國貨時，便處處提醒讀者洋酒洋煙「實無畏之消耗，徒為外人多銷貨物」。如1934年8月28日《小公園》一篇文章指責中國受高等教育之人穿衣飲食必推舶來產物，「即小如鐵釘火柴，無論鉅細捨外貨莫選」，痛心道「愛國壯士分明被外族文化所征服！而國民經濟殆矣！」〔註75〕

其次，《大公報》國民衛生健康觀的建構也始終處在民族主義的敘事框架之中。前已述及，在清季以降的西學東漸中，傳統的「衛生」一詞隨之意義流轉，逐漸獲得了其現代性，同時在中國特有的救亡圖存語境中也具有一定的特殊性。帶著傳教士道德勸諭色彩的西方衛生觀念在近代傳入中國的同時，中國的政治文化精英往往把中國社會自身視為病弱的肌體。同樣，病體被治癒或身體強健也往往被想像為「民族再生」的符號。〔註76〕因此國民的衛生與健康問題常常與雪洗「東亞病夫」恥辱、「保國保種」的民族主義敘事相關聯，成為社會精英一種以醫學化方案解決社會問題的救國策略，也是知識分子國民改造思潮的重要論述。如有學者所言，疾病與治療可稱是中國民族主義敘事的核心隱喻，那麼由「喚醒靈魂」到「養成道德習慣」的衛生史，就可能超越了論述與敘事，更直接地參與了塑造「肉體性」的國民的歷史進程。〔註77〕由此，洗雪「東亞病夫」之恥、「鍛鍊身體方能使各國敬畏」是《大公報》在勸說民眾注意「衛生」、開展「體育鍛鍊」時的一種思想激勵。「東亞病夫」作為近代一種重要的符號資源，除了被醫藥廣告徵引為噱頭，〔註78〕也為民族主義話語反向利用。如在報導各地查禁煙毒時，勸誡民眾「人人努力新生活，戒除不良嗜好，以雪東亞病夫之恥」。1935年3月24日體育版上一

〔註74〕季鸞，我之新生活運動觀〔N〕，國聞週報，1934（15）。
〔註75〕行，小感想〔N〕，大公報天津版，1934-8-28。
〔註76〕楊念群，再造「病人」——中西醫衝突下的空間政治（1832～1985）〔M〕，北京：中國人民大學出版社，2006：（導言2～3）。
〔註77〕雷祥麟，習慣成四維：新生活運動與肺結核防治中的倫理、家庭與身體〔J〕。「中央」研究院近代史研究所集刊，2011（74）：133～177。
〔註78〕張仲民，近代中國「東亞病夫」形象的商業建構與再現政治——以醫藥廣告為中心〔J〕，史林，2015（4）。

則《世界各國田徑最高紀錄》，痛感「很多比我們河北省還小的國家，而他們的記錄卻比我們全國記錄高的多」，並希望中國的青年能解答這一「民族的羞恥」。

到了抗戰時期，在新生活運動名義下開展的諸如「集團結婚」、「敬老會」等活動，甚至都隱隱含著為中華民族涵育生命力的色彩。如重慶版《大公報》的副刊《戰線》曾刊登的一首名為《看了新生活集團結婚》的現代詩所言，圍觀十六對新郎和新娘婚禮的群眾「做著一樣的祝福」：明年春天，收復河山的時辰，十六對小天使便要降臨凡塵。前方的英雄聽到這個喜訊，大家勇氣百倍去殺敵人，我們犧牲了並不要緊，新的軍人正在長成！〔註79〕而戰爭年代的「老壽星」亦是彰顯民族生命力的另一生活符號，「這個年頭，滿世間盡是火藥味，老頭子過日子最感苦惱，警報一來，跑得最慢的老頭子，萬一不幸，即有罹難之患」，1941年初的陪都重慶，為紀念新運週年，新運禮堂舉行敬老祝壽會，大公報記者張鄉明便認為「老壽星們在新運禮堂的威風」值得一記，「在禮臺上坐滿了壽星百人，這中間最老的要算老道人呂永順，他的年歲是一百另八歲，女的最高年齡是一百另四歲，她是李劉氏，其餘則皆在七十歲以上」。〔註80〕處此「盡是火藥味」之世間，「老壽星們精神都夠飽滿的」，不乏為抗戰生命力之一種體現。

總之，把抽象的民族主義具體化為衣食住行，把日常生活行為賦予宏大的政治意義，這是國民政府在推行新生活運動時試圖為其賦予政治合法性的一般手段。「所謂禮義廉恥等美德以達衣食住行之需要，都是民族主義所叫我們實行以之充實民族的精神和物質的條件」。〔註81〕這種策略在當時即被胡適等知識分子指出其虛偽性，新生活運動與民族復興的並置是「過分誇張」：救國與復興民族，都得靠智識與技能，都得靠最高等的智識與最高等的技能，和紐扣碗筷的形式絕不相干，《須知》小冊子上的九十六條，不過是一個文明人最低限度的常識生活，「這裡面並沒有什麼救國靈方，也不會有什麼復興民族的奇蹟」，「九十六件，件件俱全，也只夠的上一個人的本分」。〔註82〕胡適在輿論界的影響甚大，這篇刊發於《大公報》「星期論文」的文章觸及新生活

〔註79〕貽徵，看了新生活集團結婚〔N〕，大公報重慶版，1939-2-20。
〔註80〕張鄉明，陪都近影〔N〕，大公報香港版，1941-3-4。
〔註81〕生之原理　陳立夫昨在中央紀念週報告〔N〕，大公報天津版，1934-5-1。
〔註82〕胡適，為新生活運動進一解〔N〕，大公報天津版，1934-3-25。

運動的痛處，也代表了當時輿論界對新生活運動的普遍質疑。但是總體上，類似的聲音在《大公報》所見並不多，《大公報》關於新生活運動的新聞報導、社評甚至副刊編者反倒是對新生活運動求「民族復興」的口號不斷附和，《大公報》同人的民族主義思想滲透在對新生活運動的報導中。

本章小結

　　新生活運動在基本目標上，繼承了清季以降思想界「造成國民之資格」、「開民智，造新民」的願景。這一願景是近代以來救亡圖存時代主題下一個重要的子題，其中報刊媒體以一種自然而然的、「日用而不知」的形態嵌入「現代國民」的建構。張季鸞在 1931 年《大公報》一萬號紀念辭中云，中國欲達全民樂利進步與國家平等自由，「國民必須更聰明，更勇敢，更廉潔，更富於智識，更有犧牲小己服務大群之決心，而更須先之以教育與宣傳」，故「報紙任務更趨重大」。九一八後，在「國難來矣」的呼聲中，《大公報》屢問一般社會，「自國難以來，個人生活俱向上否？奢惰之習俱改革否？」〔註83〕並提出今後中國要全面現代化的問題：「國民奮鬥之目標，絕不僅以恢復失地為止。誠以問題性質之重大，超過單純的恢復失地。中國自此為始，須將其政治制度、經濟方略，一齊從頭改革。社會之風俗，個人之生活，俱須徹底刷新，」〔註84〕只有如此方足談「救亡與復興」問題。這一全面的現代化方案到 1935年《大公報》又進一步總結為所謂「七分經濟三分文化」之救國大計。前已述及，這一時期「現代化」話語在中國社會已處於無可挑戰的合法化地位，但《大公報》在此過程中彰顯的現代性價值與中國近代史的「傳統─現代」光譜處於怎樣的勾連之中呢？是否如學者對蔣介石以「外國」為鑒的批評：蔣氏未能意識到「文明」標準的構建性，通過以「外國」為鏡象接受了西方標準的文明觀念，把中國主動加入一場西方人主宰的遊戲中？〔註85〕

　　在此本書的基本觀點認為，《大公報》以新生活運動為中心建構的「現代國民」呈現一種「複雜」面孔。它不以西方文化價值「普遍性」為依歸，也不是以「多元現代性」為盾牌所宣揚的文化相對主義，而是以肯定「現代化」的

〔註83〕張季鸞，張季鸞集〔G〕，北京：東方出版社，2011：18，27。
〔註84〕社評，長期奮鬥之根本義〔N〕，大公報天津版，1932-3-11。
〔註85〕劉文楠，以「外國」為鑒：新生活運動中蔣介石的外國想像〔J〕，清華大學學報（哲學社會科學版），2017（3）。

普遍性、共性和相對確定性為前提，並考慮到諸多規範的協調性與結構的自洽性、實現過程的階段性和不確定性（包括試錯）的一種「複雜」的現代化，這尤其體現在本章所論及的《大公報》在個人權利維度與理性精神維度彰顯的民族傳統與所謂「現代（西方）文明」價值相交錯的狀態。在近代中國長期經受歐風美雨沖刷的歷史條件下，西方中心主義以「現代化」與「西化」相混淆的面目影響著知識分子對救亡圖存的討論。尤其是在新文化運動中，知識分子高舉「民主」與「科學」的大旗，將中國傳統文化的價值完全打倒，西方精神在中國社會獲得了無可置疑的崇高地位。但這並不能遮蔽在民間傳統文化價值的土壤依然肥沃，推行西方文化價值的手段如何雷厲風行、態度如何堅決，也不可能在實際中收畢其功於一役之效。少數知識精英理智上嚮慕西方，感情上迷戀傳統，廣大民眾則無論在感情上還是理智上都仍然非常傳統。〔註 86〕歷史的變動以漸不以遽，陳旭麓即以「新陳代謝」這一自然現象說明近代中國的社會變遷，闡釋其中新舊、中西、古今之間的轉換過程，「並不是一下子全部更新，而是局部地更新，那些還有生命力的『陳』仍要繼續發揮它的功能，再為下一步的『新』代替」。〔註 87〕中國現代化的困難之一即源於價值觀念的混亂，而把傳統文化和現代生活籠統地看作兩個不相容的對立體，尤其是亂源之所在。從維柯（Giovanni Battista Vico）與赫爾德（Johann Gottfried von Herder）一系的文化觀念出發，我們可以說，只有個別具體的文化，而無普遍的、抽象的文化，以此「中國文化」的價值便不可能是和「現代生活」截然分為兩橛的，普遍性的「現代生活」和普遍性的「文化」一樣，也是一個抽象的概念，在現實世界中是找不到的，現實世界中只有一個個具體的現代生活，它們是具體的文化在現代的發展和表現。〔註 88〕每一民族的傳統都有其各自的「現代化」的問題，而現代化並不是在價值取向方面必須完全以西方文化為依歸。

但這並不意味著要走向另一極端的相對主義，那將使我們失去基本的對「現代化」問題的討論前提。稱《大公報》建構的現代國民具一種「複雜」的

〔註 86〕李長莉，閔傑，羅檢秋等，中國近代社會生活史〔M〕，北京：中國社會科學出版社，2015：497。

〔註 87〕劉力源，陳旭麓：以「新陳代謝」理解中國近代史〔N〕，文匯報·論苑，2019-11-21。

〔註 88〕余英時，文史傳統與文化重建〔M〕，北京：生活·讀書·新知三聯書店，2004：444。

面孔意在強調，對歷史上媒體的研究亦應該兼顧兩種「敏感性」：〔註89〕一種是現代性規範的敏感性，一種是現代化的經驗條件與實踐過程的敏感性。〔註90〕這提醒我們注意去理解某種被建構的觀念背後存在的合理衝動和價值訴求，而不是拿著「現代化」這個終極詞彙去比照歷史。若把社會變遷分為物質層次、制度層次、風俗習慣層次和思想與價值層次，余英時認為「中國現代的表面變動很大，從科技、制度，以至一部分風俗習慣都與百年前截然異趣，但在精神價值方面則並無根本的突破。」〔註91〕揆諸《大公報》三四十年代以新生活運動為中心的國民生活觀建構，本書的一個基本判斷是，《大公報》在物質消費、風俗習慣、衣食住行方面所建構的生活觀與之前一個時期相比未必就「截然異趣」，其彰顯的精神價值也未必以「並無根本的突破」可抹殺，毋寧將其描述為一種以西方的「現代生活」為目標，在塑造「現代國民」過程中兼顧了「現代性」規範與實現條件敏感性與社會文化環境具體性的「複雜的」現代國民。用張季鸞釐定的塑造新生活觀應採取的姿態即是「中國人亟應先自覺其為中國人，學中國先民生活的優點，而採西洋近代科學精神」，寶貴祖先所遺留的在現代依然可適用的實踐道德，「做一個好中國人，而不要長此淪落成壞的外國殖民地」。〔註92〕

〔註89〕「敏感性」是一個相對於「界定性」的概念化方式。一般認為「界定性」更大程度上與某種「穩定和明確的經驗內容」相聯繫，而「敏感性」給予概念的使用者在處理經驗事例時一種一般意義上的參考和指導，其概念的豐富性會遞增，也可以被檢驗、改進和完善。參見克勞斯·布魯恩·延森，界定性與敏感性：媒介化理論的兩種概念化方式〔J〕，新聞與傳播研究，2017（1）。

〔註90〕馮平，汪行福等，「複雜現代性」框架下的核心價值建構〔J〕，中國社會科學，2013（7）。

〔註91〕余英時，文史傳統與文化重建〔M〕，北京：生活·讀書·新知三聯書店，2004：489。

〔註92〕季鸞，我之新生活運動觀〔N〕，國聞週報，1934（15）。

第六章 《大公報》國民生活觀建構的特徵

　　由於在新生活運動發軔的年代，中國在政治、經濟、軍事、外交等方面尚面臨著無數顯得比其更重要更緊迫的問題，在其推行開來之後又接著被淹沒在更宏大的抗戰潮流中，並隨著國民黨政權在大陸的崩潰而草草收場，使其在中國近代史上並不算一個重大事件，引起大陸學界的研究也僅是近三四十年的事。但回到歷史場景中，新生活運動因其發起者、推行範圍和口號目標之故，在當時仍不失為「政治上社會上最轟動全國之問題」。不過，新生活運動只勾勒了一個宏觀的理論架構，本身存在一些含混模糊處，給其他解釋者留下了一定的自我發揮的空間，既有的研究中便有關注地方政府層面、商人群體等不同界別對新生活運動這一主題所彈出的不同「變奏」。那麼媒體方面又是把新生活運動作為何種資源加以利用的呢？當建構主義思路被引入中國的新聞傳播學科，越來越多的新聞史學者開始以建構論認識歷史上媒體的角色，越來越認識到人類對社會實在的認知和表述，不是一種鏡子式的被動反映，而是一種主動的參與建構，它關注的是媒介如何反映了社會實在以及為何要如此反映。具體到本研究，《大公報》在國民生活觀的建構中具有什麼樣的特徵呢？

　　在此之前，有必要先考察在一般性上當時的媒體是對新生活運動是如何反應的。根據學界普遍的看法，基本把民國時期的報刊媒體劃為三種類型。一是以《中央日報》為代表的政黨報刊，二是以《申報》為代表的民間商業性報刊，再就是在傳統分野之外，以《大公報》為代表的走出「第三種」道路的

文人報（也有說法稱為專業報刊）。《中央日報》是國民黨新聞事業的最高黨報，其對新生活運動的報導特點可稱之為：完全從政治視角切入，集中於刊登政要發言和新運在各地推行進程，而忽視社會底層的聲音和參與，政治化報導色彩濃重。新生活運動的發起本身固然伴隨著政治目的，因此作為國民黨最高黨報的《中央日報》在很大程度上承擔著宣傳闡釋政治意義和目的之角色。以至於有研究論道，當新生活運動已在全國擴散開來，各地紛紛響應的時候，《中央日報》承擔的政治化報導使命便趨於完成，從而對新生活運動的報導也不再熱心，從報導量來看，1934 年對新生活運動報導量高達 91 篇的《中央日報》進入 1935 年後全年僅有 9 篇報導，1936 年也不過 11 篇。〔註1〕因此，《中央日報》對新生活運動的關注基本是對其政治意義的宣傳，且政治化報導本身無論從量還是質方面對民眾真切的「生活」層面的關注都乏善可陳，遑論國民生活觀建構。作為國民黨機關報的《中央日報》如此，那麼被稱為「中國第一大報」的商業報刊《申報》如何？毋庸諱言，新生活運動雖帶有反動的政治本質，但作為民營報紙，無論是《申報》還是《大公報》對新生活運動本身基本都是持贊成和支持態度的。〔註2〕《申報》的特點在於其早期，主要是 1934 年，對新生活運動基本採取了和《中央日報》同樣的政治化報導模式，強調政治意義，對民眾的參與著墨甚少。至 1934 年後期，《申報》對新生活運動的社會化意義的關注才逐漸增多，開始加以呈現禮俗觀念、女性覺醒、青少年教育等問題，向國民傳遞著社會現代化的觀念。〔註3〕《申報》對這些現代化觀念的呈現是近代以來中國報人對「國民改造」關懷的一種體現，一些文章也體現出傳統知識分子對下層民眾的憐憫，如在其社論中提出在推行禮義廉恥之前，應稍稍看到人民的生計問題。〔註4〕但總體上《申報》對國民改造問題的關注呈現較零散的、自覺程度不高的特點，未見該報就新生活運動提出較系統的國民生活觀。

〔註1〕吳倫羽，從政治化到社會化：《申報》「新生活運動」報導研究（1934～1936）〔D〕，合肥：安徽大學，2017。

〔註2〕陳建云，《大公報》與國民政府新生活運動〔J〕，蘭州大學學報（社會科學版），2018（6）；王曉輝，沈世培，1934 年社會輿論對新生活運動的回應——以《申報》為中心〔J〕，北華大學學報，2012（4）；王美珍，20 世紀 30 年代申報對新生活運動的輿論宣傳〔D〕，天津：天津師範大學，2017。

〔註3〕吳倫羽，從政治化到社會化：《申報》「新生活運動」報導研究（1934～1936）〔D〕，合肥：安徽大學，2017。

〔註4〕社論，新生活運動〔N〕，申報，1934-3-16。

　　相較之下，《大公報》以新生活運動為中心的國民生活觀建構在系統性和成熟度方面比《中央日報》《申報》等其他媒體更勝一籌。總編輯張季鸞在新生活運動初期便在《我之新生活運動觀》一文中較全面地提出了他「凡合於經濟的與衛生的就是新生活」的觀點，深刻地體現著以張季鸞為典型的《大公報》同人群體對新生活運動及國民改造問題的思想風格，往前回溯，這種改造國民個人生活的思想在其 1920 年代的「平凡救國論」中早已有所闡發，順此思路下去亦是《大公報》借新生活運動報導建構的國民生活觀的基本內容。在《大公報》同人與新運發起者本意的互動下，《大公報》建構的國民生活觀典型地以「經濟的」、「衛生的」、「紀律的」為主要原則，在基本遵循新生活運動「整齊」「清潔」「簡單」「樸素」「迅速」「確實」六項標準的基礎上有所發展和凝練，並在操作性層面提出了更可行的方案。不同於官方強調的「克制自身修為」，《大公報》更為側重外在的經濟和社會層面的環境支撐，這不僅僅是中國知識分子傳統的「為民請命」情懷，更大程度上包含著《大公報》同人對中國如何邁入「現代化」問題自覺的研究與思考。因此《大公報》以新生活運動為中心的國民生活觀建構具有更完備的系統性。

　　其次，《大公報》在塑造「現代國民」過程中彰顯的現代性價值在以西方的「現代生活」為目標的同時，兼顧了「現代性」規範與實現條件的敏感性與社會文化環境的具體性。從現代性的三個維度即工具理性、個人權利和民族主義來看，《大公報》在對以自由、民主、科學等西方現代價值基本認同的前提下，從身處的社會文化網絡和普遍的現代化趨勢共同鍛造的價值訴求出發，來建構「現代的」國民生活觀，一種「複雜的」現代國民面孔。「理智上嚮慕西方，感情上迷戀傳統」的少數知識精英並未忽視大多數國民實際上在理智上和感情上都依然是十分傳統的，在以西方的理性精神、充分正當的個人自主性為鑒的同時，《大公報》又在一定程度上維持了中國傳統道德價值的文化與時代意義，但這種現代化上的「複雜性」並不是封閉的，《大公報》亦為「現代化」在中國的未來保留了開放的發展趨勢。「舊禮教」、「舊道德」的變更相對於經濟制度也許「有緩有速」，但終將湮滅在世界潮流進於「嶄新生活」的進程中。《大公報》建構的國民生活觀並不是懸於中國具體社會現實的抽象的「現代化」，而是將現代性規範的敏感性與現代化經驗條件的敏感性納入了自身「言論救國」、「新聞救國」的實踐。因此《大公報》以新生活運動為中心的國民生活觀建構在對「現代化」的思考上具有更高的成熟度。

　　與上述特徵密切相關的是《大公報》浸淫在社會文化網絡中，在辦報體制上具有一定的「闡釋社群」（interpretive community）色彩。〔註5〕這主要源於其內容生產方面的同人性，以及通過「言論開放」與民國經濟、教育、司法等各界形成有組織互動，從而深深嵌入社會文化網絡。新記《大公報》因其「同人辦報」的性質而成為中國新聞史上著名的同人報。〔註6〕何謂「同人辦報」？除了以私人自願的外在形式結合起來辦報，「同人」之間亦以「自願」的「好尚」、「情趣」等為內在驅力。〔註7〕《大公報》總經理胡政之表述道「本報是團體事業，同人相處，宛如家人兄弟」，〔註8〕編輯記者「精神和諧，工作合拍，簡直如一個人一般」。如新記《大公報》的社評皆不署名，「反正都是《大公報》說的，你們不必管它是出自何人之手」，「我們的言論都是共同的意見，整體的負責」〔註9〕《大公報》作為浸淫在社會文化網絡中的闡釋社群，其有關新生活運動的新聞報導亦是更廣領域的文化傳統的產物。在一般情況下《大公報》不控制記者傾向，讓記者「撒手幹」，〔註10〕總編輯張季鸞認為報紙只為表現輿論之工具，「其本身不得為輿論」，「即同人自念，其所有者，惟若干經驗與常識耳」。〔註11〕李金銓亦直言新記《大公報》和張季鸞的辦報思想是「有自由傾向的儒家社群主義」逐漸結合西方自由主義，前者為體，後者為用。〔註12〕

〔註5〕「闡釋社群」是媒介、傳播和文化研究等跨學科領域的一個常見概念，它認為意義並非「存在於」媒介或其他話語之中，意義的存在離不開詮釋單位的介入，或者說意義生產活動是被作為一種文化過程來進行考察的。參見克勞斯‧布魯恩‧延森，媒介融合：網絡傳播、大眾傳播和人際傳播的三重維度〔M〕，劉君譯，上海：復旦大學出版社，2016：36。

〔註6〕新記《大公報》提倡「同人辦報」，無論是張季鸞、胡政之、吳鼎昌還是其他員工，時常可見其在各種公私場合以「同人」代稱集體。如1926年9月1日續刊第一期揭櫫其「四不」原則的開篇社評便題為「本社同人旨趣」；1931年5月22日《大公報》發行一萬號時，該報的社評便以「同人今日願訴諸全國讀者諸君」的口吻發表《大公報一萬號紀念辭》；1941年12月23日王芸生就《擁護修明政治案》一文致陳布雷函中亦以「敝同人」代稱報社。

〔註7〕黃旦，詹佳如，同人、幫派與中國同人報〔J〕，學術月刊，2009（4）。

〔註8〕胡政之，回首一十七年〔N〕，大公報重慶版，1943-9-5。

〔註9〕胡政之，兩點說明，王瑾，胡玫編：胡政之文集‧下〔G〕，天津：天津人民出版社，2007：1159。

〔註10〕王芝芙，老報人王芸生——回憶我的父親〔M〕，文史資料選輯第33冊第97輯，北京：中國文史出版社，2009：89。

〔註11〕張季鸞，張季鸞集〔G〕，北京：東方出版社，2011。

〔註12〕李金銓，回顧《大公報》和張季鸞的文人論政〔J〕，新聞記者，2015（11）。

　　另一方面，文人辦報的《大公報》以「言論開放」姿態與知識界形成有組織的互動，也是構成其「闡釋社群」色彩的因素。中國報人無不自詡為知識分子，但新記《大公報》不僅因其「文人論政」的標榜而地位特出，更因為與民國時期的經濟、教育、司法、交通等各知識界人士保持良好的關係，並形成有組織的互動，深深嵌入社會文化網絡。陶希聖稱讚張季鸞是魯仲連式的人物，不僅能與蔣介石交好，被其奉為座上賓，還能周旋於各方，特別是英美歸來的一批自由派知識分子群體為其廣為延攬。寄託著近代以來經濟現代化追求與自由民主渴望的《大公報》處於這種社會網絡中，其富有特色的「星期論文」、「明日之教育」、「經濟週刊」等專刊在各界知識精英的幫助下成為各種思想匯聚交融的平臺。本就在教育哲學層面存在缺陷的新生活運動〔註13〕更是為《大公報》的國民生活觀建構提供了很大的闡釋空間。在此《大公報》不是限定輸入就可以確定其輸出的「中介者」（intermediary），不是被預設概念遮蔽的「黑箱」（black box），〔註14〕，而是具有行動力的「轉義者」（mediator）。因此，報紙文本不再是一眼就可以看穿的、不必費心力就可以理解的內容，不是歷史的自動說話者，而是文化和社會建構起來的文本，是滲透了它的表述者及其所處文化背景的主觀意志的。〔註15〕報紙並非僅僅將信息傳給讀者，而是雙方所處的社會語境促成了他們對於事件和意義的共同理解。

　　新生活運動的國民現代化願景僅是近代以來中國知識分子國民改造思潮的一個階段，「國民現代化」的課題也並沒有在任一歷史時期宣稱大功告成，

〔註13〕如該報所刊登的教育家吳俊升的一篇文章所言，新生活運動這一道德教育本身在訓練方法上面臨著「唯心和唯物，主內和主外的分歧」，「新生活運動者採取了『禮義廉恥，國之四維，四維不張，國乃滅亡』這一段話而敦促個人自克自勵；注重社會環境的教育家，卻也可同樣引著管子的一段話，教人改良個人生活，先從改良社會環境入手，這段話便是『倉廩實而知禮節，衣食足而知榮辱』。」參見吳俊升，中國教育需要一種哲學〔N〕，大公報天津版，1934-11-5。

〔註14〕拉圖爾借用控制論的「黑箱」概念，來批評功能主義的觀點。此概念「被控制論者用來表示任何一部過於複雜的機器或者任何一組過於複雜的命令。他們在黑箱所在的地方畫上一個小盒子，以表示此處除了輸入和輸出以來不需要知道任何其他的事情」。參見吳瑩，盧雨霞等，跟隨行動者重組社會——讀拉圖爾的《重組社會：行動者網絡理論》〔J〕，社會學研究，2008（2）。

〔註15〕李霞，楊豫，走向開放的綜合——新文化史學探析〔J〕，國外社會科學，2001（5）。

它作為一個開放的、未完成的過程，還在走向未來。應該意識到，在走向「現代化」的過程中，「媒介」與「社會」並不是可切割開來的「媒介／社會」關係，而是一種內在契合的「媒介—社會」狀態。既要以此作為認識浸淫在社會文化網絡中的《大公報》及其建構「現代」國民生活觀實踐的前提，也是理解當下的相關新聞傳播學議題的關鍵。當然，本研究中的新記《大公報》有其自身的特殊性，在運行機制、辦報思想及管理體制等方面與當下中國的媒體不具可比性，但在建構國民生活觀過程中的特點亦不失為一種歷史的參照。

參考文獻

一、圖書類

1. 安東尼・吉登斯，現代性的後果〔M〕，田禾譯，南京：譯林出版社，2011。

2. 彼得・伯克，歷史學與社會理論〔M〕，姚朋等譯，上海：上海世紀出版集團，2010。

3. 彼得・伯克，什麼是文化史〔M〕，蔡玉輝譯，北京：北京大學出版社，2009。

4. 彼得・伯克，知識社會史〔M〕（上卷），陳志宏，王婉旎譯，杭州：浙江大學出版社，2016。

5. C. 賴特・米爾斯，社會學的想像力〔M〕，陳強，張永強譯，北京：生活・讀書・新知三聯書店，2016。

6. 蔡玉輝，每下愈況：新文化史與彼得・伯克研究〔M〕，上海：譯林出版社，2012。

7. 陳旭麓，中國歷史的新陳代謝〔M〕，上海：上海人民出版社，1992。

8. 段瑞聰，蔣介石と新生活運動〔M〕，東京：慶應義塾大學出版會，2006。

9. 方漢奇，《大公報》百年史（1902.6.17～2002.6.17）〔M〕，北京：中國人民大學出版社，2002。

10. 馮桂芬，校邠廬抗議〔M〕，鄭州：中州古籍出版社，1998。

11. 費孝通，鄉土中國〔M〕，北京：北京大學出版社，2012。

12. 關志鋼，新生活運動研究〔M〕，深圳：海天出版社，1999。

13. 郭恩強，重構新聞社群——新記《大公報》與中國新聞業〔M〕，上海：上海人民出版社，2013。

14. 國民政府主計處統計局，中華民國統計提要〔R〕，上海：商務印書館，1936。

15.「國史館」，蔣中正「總統」檔案·事略稿本（17）〔A〕，臺北：「國史館」，2006。

16. 甘惜分，新聞學大辭典〔M〕，鄭州：河南人民出版社，1993。

17. 黃瑚，新聞與傳播論衡〔M〕，上海：復旦大學出版社，2019。

18. 何立明，中國士人〔M〕，上海：上海交通大學出版社，2017。

19. 賈曉慧，大公報新論——20 世紀 30 年代《大公報》與中國現代化〔M〕，天津：天津人民出版社，2002。

20. 蔣竹山，新史學——新文化史專號〔C〕，鄭州：大象出版社，2005。

21. 金觀濤，歷史的巨鏡〔M〕，北京：法律出版社，2015。

22. 柯偉林，蔣介石政府與納粹德國〔M〕，陳謙平等譯，錢乘旦校，北京：中國青年出版社，1994。

23. 孔昭愷，舊大公報坐科記〔M〕，北京：中國文史出版社，1991。

24. 克勞斯·布魯恩·延森，媒介融合：網絡傳播、大眾傳播和人際傳播的三重維度〔M〕，劉君譯，上海：復旦大學出版社，2016。

25. 李秀雲，大公報專刊研究〔M〕，北京：新華出版社，2007。

26. 李長莉，閔傑，羅檢秋等，中國近代社會生活史〔M〕，北京：中國社會科學出版社，2015。

27. 劉繼忠，國民黨新聞事業研究（1927～1937）〔M〕，北京：光明日報出版社，2019。

28. 劉易斯·芒福德，技術與文明〔M〕，陳允明等校，北京：中國建築工業出版社，2009。

29. 羅伯特·K. 默頓：社會理論和社會結構〔M〕，唐少傑，齊心譯，上海：譯林出版社，2006。

30. 林緒武，邱少君，吳鼎昌文集〔G〕，天津：南開大學出版社，2012。

31. 林語堂，吾國與吾民〔M〕，長沙：湖南文藝出版社，2018。

32. 梁啟超，變法通議〔M〕，北京：華夏出版社，2002。

33. 馬克科姆・沃特斯，現代社會學理論〔M〕，北京：華夏出版社，2000。

34. 南昌新生活運動促進總會，民國二十三年新生活運動總報告〔R〕，1935。

35. 潘惠蓮，尋找「美人魚」楊秀瓊——香港一代女泳將抗日秘辛〔M〕，香港：Pun Wai Lin，2019。

36. 秦孝儀，中華民國社會發展史（第三冊）〔M〕，臺北：近代中國出版社，1985。

37. 秦孝儀，總統蔣公思想言論總集卷十一〔G〕，臺北：國民黨中央黨史委員會，1984。

38. 任桐，徘徊於民本與民主之間：《大公報》政治改良言論述評（1927～1937）〔M〕，北京：生活・讀書・新知三聯書店，2004。

39. 史景遷，追尋現代中國 1600～1949〔M〕，溫洽溢譯，成都：四川人民出版社，2019。

40. 孫會，大公報廣告與近代社會（1902～1936）〔M〕，北京：中國傳媒大學出版社，2011。

41. 深町英夫，教養身體的政治——中國國民黨的新生活運動〔M〕，北京：生活・讀書・新知三聯書店，2017。

42. 蘇智良，中國毒品史〔M〕，上海：上海人民出版社，1997。

43. 唐小兵，現代中國的公共輿論——以《大公報》「星期論文」和《申報》「自由談」為例〔M〕，北京：社會科學文獻出版社，2002。

44. 彤新春，時代變遷與媒體轉型：大公報 1902～1966 年〔M〕，北京：社會科學文獻出版社，2013。

45. 吳廷俊，新記《大公報》史稿〔M〕，武漢：武漢出版社，1994。

46. 溫波，重建合法性：南昌市新生活運動研究（1934～1935）〔M〕，北京：學苑出版社，2006。

47. 沃爾特・李普曼：公眾輿論〔M〕，閻克文，江紅譯，上海：上海世紀出版集團，2006。

48. 王瑾，胡玫編：胡政之文集・下〔G〕，天津：天津人民出版社，2007。

49. 王芝琛，劉自立，1949 年以前的大公報〔G〕，山東畫報出版社，2002。

50. 王栻，嚴復集〔G〕，北京：中華書局，1986。

51. 王芝芙，老報人王芸生——回憶我的父親〔M〕，文史資料選輯第 33 冊第 97 輯，北京：中國文史出版社，2009。

52. 向芬，國民黨新聞傳播制度研究〔M〕，北京：中國社會科學出版社，2012。

53. 西皮爾·克萊默爾，傳媒、計算機、實在性——真實性表象和新傳媒〔M〕，孫和平譯，北京：中國社會科學出版社，2008。

54. 蕭繼宗，新生活運動史料〔G〕，《革命文獻》第 68 輯，臺北：中央文物供應社，1975。

55. 俞凡，新記《大公報》再研究〔M〕，北京：中國社會科學出版社，2016。

56. 易勞逸，流產的革命：1927～1937 年國民黨統治下的中國〔M〕，陳謙平等譯，錢乘旦校，北京：中國青年出版社，1992。

57. 於海，西方社會思想史〔M〕，上海：復旦大學出版社，2018。

58. 余英時，文史傳統與文化重建〔M〕，北京：生活·讀書·新知三聯書店，2004。

59. 楊佩昌，蔡元培：講演文稿〔G〕，北京：中國畫報出版社，2010。

60. 楊念群，再造「病人」——中西醫衝突下的空間政治（1832～1985)〔M〕，北京：中國人民大學出版社，2006。

61. 周雨，大公報史 1902～1949〔M〕，南京：江蘇古籍出版社，1993。

62. 周雨，大公報人憶舊〔M〕，北京：中國文史出版社，1991。

63. 張季鸞，張季鸞集〔G〕，北京：東方出版社，2011。

64. 張育仁，自由的歷險——中國自由主義新聞思想史〔M〕，昆明：雲南人民出版社，2002。

65. 袁洪亮，中國近代人學思想史〔M〕，北京：人民出版社，2006。

66. 張海林，王韜評傳〔M〕，南京：南京大學出版社，1993。

67. 郭嵩燾，郭嵩燾日記（四），長沙：湖南人民出版社，1983。

二、學術論文

1. Arif Dirlik, "The Ideological Foundation of the New Life Movement: A Study in Counterrevolution," The Journal of Asian Studies, Vol.34, No.4, 1975, p.975.

2. 白純，簡論抗戰之前的新生活運動〔J〕，黨史研究與教學，2003（2）。

3. 班忠玉，新生活運動與民國社會生活〔D〕，蘇州：蘇州大學，2005。

4. 陳英，新生活運動的話語研究〔D〕，重慶：西南大學，2017。

5. 陳高原，論近代中國改造國民性的社會思潮〔J〕，近代史研究，1992（1）。

6. 陳建云，楊唯汀，《大公報》與國民政府新生活運動〔J〕，蘭州大學學報（社會科學版），2018（6）。

7. 陳佳麗，傳播與流變：媒介視野下西方衛生知識在近代中國的流通（1840～1937）〔D〕，華中科技大學，2018。

8. 鄧元忠，新生活運動之政治意義闡釋〔C〕，「中央研究院」近代史研究所，抗戰前十年國家建設研討會論文集（1928～1937）上冊，臺灣「中央研究院」近代史研究所，1984。

9. 鄧輝，抗戰文化語境下蔣介石新生活運動評析〔J〕，牡丹江大學學報，2011（8）。

10. 鄧陽陽，國共兩黨民俗變革比較研究——以國民黨的新生活運動與建國前後共產黨的移風易俗為例〔D〕，濟南：山東大學，2015。

11. Frederick Wakeman, Jr., "A Revisionist View of the Nanjing Decade: Confucian Fascism," The China Quarterly, No.150, 1997.

12. Federica Ferlanti, "The New Life Movement in Jiangxi Province, 1934～1938," Modern Asian Studies, Vol.44, No.5, 2010, pp.1～40.

13. 馮玉龍，大公報與近代中國體育研究〔D〕，蘇州：蘇州大學，2006。

14. 馮平，汪行福等，「複雜現代性」框架下的核心價值建構〔J〕，中國社會科學，2013（7）。

15. 傅國湧，「文人論政」：一個已中斷的傳統〔J〕，社會科學論壇，2003（5）。

16. 顧曉英，評蔣介石的新生活運動（1934～1949）〔J〕，上海大學學報（社科版），1994（3）。

17. 谷秀青，集團結婚與國家在場——以民國時期上海的「集團結婚」為中心〔J〕，江蘇社會科學，2007（2）。

18. 關志鋼，新生活運動「復古論」析〔J〕，江漢論壇，1998（11）。

19. 關志鋼，新生活運動「反共論」析〔J〕，深圳大學學報（人文社會科學版），1999（1）。

20. 關志鋼，新生活運動「失敗論」析〔J〕，深圳大學學報（人文社會科學版），2002（6）。

21. 關志鋼，宋美齡與新生活運動〔J〕，深圳大學學報（人文社會科學版），2009（2）。

22. 關志鋼，論抗日戰爭時期的新生活運動〔J〕，抗日戰爭研究，1992（3）。

23. 郭曉娜，抗戰時期中國共產黨在「新生活運動」總會婦女指導委員會的工作〔D〕，中共中央黨校，2007。

24. 郭紅娟，「公共意識」視域中的宋美齡與新生活運動〔J〕，史學月刊，2013（2）。

25. 苟興朝，論新聞媒體在「傷兵之友」運動中的作用〔J〕，西南交通大學學報（社會科學版），2008（3）。

26. 胡兵，新生活運動的政治社會化分析〔D〕，北京：中共中央黨校，2011。

27. 何卓恩，李周峰，實處與窘處：民族復興運動時論中的新生活運動〔J〕，安徽史學，2015（2）。

28. 皇甫秋實，新生活運動的「變奏」：浙江省禁吸捲煙運動研究（1934～1935）〔J〕，近代史研究，2010（6）。

29. 黃順銘，「鏡子」與「探照燈」辨析──對新聞傳播學中反映論與建構論的認識思考〔J〕，現代傳播，2003（1）。

30. 黃旦，二十世紀中國新聞理論的研究模式〔J〕，現代傳播──北京廣播學院學報，1994（4）。

31. 黃旦，歷史學的想像力〔J〕，史學月刊，2011（2）。

32. 黃旦，詹佳如，同人、幫派與中國同人報〔J〕，學術月刊，2009（4）。

33. 何一民，辛亥革命前後中國城市市民生活觀念的變化〔J〕，西南交通大學學報（社會科學版），2001（3）。

34. 郝慧芳，大公報專刊《醫學週刊》研究（1929～1937）〔D〕，哈爾濱：黑龍江大學，2015。

35. Jennifer Lee Oldstone-Moore, "The New Life Movement of Nationalist China: Confucianism, State Authority and Moral Formation," pp. 182～211.

36. 江根源，媒介建構現實：符號學、社會學和社會心理學範式〔J〕，浙江工業大學學報（社會科學版），2014（3）。

37. 江根源，媒介建構現實：理論溯源、建構模式及相關機制〔D〕，杭州：浙江大學，2013。

38. 克勞斯・布魯恩・延森，界定性與敏感性：媒介化理論的兩種概念化方式〔J〕，新聞與傳播研究，2017（1）。

39. 柯康，新生活運動與國民性改造〔D〕，武漢：華中科技大學，2015。

40. 李金銓，回顧《大公報》和張季鸞的文人論政〔J〕，新聞記者，2015（11）。

41. 雷承鋒，衛俊，岳謙厚，大公報廣告（1926～1937）與天津社會生活變遷〔J〕，現代傳播，2013（5）。

42. 林頌華，試論新生活運動的特點與效用〔J〕，江西師範大學學報（哲學社會科學版），1995（2）。

43. 劉文楠，蔣介石和汪精衛在新生活運動發軔期的分歧〔J〕，近代史研究，2011（5）。

44. 劉文楠，規訓日常生活：新生活運動與現代國家的治理〔J〕，南京大學學報（哲學・人文科學・社會科學），2013（5）。

45. 劉文楠，以「外國」為鑒：新生活運動中蔣介石的外國想像〔J〕，清華大學學報（哲學社會科學版），2017（3）。

46. 劉文楠，借迷信行教化：西山萬壽宮朝香與新生活運動〔J〕，近代史研究，2016（1）。

47. 劉娟，從《大公報・醫學週刊》看民國時期現代衛生觀念的傳播〔J〕，新聞與傳播研究，2014（5）。

48. 劉奎，歷史、媒介與文學敘述：新生活運動的兩副面孔〔J〕，江漢學術，2013（6）。

49. 李九如，「新生活運動先鋒隊」：《體育皇后》與20世紀30年代初期的現代性身體話語〔J〕，當代電影，2014（7）。

50. 李暄，民國廣播與上海市民新式家庭生活〔J〕，新聞與傳播研究，2018（2）。

51. 李霞，楊豫，走向開放的綜合——新文化史學探析〔J〕，國外社會科學，2001（5）。

52. 李長莉，中國近代生活史研究30年：熱點與走向〔J〕，河北學刊，2016（1）。

53. 雷祥麟：習慣成四維：新生活運動與肺結核防治中的倫理、家庭與身體〔J〕，「中央」研究院近代史研究所集刊，2011 年總第 74 期，第 133～177 頁。

54. 雒有倉，關於中國社會生活史的體系問題〔J〕，淮北煤炭師範學院學報（哲學社會科學版），2003（3）。

55. 樓嘉軍，上海城市娛樂研究（1930～1939）〔D〕，上海：華東師範大學，2004。

56. 楊劍利，國家建構語境中的婦女解放——從歷史到歷史書寫〔J〕，近代史研究，2013（3）。

57. 馬燕洋，章梅芳，王瑤華，民國時期家庭衛生觀念與知識的傳播——以新生活運動期間相關紙媒為主要考察對象〔J〕，科普研究，2019（2）。

58. 歐陽雪梅，新生活運動與明恥教戰〔J〕，湘潭大學學報（哲學社會科學版），1998（3）。

59. 龐樸，文化結構與近代中國〔J〕，中國社會科學，1986（5）。

60. 喬兆紅，論抗戰時期的新生活運動〔J〕，天府新論，2005（5）。

61. 喬兆紅，從國民精神總動員看戰時新生活運動的積極性〔J〕，歷史檔案，2010（2）。

62. Robert E. Park: News as a Form of Knowledge: A Chapter in the Sociology of Knowledge. American Journal of Sociology Vol. 45, No. 5 (Mar., 1940), pp. 669～686. Published by: The University of Chicago Press.

63. 宋青紅，新生活運動促進總會婦女指導委員會研究（1938～1946）〔D〕，上海：復旦大學，2012。

64. 孫語聖，新生活運動再審視——從衛生防疫角度〔J〕，安徽大學學報（哲學社會科學版），2005（3）。

65. 唐小兵，象牙塔與百樂門：民國上海大學生「禁舞」事件考述〔J〕，開放時代，2007（3）。

66. 吳廷俊，范龍，大公報「敢言」傳統的思想基礎與文化底蘊〔J〕，新聞與傳播研究，2002（3）。

67. 吳倫羽，從政治化到社會化：《申報》「新生活運動」報導研究（1934～1936）〔D〕，合肥：安徽大學，2017。

68. 吳宏岐，區域社會生活史的若干理論問題〔J〕，陝西師範大學學報（哲學社會科學版），2006（1）。

69. 吳瑩，盧雨霞等，跟隨行動者重組社會——讀拉圖爾的《重組社會：行動者網絡理論》〔J〕，社會學研究，2008（2）。

70. 吳小爽，試論新公共管理的工具理性〔J〕，遼寧廣播電視大學學報，2010（2）。

71. 王詠梅，劉憲閣，從「四不」到「二不」——探析新記《大公報》辦報方針表述改變的背後〔J〕，新聞與傳播研究，2017（2）。

72. 汪思涵，1934～1937 年間的新生活運動與基督教——以《教務雜誌》為中心〔J〕，中國社會經濟史研究，2007（4）。

73. 王曉輝，沈世培，1934 年社會輿論對新生活運動的回應——以《申報》為中心〔J〕，北華大學學報，2012（4）。

74. 王美珍，20 世紀 30 年代申報對新生活運動的輿論宣傳〔D〕，天津：天津師範大學，2017。

75. 王少輝，新生活運動與國家觀念建構〔D〕，昆明：雲南大學，2015。

76. 王詠詩，新生活運動中《婦女共鳴》雜誌思想矛盾之研究〔D〕，廣州：暨南大學，2016。

77. 王淼，徐維廉與抗戰時期傷兵之友運動初探〔J〕，抗戰史料研究，2016（1）。

78. 溫波，南昌市新生活運動研究（1934～1935）〔D〕，上海：復旦大學，2003。

79. 夏蓉，抗日戰爭時期中共與新生活運動促進總會婦女指導委員會〔J〕，中共黨史研究，2009（8）。

80. 夏蓉，新生活運動與取締婦女奇裝異服〔J〕，社會科學研究，2004（6）。

81. 夏晶：「衛生」概念在近代東亞的變遷和流轉〔J〕，人文論叢，2017 年第1 期。

82. 謝早金，新生活運動的推行〔C〕，張玉法，中國現代史論輯（第 8 輯）：十年建國，臺北：臺灣聯經出版事業公司，1982。

83. 薛鳳，新生活運動及其對國民生活的改造——以 1934～1935 年的天津市為考察對象〔D〕，天津：天津師範大學，2014。

84. 夏文華，新生活運動與 1930 年代晉南民眾社會生活〔J〕，山西檔案，2016（3）。

85. 徐威，1934 年《申報》廣告中的新生活運動〔J〕，南陽師範學院學報（社會科學版），2011（10）。

86. 徐威，廣告視野下的新生活運動——以 1934 年《申報》為例〔D〕，長春：吉林大學，2011。

87. 向芬，新生活運動宣傳：全民道德運動的幻夢〔J〕，青年記者，2015（12）上。

88. 楊衛民，新時期社會生活史研究述略——以中國近代社會生活史為中心〔J〕，焦作師範高等專科學校學報，2012（1）。

89. 楊桂華，生活方式是一個動態的立體結構〔J〕，天津師大學報，1990（4）。

90. 閻立峰，王璿，能動的振擺：從新曆史主義視野看新聞文本的歷史性〔J〕，新聞與傳播研究，2018（1）。

91. 楊唯汀，晚清報人報刊與國民性改造〔D〕，上海：復旦大學，2019。

92. 楊朕宇，《新聞報》廣告與近代上海休閒生活的建構〔D〕，上海：復旦大學，2009。

93. 俞祖華，近現代中華民族復興思想研究述評〔J〕，晉陽學刊，2018（4）。

94. 周葆華，質疑新記《大公報》的「小罵大幫忙」〔J〕，新聞與傳播研究，2002（3）。

95. 左玉河，論蔣介石發動的新生活運動〔J〕，史學月刊，1990（4）。

96. 左玉河，新生活運動在河南〔J〕，黃淮學刊（社會科學版），1993（3）。

97. 左玉河，跳舞與禮教：1927 年天津禁舞風波〔J〕，河北學刊，2005（5）。

98. 朱甜甜，趕超式富強中的國家與個人——基於新生活運動的考察〔J〕，煙臺大學學報（哲社版），2016（3）。

99. 張芳霖，20 世紀 30 年代的南昌商人與新生活運動——以南昌「商人節」為中心〔J〕，歷史檔案，2005（2）。

100. 張玲，王廷龍，抗戰時期中國公共衛生概念解析——兼論衛生觀念的歷史演變〔J〕，蘭臺世界，2019（11）。

101. 鍾晨發，略論生活方式的構成因素和變革機制〔J〕，華中師範大學學報（哲社版），1986（1）。

102. 張斌，新聞生產與社會建構——論美國媒介社會學研究中的建構論取向〔J〕，現代傳播，2011（1）。

103. 鄭師渠，辛亥革命後關於國民性問題的探討〔J〕，天津社會科學，1988（6）。

104. 鄭大華，論中國近代民族主義的思想來源及形成〔J〕，浙江學刊，2007（1）。

105. 鄭大華，中國近代民族主義的來源、演變及其他〔J〕，史學月刊，2006（6）。

106. 張仲民，近代中國「東亞病夫」形象的商業建構與再現政治——以醫藥廣告為中心〔J〕，史林，2015（4）。

三、報刊文獻

1. 別了，讀者編〔N〕，大公報天津版，1934-12-30。

2. 北平街上多塵穢　將要舉行大掃除〔N〕，大公報天津版，1945-12-16。

3. 豳風社，圍棋欄獻詞〔N〕，大公報上海版，1936-9-28。

4. 本社同人的聲明　關於密蘇里贈獎及各地的慶祝會〔N〕，大公報重慶版，1941-5-15。

5. 本報特寫，新運六週年紀念第二日　國民拒毒協會成立〔N〕，大公報重慶版，1940-2-21。

6. 本報特派員木公，京滇周遊記（一）〔N〕，大公報天津版，1937-4-13。

7. 本報旅行記者徐盈，南昌新影〔N〕，大公報天津版，1937-3-21。

8. 陳獨秀，東西民族根本思想之異同〔J〕，青年雜誌，1915（4）。

9. 陳振先，新生活運動中應注意的一節〔N〕，大公報天津版，1934-4-1。

10. 陳青之，今後教育之出路〔N〕，大公報天津版，1935-3-19。

11. 陳世鴻：實行新生活運動的幾點希望〔N〕，新生活運動週報，1934 年第 1 期。

12. 擦鞋難童獻金救國　八個孩子送來十八塊多錢〔N〕，大公報漢口版，1938-6-11。

13. 重慶南渝中學　成立典禮誌盛〔N〕，大公報天津版，1936-10-2。

14. 春日三部曲〔N〕，大公報上海版，1936-5-1。

15. 大眾信箱　吐痰聲請勿廣播〔N〕，大公報天津版，1935-5-1。

16. 大菜小言〔N〕，大公報天津版，1935-6-4。

17. 第十八屆華北運動會　開幕宣言草案〔N〕，大公報天津版，1934-10-5。

18. 德超，健全青年與健全公民　應有的體育〔N〕，大公報香港版，1939-1-29。

19. 丁洪範，經濟建設與文化建設〔N〕，大公報天津版，1935-8-14。

20. 對表〔N〕，大公報天津版，1934-11-24。

21. 二十九軍官佐　婚喪應酬　規定節省辦法〔N〕，大公報天津版，1936-9-21。

22. 法天，集郵小識（續前）〔N〕，大公報天津版，1936-7-23。

23. 風箏比賽　雨花臺盛會〔N〕，大公報天津版，1935-3-27。

24. 吠雪碎語〔N〕，大公報天津版，1935-2-14。

25. 革命先革心變政先變俗（三）〔N〕，大公報天津版，1934-7-17。

26. 關於本報代收捐款之聲明〔N〕，大公報重慶版，1938-12-30。

27. 國貨播音對講　夫婦對講〔N〕，大公報上海版，1937-6-16。

28. 國貨播音對講　夫婦對講（續）〔N〕，大公報上海版，1937-6-17。

29. 工部局勸告預防　流行性感冒〔N〕，大公報上海版，1937-5-13。

30. 告本欄投稿諸君讀者〔N〕，大公報天津版，1931-9-20。

31. 溝通倫理教育與政治教育之必要〔N〕，大公報天津版，1934-11-21。

32. 華北當前的危機（續）　黃炎培在上海青年會演詞〔N〕，大公報天津版，1934-6-17。

33. 何應欽夫婦舉行遊園會盛況〔N〕，大公報天津版，1934-5-16。

34. 海風，提倡步行運動〔N〕，大公報香港版，1940-5-14。

35. 轟動南昌　萬人爭看美人魚〔N〕，大公報天津版，1934-7-27。

36. 橫歧調　舊都戲曲界又一新發現〔N〕，大公報天津版，1934-12-10。

37. 湖南新運會　取締奇裝異服〔N〕，大公報天津版，1936-7-20。

38. 胡政之，回首一十七年〔N〕，大公報重慶版，1943-9-5。

39. 胡適，新年的幾個期望〔N〕，大公報天津版，1937-1-3。

40. 胡適，為新生活運動進一解〔N〕，大公報天津版，1934-3-25。

41. 我們的今日〔N〕，時報，1927-12-1。

42. 集團結婚明日正式舉行　改在寧園禮堂〔N〕，大公報天津版，1935-6-14。

43. 蔣解釋新生活運動意義〔N〕，大公報天津版，1934-4-7。

44. 津黨政聯合紀念周　張廷諤報告〔N〕，大公報天津版，1934-11-20。

45. 季鸞，我之新生活運動觀〔N〕，國聞週報，1934（15）。

46. 季鸞，立刻收效的節約運動〔N〕，國聞週報，1934（1）。

47. 季鸞，歸鄉記〔N〕，國聞週報，1935（1）。

48. 紀念新運十四週年〔N〕，大公報天津版，1948-2-17。

49. 介紹醫學知識雜誌戒煙專號〔N〕，大公報天津版，1934-12-11。

50. 蔣宋美齡，從湘北前線歸來（上）〔N〕，大公報重慶版，1939-11-29。

51. 家庭問題座談會（下）〔N〕，大公報上海版，1936-10-2。

52. 家庭問題座談會〔N〕，大公報上海版，1936-10-24。

53. 京市娛樂場所統計〔N〕，大公報上海版，1937-2-19。

54. 蔣禁川軍造運嗎啡〔N〕，大公報天津版，1935-7-19。

55. 蔣解釋新生活運動意義〔N〕，大公報天津版，1934-4-7。

56. 李大釗，東西文明根本之異點〔J〕，言治，1918（7）。

57. 冷觀，國民性與時局〔N〕，大公報，1917-2-13。

58. 驤程，小評論　注意實際效果〔N〕，大公報天津版，1934-3-11。

59. 李成蹊，向「世紀末」者進一言〔N〕，大公報上海版，1948-12-23。

60. 呂季子，新生活運動與衛生問題〔N〕，新運導報，1937（2）。

61. 雷嗣尚，從抗戰中產生新中國〔N〕，大公報漢口版，1938-3-14。

62. 劉力源，陳旭麓：以「新陳代謝」理解中國近代史〔N〕，文匯報·論苑，2019-11-21。

63. 閩省禁賭　開設花會者一律槍決〔N〕，大公報天津版，1934-9-5。

64. 馬漢湖，對於高中以上學校軍事訓練的檢討〔N〕，大公報天津版，1934-8-17。

65. 馬星野，關於大公報：由開元雜報到大公報〔J〕，新聞戰線，1941（3）。

66. 夢，編餘新生活運動（一）〔N〕，大公報天津版，1934-3-23。

67. 夢，編餘新生活運動（四）〔N〕，大公報天津版，1934-3-29。

68. 夢，編餘新生活運動（六）〔N〕，大公報天津版，1934-4-1。

69. 媚，婦女的「新生活」〔N〕，大公報天津版，1934-6-24。

70. 民眾只好信賴龍王！〔N〕，大公報天津版，1933-8-14。

71. 南昌盛會　提倡國貨提燈遊行〔N〕，大公報天津版，1934-3-2。

72. 南昌水上運動會　美人魚表演記〔N〕，大公報天津版，1934-8-1。

73. 南昌新氣象〔N〕，大公報天津版，1934-4-2。

74. 南昌市民大會盛況〔N〕，大公報天津版，1934-3-17。

75. 平市取締奇裝異服〔N〕，大公報天津版，1934-10-31。

76. 取締毒素電影〔N〕，大公報香港版，1938-9-19。

77. 社評，長期奮鬥之根本義〔N〕，大公報天津版，1932-3-11。

78. 社評，新生活運動週年感言〔N〕，大公報天津版，1935-2-19。

79. 社評，新生活運動與上海〔N〕，大公報上海版，1936-4-28。

80. 社評，全國動員實行戰時生活〔N〕，大公報重慶版，1942-2-19。

81. 社評，社會節約〔N〕，大公報漢口版，1938-6-24。

82. 社評，自己不能生產的便先不用〔N〕，大公報天津版，1935-4-22。

83. 社評，新生活運動之前途〔N〕，大公報天津版，1934-3-20。

84. 社評，新生活運動成功之前提〔N〕，大公報天津版，1934-3-10。

85. 社評，髮髻問題〔N〕，大公報天津版，1935-1-18。

86. 社評，道德與生存〔N〕，大公報重慶版，1948-2-19。

87. 社評，張學良氏再起〔N〕，大公報天津版，1934-2-27。

88. 社評，禁煙紀念節感言〔N〕，大公報天津版，1937-6-3。

89. 社評，今後之國民體育問題〔N〕，大公報天津版，1932-8-7。

90. 社評，今後之國民體育問題〔N〕，大公報天津版，1934-5-24。

91. 社評，跳舞與禮教〔N〕，大公報天津版，1927-5-23。

92. 社評，衣食住限用國貨之提議〔N〕，大公報天津版，1934-4-28。

93. 社評，暑期軍事訓練問題〔N〕，大公報天津版，1934-6-29。

94. 社評，由軍訓風潮談到軍訓問題〔N〕，大公報天津版，1934-12-11。

95. 社評，論提倡正當娛樂〔N〕，《大公報》重慶版，1939-1-13。

96. 社評，談必要的道德條件〔N〕，大公報重慶版，1943-11-2。

97. 社評，長期奮鬥之根本義〔N〕，大公報天津版，1932-3-11。

98. 社論，新生活運動〔N〕，申報，1934-3-16。

99. 生之原理　陳立夫昨在中央紀念週報告〔N〕,大公報天津版,1934-5-1。

100. 上海印象記（下）〔N〕,大公報天津版,1934-8-4。

101. 上海的幾位布衣主義者〔N〕,大公報上海版,1936-9-2。

102. 上海新生活運動促進會籌備會：新生活運動指導綱要〔N〕,晨報二周紀念冊新生活運動專刊,1934 年。

103. 首都祝壽獻機禮成〔N〕,大公報天津版,1936-11-1。

104. 塞上紀遊　由北平到張北（上）〔N〕,大公報天津版,1934-7-4。

105. 宋母誕辰別紀　煥乎其文章〔N〕,大公報天津版,1935-4-29。

106. 上海大戲院最新驚人貢獻〔N〕,大公報上海版,1936-6-19。

107. 使者,標準鐘〔N〕,大公報上海版,1946-9-13。

108. 天津之上海化〔N〕,《大公報》天津版,1926-11-19。

109. 天津市裏　急待興革的幾件事〔N〕,大公報天津版,1934-12-2。

110. 同聲歌曲集　銷路暢旺〔N〕,大公報天津版,1934-6-14。

111. 提倡新生活運動　南昌市民大會盛況〔N〕,大公報天津版,1934-3-17。

112. 為獻機慶祝蔣委員長五秩壽辰告國人書〔N〕,大公報天津版,1936-11-1。

113. 為什麼抗戰必勝〔N〕,大公報重慶版,1939-2-6。

114. 衛生運動大會的意義〔N〕,大公報天津版,1934-5-22。

115. 汪在勵志社講演新生活真義〔N〕,大公報天津版,1934-4-12。

116. 王珊,南市滄桑錄〔N〕,大公報天津版,1935-1-16。

117. 聞柄,大眾信箱　標準鐘〔N〕,大公報天津版,1935-5-10。

118. 聞亦博,剷除侈靡享樂的風氣〔N〕,大公報上海版,1946-11-25。

119. 我們的旨趣〔N〕,大公報天津版,1927-2-11。

120. 吳俊升,中國教育需要一種哲學〔N〕,大公報天津版,1934-11-5。

121. 選,支那國民性之特徵（節譯日本時事新聞)〔N〕,大公報,1915-7-26。

122. 新生活運動〔N〕,大公報天津版,1934-2-26。

123. 新生活運動　南昌各界積極實行〔N〕,大公報天津版,1934-2-26。

124. 新運二周紀念大會　蔣林馮等有重要訓詞〔N〕,大公報天津版,1936-2-20。

125. 新樸,提倡女子運動的第一步〔N〕,大公報天津版,1928-4-20。

126. 新生活杯球賽開幕〔N〕，大公報天津版，1934-12-3。

127. 新生活運動　各地熱烈舉行〔N〕，大公報天津版，1934-5-16。

128. 新運視察團　昨招待報界〔N〕，大公報上海版，1936-4-28。

129. 新運四週年紀念〔N〕，大公報漢口版，1938-2-20。

130. 新中國的氣象　將儘量攝入「大地」影片〔N〕，大公報天津版，1934-4-18。

131. 徐盈，「傷兵之友」運動〔N〕，大公報重慶版，1939-12-2。

132. 謝樹英，大學生與國難（續）〔N〕，大公報天津版，1935-4-28。

133. 謝樹英，大學生與國難（續）〔N〕，大公報天津版，1935-4-29。

134. 曉初，我國婦女健康問題〔N〕，大公報香港版，1941-5-16。

135. 行，小感想〔N〕，大公報天津版，1934-8-28。

136. 衣服應該怎樣裁縫？〔N〕，大公報天津版，1937-5-20。

137. 顏使由漢抵滬　談歸國觀感〔N〕，大公報天津版，1934-4-3。

138. 嚴仁穎，燃起運動場上的烽火〔N〕，大公報重慶版，1939-12-27。

139. 岩，娘娘宮素描〔N〕，大公報天津版，1935-2-13。

140. 楊秀瓊過京赴贛〔N〕，大公報天津版，1934-7-2。

141. 楊綽庵，民生七件事（下）〔N〕，大公報天津版，1945-12-30。

142. 楊紀，廣東新女性　婦女生產工作團參觀記〔N〕，大公報重慶版，1939-9-17。

143. 宜棠，關於嘴的幾件事〔N〕，大公報天津版，1936-4-9。

144. 貽徵，看了新生活集團結婚〔N〕，大公報重慶版，1939-2-20。

145. 一見，行動自由便是真自由嗎？〔N〕，大公報上海版，1937-4-15。

146. 一樣新年〔N〕，大公報天津版，1935-1-1。

147. 頤和園遊春會〔N〕，大公報天津版，1934-5-5。

148. 自上海到全椒（一）〔N〕，大公報天津版，1934-7-15。

149. 子岡，松白機杼聲〔N〕，大公報重慶版，1941-10-4。

150. 子岡，新兵頌〔N〕，大公報重慶版，1945-2-24。

151. 子岡，新運展覽一瞥〔N〕，大公報重慶版，1939-2-19。

152. 子岡，紗廠一日（下）〔N〕，大公報重慶版，1939-2-26。

153. 致華，肺癆症已漸減少〔N〕，大公報香港版，1940-10-13。

154. 做人革命與建國之大道〔N〕，大公報天津版，1936-1-7。

155. 周鼎彝，看了『改革說書的我見』的感想〔N〕，大公報上海版，1936-10-16。

156. 展云，新生活運動與電影教育〔N〕，民眾教育通訊，1934（10）。

157. 鎮江新生活運動民眾大會素描〔N〕，大公報天津版，1934-4-1。

158. 周憲文，中國抗戰建國的一個基本問題〔N〕，大公報重慶版，1941-1-21。

159. 張季鸞，我的平凡救國論〔J〕，新中國，1920（5）。

160. 張季鸞，蔣介石之人生觀〔N〕，大公報天津版，1927-12-2。

161. 張學良等昨夜赴京 蔣勖勉部屬盡忠補過〔N〕，大公報天津版，1934-3-20。

162. 張由良，吾國典當業的探討〔N〕，大公報天津版，1935-5-22。

163. 《各機關團體及個人捐款（三）》，《國民政府》，臺北「國史館」藏，1939-8-7，數位典藏號：001-054531-00004-063。

164. 《各機關團體及個人捐款（三）》，《國民政府》，臺北「國史館」藏，1939-9-18，數位典藏號：001-054531-00004-067。

165. 《籌筆——統一時期（一七四）》，《蔣中正「總統」文物》，臺北「國史館」藏，1937-4-11，數位典藏號：002-010200-00174-008。

166. 《籌筆——抗戰時期（三十四）》，《蔣中正「總統」文物》，臺北「國史館」藏，1940-5-12，數位典藏號：002-010300-00034-024。

167. 《全面抗戰（二十二）》，《蔣中正「總統」文物》，臺北「國史館」藏，1941-12-23，數位典藏號：002-080103-00055-005。

後　記

　　想先從對「時間」的一點感慨說起。若還身處去年也就是 2019 年，個人尚不會有特別深的觸動，彷彿 21 世紀不過剛剛開始。但今年元旦前夕突然緩過神兒來：明天不就是「二十年代」了嗎？由於近些年來初治新聞史，會把「二十年代」、「三十年代」當然地置於上個世紀的語境中，想當然地將自己視為「二三十年代」的後人，未曾認真設想過真能具體地「置身二三十年代」。但當電子時刻表毫無感情地撥出「2020」，屬實讓人虎軀一震——自己真切地來到「二十年代」了！只不過這是 21 世紀二十年代。

　　世界本無所謂時間，日月輪轉於大地上的動物不過是草木枯榮，因了人類開始以時間刻度自然，我們才得以走出美猴王在水簾洞中不知年月，「只記得山桃熟了七次，被我飽飽吃了七回」的混沌狀態。但無論是古時的日晷，還是現代的時鐘，其平均分割的單位又使得記錄於「時間」之上的生活顯得平淡而瑣碎，尤其不易讓人總結過往之意義，倒不如先民們結繩記事的把握感。之所以對時間節點敏感，除了數目字的排列巧合，確是因為這本博士論文的撰寫完成對自己來說意義非常——吾生也有涯，而知也無涯，無論其學術質量如何，對個人來說總是能稱得上有限人生一里程碑的，它宣告著自我有記憶以來直至現在的二十多年學生生涯的結束。更值得一記的是，這本博士論文是在我心目中的學術殿堂——復旦大學新聞學院完成的。在讀碩士之前，我從未奢望過自己跟復旦能有什麼緣分，最多應該就是 2012 年國慶節從南京到上海遊玩時在卿雲軒買的兩本印有「復旦大學」的筆記本了。但 5 年之後，我竟以一名博士生的身份來到復旦新聞學院報到。在這裡我得遇的不僅僅是良師啟發、益友伴讀，還有惟站在「復旦新聞」這

個平臺上才能看到的風景，只有這些躍動到生活中，才把我經歷的時間塗抹成歲月。

讀博士之前，聽到過很多關於博士生活如何艱難的描述，很不以為意，當我自己得以親身體驗，惟有心中暗自叫苦。幸賴恩師提攜，我才得以完成這篇博士論文。我的導師黃瑚老師是一位老復旦，求教在師門之中讓我如沐春風。在黃老師身上我真正感受到學術與生活的交融，無論是談選題改書稿還是閒聊起歷史掌故，他都以和藹和誠心待人。作為他的學生常常感到自己真的在各方面被導師放在心上，幾乎每次去辦公室黃老師都會以優盤、書筆等各種文具相贈，每逢端午、中秋等時節非但不忍讓同門學子費資於食盒，還往往都會以粽子、月餅與晚輩共享；他平日繁勞於各種事務，但凡是關係到我等學生的學業進展，若有所求，必在最短時間內得到回應。我的博士論文從開題到送審，全程都得到了黃老師的悉心指導。今年初春，新型冠狀病毒肺炎疫情爆發使得所有人困於家中時，也正是我博士論文修改定稿的關鍵階段。通過和黃老師經常的語音聯繫，方使我猶如困獸之鬥般的論文修改得以順利進行。尤其臨定稿之時，不能令人滿意之處仍多，常常下午我將稿件發給黃老師，當天晚上就能得到進一步的修改建議，每次微信語音均有半小時之多。黃瑚老師為人和順，凡事都願意考慮學生自身的興趣和意願，但已認定之事必與學生齊心協力保質保量。得遇恩師如此，夫復何求？

在復旦的三年，正是與黃老師的經常溝通使我的讀博生活從恐怖傳說中逃離，但他對我的體重和髮際線的惡化情勢卻無能為力。在讀博生活的久坐和焦慮情緒之下，我的這兩項指標逐漸失控，在這裡要感恩還是有一群沒有嫌棄我且仍願意和我一起玩耍的同學夥伴。當然有些人是沒得選的，比如我的室友。枯燥的看文獻寫論文間隙，能和袁震、戴前柏走出小單間，在我們宿舍的小客廳共飲幾杯，以小菜和逸聞下酒，足以紓解當時不快。曾培倫老師也是我的室友，他滴酒不沾，卻經常花錢給我們買下酒菜。不過喝酒也不是目的，志趣相投便可引為朋友，因此特別感謝我們課下組織的讀書會會長也是我的同門汪婷同學，因其首倡之功，我和曾培倫、胡學峰、袁鳴徽、周怡靚、陳鑫盛等同學才在課堂之外有了更多的交流，後因地理因素有人不能常來，讀書活動漸有廢弛之時，又有鄭春風、周小溪加入，能和這麼多優秀的人一起自由而無用地讀書，是我在復旦感到非常榮幸的事情。

　　若說到以讀書開眼界，最重要的還是復旦新聞學院為學子搭建的平臺。在學院各位老師的討論課上，一個單元一個單元的讀書學習模式使我真正領會到知識的廣博和脈絡。在黃旦、孫瑋、李良榮、謝靜、陸曄等各位老師的課堂裏，我受到了極高水平的學術思維的訓練，雖然領會的還不夠深，但已非常感謝各位老師為我打開了那扇窗。他們中還有很多老師如童兵、劉海貴、陳建云、曹晉、廖聖清、竇鋒昌、馬凌等，都在我博士論文從開題到最終答辯的各環節中提出了寶貴的修改建議。與此同時，也離不開為保證我的學業順利進展而付出辛勤工作的老師，學院研究生辦公室的陳昕老師和我的輔導員鄭雯老師，她們都為我的讀博生活提供了最大幫助。

　　這篇文字雖是為博士論文而作，但正如開篇所言，我更願視其為標注自己迄今廿載有餘學生生涯的一個標點。因此無法不向始終支持我求學的父親趙建軍和母親劉香枝說聲謝謝。生長於農村，我從小耳濡目染的是農民最樸實的生活態度和最堅定的讀書志向。他們的汗水澆灌了我的夢想，以後我能做的就是盡己所能給他們幸福，不是為因應報答親恩的道德感召，純粹是我出自內心對他們的熱愛。我的奶奶沒能看到我今天的博士畢業，從小我一直是她口中的驕傲，如果她在天有靈今天仍會為我驕傲的吧。兒時常聽她說「人勤地不懶」，我想沒有比這更有力的生活宣言了。我會帶著這種態度和對她的思念，繼續去工作，學習，生活。

2020 年 6 月 7 日於復旦大學北區公寓

　　從去年到今年，無論是於人生時間軸上的小我，還是小我身處的時代大環境，似乎都有一種「失去」感。因疫情之故，停工、停產、停業、停學，之前看似不可阻擋的世界潮流浩浩湯湯，卻真能以一個個城市為單位按上暫停鍵。但我們人卻不能真像科幻作品中的情景那樣進入冬眠倉，身處 2021 卻時時有 2020 尚未過完之感，填表格、簽文件、記日記時，落款時間時總是不自覺寫成「2020 年某月某日」，這種感覺錯位我至少到今年 3 月份才逐漸適應（而剛剛閉幕的東京奧運會猶不得不冠以「TOKYO 2020」之名頭）。人非但不能進入冬眠倉，於我而言反而在入職後進入一種馬不停蹄卻又悵然若失的狀態，備課、上課、開會、填表，為稻粱謀的「充實感」實在無法掩飾我學術上的毫無精進。鋪陳這麼多，終於怯生生卻厚臉皮地托出重點，那就是對於

此次博士論文有幸付梓，實在慚愧於用心不夠，雖在去年以書中部分篇章參加了湖南大學與華東師範大學組織的兩次新聞史論研討，但尚未得空對全文進行系統的修訂。亡羊補牢，其猶未晚，於是盡可能參閱了與此話題相關但筆者今年才看到的研究成果，完善論述，並參考了臺北「國史館」檔案史料文物查詢系統得來的一些檔案資料，以補遺於萬一。

2021 年 8 月 9 日於開封鐵塔西街寓所